나도 다시
행복해질 수
있을까?

습관적으로 불행해 하며
감정에 휘둘리는 사람들을 위한 마음 수업

나도 다시
행복해질 수
있을까?

이주현 지음

ℝ 도서관 **더 로드**
The Road Books

나도 다시 행복해질 수 있을까?

초판인쇄	2020년 7월 11일
초판발행	2020년 7월 16일
지은이	이주현
발행인	조현수
펴낸곳	도서출판 더로드
마케팅	최관호 최문섭 신성웅
편집	황지혜
디자인	호기심고양이
주소	경기도 고양시 일산동구 백석2동 1301-2 넥스빌오피스텔 704호
전화	031-925-5366~7
팩스	031-925-5368
이메일	provence70@naver.com
등록번호	제2015-000135호
등록	2015년 06월 18일

정가 15,000원
ISBN 979-11-6338-087-0 03810

파본은 구입처나 본사에서 교환해드립니다.

이 작가는 성실한 초등학교 교사로서 아이들의 마음을 이해하고 더 잘 가르쳐 보겠다는 열정으로 대학원에 찾아와 상담심리 공부를 했던 제자다. 오랜 만에 좋은 책을 낸다는 소식에 반가운 마음과 더불어 적지 않은 나이임에도 불구하고 끊임없이 자기 계발하는 열정에 박수를 보낸다.

원고를 집필하며 많은 부분 치유의 경험을 한 것을 축하한다. 작가가 숨기고 싶은 자기의 상처와 아픔을 드러낸 용기로 인해 독자들은 깊은 공감의 느낌표를 마음에 찍을 것이다. 이와 함께 내공 깊은 작가만이 줄 수 있는 감정 다루기 비법을 만나는 행운을 거머쥘 것이라 생각한다.

'나는 다시 행복해질 수 있을까' 책에는 마음 속 깊이 내면아이의 숨겨진 상처들을 치유하는 과정이 담담하게 그려져 있어 읽기만 해도 독자는 자기 마음과 내면의 아픔을 들여다 볼 기회를 갖게 될 것이다. 너무나 오랫동안 방치한 감정들의 호소는 삶이 힘들어지는 원인이 될 수 있다. 감정 기복이 심해 자존감의 바닥을 지나며 작가는 자기 자신에게 어떤 시선으로 살아가야 행복한가를 절실한 마음으로 말하고 있다.

 '사람들은 누구나 행복하기를 바란다. 그러나 행복을 붙잡으려고 다가가면 파랑새는 무지개 언덕으로 사라져 버리고 만다. 비교와 경쟁이 판치는 이 세상에서 요동치는 감정의 파도를 헤치고 깊은 바다의 평온에 다가가기까지, 온갖 시행착오와 실수의 길을 걸어야만 한다. 그럼에도 생의 마지막까지 희망 고문으로 끝날 수도 있다. 나 역시 잃어버린 나를 찾기 전에는 늘 불안하고 초조했다. 부정적 감정에 빠진 나를 비난하지 않고 받아주기 전까지 힘들었다. 좀 부족해도 된다고, 좀 실수해도 된다고 자기를 놓아 주고 위로하고 포용하니 그때서야 마음이 쉬어진다. 다시 일어나 살아갈 힘을 얻는다! 모든 것을 다 갖추어도 자기 자신을 잃어버리면 아무 것도 아니다. 진짜 행복은 화려한 환경이 아니라 자기 자신에 대해 갖는 긍정적 시선이다.'

 작가는 자기 자신에 대해 긍정적 시선을 갖게 되기까지 다양한 방법으로 자기의 감정을 들여다보고 감정의 주인이 되기 위한 자각의 시간을 가졌다. 감정을 직면하여 인지적으로는 부정적인 감정의 근원인

오류관념을 재구성하였고 정서적으로는 조건 없는 자기사랑을 통해 행복한 감정습관을 만들었다.

어떤 생각으로 감정이 일어나며 이 감정을 해소하기 위해서 어떻게 했는지, 어떻게 하면 행복한 상태로 가는지 이 노하우들은 마음이 힘든 현대인들에게 적지 않은 도움이 될 것이다. 그 무엇보다도 자기 자신과 화해하기 어려워 힘들어하는 이들을 위한 조언이 충실히 담겨 있다. 수많은 심리학적 이론들이 있지만 그 일부분이라도 내 것으로 만들어 자신의 치유와 행복을 만들어내기란 쉽지 않다. 그러기에 이 책 속 여기저기에 담겨있는 경험적 담론들은 시원한 폭포처럼 독자의 마음을 씻어줄 것이다.

인하대학교 교육학과 교수, 박영신

어린 시절, 내 사랑 엄마는 늘 나에게 말했다.

"바쁘다 바빠, 저리 가!"

엄마의 사랑을 받으려고 얼마나 애를 썼는지 모른다. 힘든 농사일과 열다섯 대가족을 건사해야 했던 엄마이기에 다가갈수록 힘들어하셨다. 때문에 내 감정과 생각을 말하지 못했다. 돌봄이 충분하지 않아도 그냥 참았다.

'나만 참으면 돼, 나만 견디면 엄마는 조금이라도 덜 힘드실 거야.'

늘 이렇게 내 몸의 불편함과 마음의 억눌림을 표현하지 못했다. 틈틈이 던져지는 비난의 메시지만 내 머리에 박혔다.

받아들여지지 못한 오래 묵은 상처들은 빙하처럼 무의식에 흐르다 때때로 밖으로 흘러나와 인간관계를 망치고 내 용기를 꺾었다. 결국 불안과 초조함이 일상이 된 다음에야 여기저기 찾아다니며 치유의 여정을 시작했다.

나의 이야기는 이런 저런 만남으로 진행된 셀프 치유 이야기이다. 대학원에서 상담심리 공부를 한 것 또한 치유를 위한 인연이다. 오랜 날 동안 세상의 이치와 마음의 법칙을 공부한 결과, 마음의 상처를 극복하고 행복으로 가는 길을 발견하여 밝고 명랑한 인생을 만들어가고 있다.

행복은 밖으로 뛰쳐나가는 마음 붙잡기이다.

남들에게 인정받으려는 마음과 자기 자신을 돌보려는 마음은 늘 싸운다. 마음은 밖으로 나다니며 외부의 것들로 행복을 채우려한다. 그때마다 다시 또다시 내 자신에게로 돌아온다.

지금 나는 어떤 생각을 하고 있나요?

지금 나는 어떤 감정에 휩싸여 있나요?

지금 나는 어떤 신념에 매달려 있나요?

지금 나는 어떤 욕망을 갖고 있나요?

지금 내 몸은 어디가 불편한가요?

지금 나는 어디로 가고 있나요?

지금 나는 무엇을 하고 있나요?

지금 나는 어떤 자세로 있나요?

나에게 닻을 내리면 비로소 마음의 평화가 시작된다. 현재의 나를 평가하지 않고 친구처럼 함께 한다는 것이 행복의 기본임을 깨달았다. 누군가 나를 사랑해주길 목을 빼고 기다리던 구걸행위를 완전히 버리고 나에게로 돌아오니 고요해진다.

사실 나의 현재를 들여다보면 늘 마땅찮다. 감정의 기복이 심할 때도 있고 결코 유익하지 않은 신념을 붙들고 헤매기도 한다. 이렇게 마음이 시끌벅적할 때 나를 살리는 건 '비난금지'이다.

그럼에도 불구하고 이런 나를 받아들이고 수용해준다.

"그래, 그렇게 생각하니? 괜찮아, 좀 부족하면 어때, 좀 못나면 어때. 비록 비난받을만한 행동을 했어도 나는 100% 내 편을 들어줄 거야."

이렇게 못난 나를 받아들이고 부족한 나를 괜찮다고 하고, 좀 느려도 좋다고 나를 더 이상 비난하지 않으면서부터 마음이 안정을 찾았다. 나와의 관계가 편안해지면서부터 나는 비로소 깊은 숨을 쉴 수 있게 되었다.

그리고 내가 해야 할 일을 할 수 있게 되었다.

다시 한 번 도약하기 위해 내 삶을 새롭게 재구성하기 위해 무던히도 애쓰며 살아왔다. 가장 먼저 독서를 했고 글을 썼고 내 삶을 돌아보았다. 이제는 가야할 길이 보이고 해야 할 일이 눈에 들어온다. 무거운 덫인 감정에서 서서히 벗어나니 푸른 하늘이 보인다. 책 한 권을 쓰는 것 그 자체로도 어마어마한 치유가 일어났고 감정의 기복이 잔잔한

흐름으로 정리되어간다. 함께 치유 글쓰기를 하시는 분들이 곁에 있어 행복하다.

나의 평생 숙제인 감정에 휘둘리지 않는 방법을 쓰면서 내가 얼마나 감정에 휘둘리며 바보처럼 살았나 알 수 있었다. 독자들에게는 감정의 주인으로 살아가라는 핵심 메시지가 상당히 실용적으로 술술 읽혀질 것이다. 다양한 예화와 알맞은 인용들 그리고 작가의 체험들이 녹아 있어 쉽게 이해가 될 것이다. 무엇이 잘못되었는지 무엇 때문에 하는 일마다 안 풀리는 지 그 원인과 처방이 나와 있다. 따라 하기만 해도 인생이 변하는 연금술이 있다고 감히 자부해본다.

지금까지 나를 살려준 모든 존재와 인연들에게 한없는 감사를 보낸다. 하늘의 배려와 땅의 축복과 사람들의 지원이 없었다면 오늘의 나는 없었을 것이다. 이 책도 없었을 것이다. 나의 기록이 누군가의 가슴에 가 닿아 그 분의 마음이 평온해지고 행복해지는 작은 여울이 될 수 있다면 정말 기쁘겠다.

차례

제 1 장

아무리 노력해도 당신이 행복하지 못한 이유

아무리 노력해도 당신이
행복하지 못한 이유

가끔은 못난 내가 참을 수 없다

열심히 교직생활을 한 결과 교감으로 승진한 L선생님이 갑작스레 쓰러지셨다는 부고를 받았다. 아직 멀쩡한 나이 오십 대인데 참으로 안타까웠다. 교감이 되려면 최소 10년 이상을 몸 바쳐 일해야 하는데 승진한 지 몇 달도 채 안되어 당한 일이라 더욱 그랬다.

그 자리에 오르겠다고 무던히도 애쓰고 고생했을 텐데 이렇게 금방 가다니 얼마나 허무하고 억울할까? 승진으로 일이 많아지고 스트레스가 가중되어 쓰러진 모양이다. 그분은 독신으로 살면서 외모 치장은 물론 음식조차 담백하게 사신 분이라 만감이 교차했다. 노후를 위해 알뜰하게 모은 재산의 일부는 근무하던 학교도서관에 기증했다. 그분이 늘 하던 말이 생각난다.

"나처럼 못난 사람이 없어요. 잘하는 게 아무것도 없어요. 살림도 못하고 연애도…."

　나 역시 승진하겠다고 몇 년을 덤볐다. 그런데 처음 1, 2년은 상도 많이 타고 좋았지만 점점 출근하는 발걸음이 무거워져 갔다. 술술 승진이 잘되는 남들이 부러웠다. 저들은 저절로 승진에 필요한 연구점수와 부가 점수를 얻는 것 같은데 난 왜 이리 운이 없을까. 남과 비교하며 자신을 몰아세웠다.

　이렇게 승진에 집착하고 경쟁으로 고갈되어가는 마음의 소리를 묵살하던 어느 날, 자동차 사고가 났다. 차는 반파되었고 후유증은 몇 년이 간다고 했다. 그때서야 이 길은 내 길이 아니구나, 깨달았다. 때때로 하늘은 우리에게 이렇게 눈에 띄는 스톱 신호를 보여준다. 여기서 멈춘 게 얼마나 다행인지 모른다. 만약 그때 좀 더 빨리 운명의 신호를 알아채고 승진보다는 행복한 시간을 갖는데 최선을 다했다면 내 인생은 또 어떻게 달라졌을까?

　"그래 가지고 어떻게 시집이나 가겠니?"

　성장기에 어머니에게 자주 들은 말이다. 일을 잘 못한다고 어머니에게 자주 혼나서일까, 인정받지 못하고 밀려나서일까, 늘 마음이 초조하고 불안했다. 어디에 가면 일을 잘못한다는 평가를 받을까 늘 촉각이 곤두섰다. 그래서 더 열심히 일했다. 승진에 대한 집착도 말하자면 '일을 잘한다. 그러니 승진도 했네.' 이런 평가를 기대해서였다.

　어린 시절, 얼굴 뽀얗고 까만 눈을 가져 초롱초롱 예뻤던 여동생과 귀공자 같은 외모의 오빠에게 밀린 나는 언제나 엄마의 사랑을 받으려고 해바라기를 했다. 얼굴은 가무잡잡하고 비쩍 마른 데다 말이 없는 나는 가족 행사에 제외되기 일쑤였다. 고모들이 남자 친구랑 데이트하는 외출 시간에도 주로 여동생이 간택되었다. 급기야는 아버지가 이웃 지방으로 전근을 가실 때도 나만 빼고 공주와 귀공자만 데리고 나 몰래 도망가듯이 집을 빠져나가셨다.

그리고 한참 후(아마도 어린 나에게는 아주 긴긴 시간이었으리라.) 돌아온 엄마는 여전히 대가족의 며느리로 사느라 바빴다. 나는 엄마가 다시 돌아온 게 기뻤지만 가까이 가지 못했다. 다가가면 "아휴 바쁘다 바빠, 저리 가!" 그게 엄마의 대답이었다. 그때부터 나는 어떻게 하면 엄마의 웃는 얼굴을 한번 보나, 그 생각으로 살았다. 그리고 내가 아프거나 슬퍼도 "엄마, 나 아파!" 하고 말하지 못했다. 내가 그 말을 할라치면 엄마는 일거리를 잡고 있었고, 아기에게 젖먹이고 있었고, 시집살이를 한탄했다. 그래서 혼자 울었다. 골방에 들어가 소리도 못 내고 흐느껴 울었다. 숨죽이고 울었다. 따스한 사랑 없이 엄마 아빠 그 누구에게도 마음을 붙이지 못했다. 겉으로는 선생 딸이요 부잣집 딸이었지만 마음은 텅 빈 것 같았다.

나는 귀찮은 아이였다. 할아버지는 손녀 다섯을 앞에 두고 걸핏하면 이렇게 말씀하셨다.

"트럭에다 한 차 실어서 아무 데나 가다가 달라는 놈 있으면 하나씩 던져주겠다."

그 다섯 중에 맏딸이 바로 나였다. 이렇게 가치 없는 존재였다. 그래서인지 늘 눈치 보느라 바쁘고 상대가 웃으면 비로소 안심이 된다. 늘 나는 제쳐 두고 타인 위주로 살았다.

주위에 맞추느라 이 순간 내가 행복한지, 지금 내가 어떻게 느끼는지, 마음이 얼마나 불편한지, 몸은 어떤 상태인지 잘 느끼지 못했다. 아니 외면했다. 오직 멋진 결과를 만들어내어 관심받고 사랑받기 위해 더 열심히 뛰었다.

이건 도대체 남이 주인이고 나는 뒤로 밀려난 채 주인의 감정, 주인의 말씀에 귀를 기울이며 살아가야 하는 노예의 태도와 같다는 걸 나중에야 깨달았다. 노예는 자신의 몸과 마음의 상태를 무시하고 주인을 위해서만 일한다.

한국의 명상가 한바다 선생은 그의 저서 〈행복〉에서 이렇게 말한다. "세상의 기준에 자신을 맞추려 해서 그대가 불행한 게 아니에요. 그대가 불행해진 것은 자기 자신을 사랑하지 못해서입니다. 왜 그대는 세상의 기준에 맞추려 할까요? 세상의 기준에 맞추면 자신이 사랑받는 존재가 된다고 믿기 때문입니다. 그것은 곧 스스로가 사랑받지 못하는 존재라 여기고 있다는 뜻입니다. 그대는 항상 사랑받아야 한다는 생각에 조급해지고 갈등하고 불안에 빠집니다. 사랑을 스스로 자신에게 줄 수 있을 때 그대는 외부로부터 사랑을 구걸하는 노예 상태로부터 자유로워질 수 있습니다. 그러므로 스스로를 사랑해 주세요. 아무런 조건 없이…."

그때는 일곱 명의 많은 형제 중에서 둘째로 태어나 엄마의 인정을 받으려고 줄줄이 태어나는 아기를 등에 업었다면 어른이 되어서는 무거운 업무를 등에 업고 신음소리를 내며 주위의 인정과 칭찬을 갈구하고 있는 나의 모습!

　치유 과정을 거치면서 나는 왜 내가 그렇게 안으로만 숨어들어갔는지, 왜 그렇게 미친 듯 일을 했는지 직면하고 이해하게 되었다. 그 어린 시절의 나를 지금의 내가 안아주며 얼마나 울었는지 모른다. 그리고 엄마가 내게 해 주지 않았던 사랑의 말을 어른이 된 내가 나 스스로에게 해 주곤 한다. 내가 나를 사랑해 주기로 한 것이다.

　"아가야, 사랑해 아가야, 여기 맛난 음식과 고운 옷들을 줄게, 그리고 사랑을 듬뿍 줄게, 아무것도 하지 않아도 너를 사랑해, 아무 조건 없이 너를 사랑해, 너는 있는 그대로 말할 수 없이 사랑스러운 존재야, 이제는 오직 너만을 바라보고 너에게 내 사랑을 다 줄게."

　나는 그 외롭고 삐쩍 마른 나, 목이 빠지도록 엄마의 사랑을 기다리는 나, 꾀죄죄한 몰골로 눈물조차 말라버린 채로 뭘 해서 엄마 마음에 들까를 한없이 고민하고 있는 어린 나에게 달려가서 씻기고 먹이고 안아주었다. 그만 해도 된다고, 해바라기 그만하라고, 그리고 아무것도 하지 않아도 충분히 사랑받을 자격이 있다고 말해 주었다.

　동생들 차지가 먼저였던 달콤한 과자도 상상으로 실컷 먹여주었다. 아빠 엄마의 손을 잡고 셋이서 들판으로 방천으로 행복한 소풍도 갔다. 가슴으로 이 모든 과정을 되풀이하면서 많이 안정되어 갔다. 그리고 아직도 남의 인정, 남의 시선을 의식할 때면 나에게 용기를 준다.

"가끔은 못나도 돼, 비록 그렇더라도 비난하지 않고 있는 그대로 안아줄게! 낮은 평가를 받아도 괜찮아, 내가 알아줄게, 언제까지나 너를 사랑해."

행복할 자격은 누구에게나 있다. 이 못난 아이도 행복할 자격이 있다! 외로울 지라도 스스로를 깊이 받아준다면 행복할 수 있다. 비록 내가 백수라 해도 아무것도 잘하는 게 없다 해도 못난 나를 한없이 사랑할 것이다. 조건 없이 안아줄 것이다.

내 마음이 늘 가난한 이유

미국 영화 '가을의 전설'에 나오는 배우 브래드 피트는 한때 내가 몹시 좋아한 배우다. 그 영화에서 인상 깊은 장면은 그를 좋아했던 여자의 자살이다. 그녀는 모험을 찾아 떠나간 브래드 피트를 기다리다 지쳐 그의 형을 따라 화려한 정치인의 아내가 된다. 하지만 정작 브래드 피트가 돌아오자 그리움과 후회의 고통에 몸부림친다. 그녀가 바란 건 사랑이지 정치인의 아내라는 명예가 아니었다. 이미 인디언 여인과 가정을 이룬 옛 연인에게 다가갈 수도 없는 자신의 처지를 비관한 나머지 권총으로 자살하고 만다.

행복이란 무엇일까? 원하는 게 이루어지면 행복한가? 많은 것을 소유하면 행복해지는가? 유명해지면 행복해지는가? 높은 자리에 올라가면 행복해지는가? 진실은 다르다. 많은 것을 소유하면 그걸 지키기 위해 늘 마음이 고달프고, 유명해지면 타인의 시선 때문에 외출 한 번도 자유롭게 못하고 불편해진다. 높은 자리에 올라가면 견제의 바람이 분다. 그래도 보통 사람은 그렇게 해 보고 싶어 한다. 그러나 '가을의 전설'의 여인처럼 텅 빈 명예보다는 사랑이 마음을 채운다는 걸 너무 늦게 깨달으면 고통스럽다.

내 마음이 늘 가난한 이유는 이런저런 욕심을 채우면 행복할 것이라고 오판한 데 있다. 남에게 인정받고 싶고, 유명해지고 싶고, 부자가 되고 싶고 이런 욕심을 다 채운들 내가 없다면 무슨 소용인가, 세상에 모든 좋은 것을 최고로 다 누린다고 해도 내가 쉴 수 있는 내 마음에 사랑의 공간이 없다면 아무것도 아니다. 모든 걸 다 얻고도 내 마음이 고달프다면 아무것도 아니다.

솔로몬 왕은 이 땅에 사는 사람 중에 최고의 축복을 받았지만 역시 그게 아니라고 결론지었다. "이 세상 그 모든 영광이 헛되고 헛되며 헛되고 헛되다."라고 네 번이나 말했다. 황제의 자리에 올랐던 프랑스의 혁명가 나폴레옹도 "나의 일생에서 행복했던 날은 6일에 불과하다."라고 했다. 반면에 보이지도 들리지도 않고 말도 못하는 삼중의 장애를 이겨내고 대학을 졸업, 사회사업가로 변신한 인간승리자 헬렌 켈러는 "나는 인생을 참으로 아름답다고 생각한다."라고 했다. 그렇다면 우리에게 행복을 주는 것은 무엇인가?

"인간에게 행복을 가져다주는 것은 자기 자신밖에 없다."

이 말은 미국의 유명한 사상가이자 시인인 에머슨의 논문에 나온다. 그는 논문 '자기 자신'에서 다음과 같이 말했다.

"정치적 승리, 땅값 인상, 건강 회복, 오랫동안 떠나있던 친구의 귀환과 같은 외부 사건은 인간의 정신을 고양시키며 장래의 행복을 예상하게 만든다. 그러나 그것을 곧이곧대로 믿어서는 안 된다. 그러한 일은 결코 없는 것이다. 참으로 인간에게 평화를 주는 것은 자기 자신밖에 없다."

외부의 사건들도 행복에 영향을 미친다. 그러나 오래가지 못한다. 진짜 행복은 화려한 환경이 아니라 자기 자신이다. 자기 자신에 대해 갖는 긍정적 시선이다. 모든 것을 다 갖추었어도 자기 자신이 못마땅하면 소용이 없다. 마음이 채워지지 않으면 행복은 없다.

공연히 트집을 잡는 직장상사가 있었다. 결재를 올리면 "다시 하세요!" 하고, 겨우 글자 하나 틀린 걸 잡아내어 화를 내고 거칠게 말하곤 해서 동료들은 다들 그분을 어려워했다. 그 상사가 악동처럼 굴 때 나는 이렇게 말했다. "그분이 불행해서 그래요! 이해하세요." 그러면 주위 동료들이 웃었다. "배고파서 그래요!" 그러면 더 크게 웃었다. 배고픈 남자는 화를 잘 낸다. 그리고 사랑이 고픈 남자는 꼬치꼬치 따지고 트집을 잡는다.

어린아이들이 자기 요구를 들어주지 않으면 떼를 쓰듯이 어른들도 때때로 악을 쓴다. 별일 아닌 일로 화를 내기도 하고 괜히 트집을 잡기도 한다. 어른도 덩치만 큰 아이다. 높은 자리에 올라간 분들이 이외로 인정 결핍이 많다.

화를 잘 내는 사람들은 대체로 사랑 부족이 많다. 딱 부러지게 일을 해서 인정받고 사랑받아야 되는데 실수를 하다니 이건 있을 수 없는 일이지 하면서 자기와 남을 비난한다. 작은 실수는 허용해 주면 좋은데 그게 어렵다. 설상가상으로 그 분노를 아랫사람에게 푼다. 그러면 기분은 더 나빠진다. 화를 내면 속이 시원해질 거라는 건 착각이다. 화를 낼수록 속이 더 거칠어진다. 실수하는 부하나 자신을 허용해 주고 괜찮다고, 그럴 수도 있다고, 다시 하면 된다고 해보라. 얼마나 마음이 편한지, 자기 자신에게 너그러워져야 남에게도 그렇게 대한다.

한국의 대표적인 감성 시인 안도현은 '너에게 묻는다'라는 시에서 이렇게 말한다. "너에게 묻는다. 연탄재 함부로 차지 마라. 너는 누구에게 한 번이라도 뜨거운 사람이었느냐?" 이 짧은 시를 읽으면 이런 생각이 든다. 잘못하다간 큰일 나겠다. 진실한 사랑 한번 해보지 못하고 돈과 이익만 따지다가, 집만 늘리다가, 유명세나 드높이려 애쓰다가, 남을 지배나 하다가, 변덕이 죽 끓듯 하는 대중의 박수나 즐기다가 화장장에 도착한다면 어떡하지? 그게 인생인가? 욕심만 채우려는 동물 같은 인생이지. 인두겁을 쓰고 짐승처럼 살다가 어찌 나를 이 세상에 보낸 하느님을 뵐 수 있을까 겁이 난다.

시인이 말한 것처럼 누구에게 한 번이라도 뜨거운 사람이 되기 이전에 자기 자신에게 먼저 뜨거운 사람이 되어야 한다. 자기의 감정을 돌보고 몸을 돌보고 자기 인생을 뜨겁게 돌보는 멋진 사람으로 살아야 한다. 자기를 사랑하는 사람이 결국 마음 부자, 행복 부자가 된다.

　50대 후반의 한 부인은 헛헛해서 밤에 잠이 안 온다고 한다. 30년 동안 남편과 자녀 뒷바라지에 최선을 다했고 이제는 임무를 모두 완수한 것 같다. 그런데 건강이 나빠지기 시작하고 나서야 그동안 나는 뭘 했지? 하는 자괴감이 들었다. 늘 자녀들과 남편을 챙기느라 한 번도 자기의 감정을 다독여주지 못했다. 가정은 있는데 내가 사라져 버렸다.
　결국 자신의 욕구를 무시하며 살았던 날들이 분노로 쌓여 가슴에 화병이 난 것이다. 이토록 자기 자신에 무감각하고 자기 돌봄이 전혀 되지 않은 걸 뒤늦게 알게 되면서 그녀의 삶이 확 달라져 버렸다. 가계부를 쓰며 안달하고 살았던 삶에서 이제 좋아하는 꽃도 식탁 위에 꽃아두고 음악을 들으며 차를 마시는 시간도 만들었다. 나를 돌보기 시작하자 얼굴에 생기가 흘렀다. 평생 가족들 다음으로 미뤄왔던 수놓기 취미생활을 하며 자신의 행복을 하나하나 만들어나가니 만족한 미소가 얼굴에 잔잔하다.
　마음이 가난한 사람은 외부의 행복부터 구한다. 외부의 것을 먼저 구하느라 정작 필요한 자기 사랑의 마음은 뒷전이다. 마치 귀부인이 온갖 화려한 옷으로 치장하기를 좋아하지만 정작 자기 속을 채울 음식에는 신경 쓰지 않는 것과 같다. 겉을 꾸미는 것으로 마음을 채울 수는 없다. 속을 채우는 자기 사랑이 외부로 넘쳐흐르면 부티가 아닌 귀티가 난다. 마음을 먼저 채우고 자기 자신을 돌보기 시작하면 인생은 저절로 변신한다. 사랑하는 자신의 마음이 평온해지는 환경을 만들기 위해 노력하게 된다. 그때 돈도 벌고 싶어지고 자기계발도 하고 자신의 행복을 위해 열심히 살아갈 의욕이 생긴다.

마음이 늘 가난한 이유는 무엇인가. 그것은 내가 아닌 타인 돌보기에만 올인하느라 스스로를 사랑하지 않았기 때문이다. 마음이 자신에게 머물지 않고 외부로 돌아 불안해지기 때문이다. 자기 돌봄 대신에 남을 위한 인생을 살기 때문이다.

나도 다시 행복해질 수 있을까?

대학을 도시로 유학하다 보니 주말에 고향 시골집에 왔다가 대구로 돌아갈 때마다 기차를 탄다. 시간이 지나면 당연히 동대구역에 도착을 할 텐데 왜 그런지 나는 불안했다.

"이 기차, 대구 가는 것 맞죠?"

"동대구역에 6시에 도착하는 거 맞죠?"

역무원이 지나갈 때마다 붙잡고 물었다. 역무원이 귀찮은 듯이 대답했다.

"예, 동대구행 기차 맞아요! 왜 자꾸 물어요? 뭐가 그리 불안해요?"

그렇게 여러 번 확인을 해야 조금 안심이 되었다. 대구에 도착해서 또 불안이 시작된다. 집에 가는 버스를 타면서 혹시 차비가 모자라지 않을까 불안하다. 일상생활에 큰 불편은 없지만 이렇게 늘 조마조마한 기분이었다. 뭔가 잘못될까 전전긍긍하면서 제대로 해야 된다는 강박증, 이걸 벗어나려고 여기저기 찾아다녔다. 처음에는 교회를 아주 열심히 다녔다. 교회에서 설교 말씀을 들을 때나 기도할 때는 마음이 편했다. 그 순간에는 다 잊고 있다가 끝나고 밖으로 나오면 또 불안했다.

학교를 졸업하고 직장에 다닐 때도 그랬다. 2월에 보직 신청서를 써내고는 그게 희망대로 안 될까 봐 불안했다. 뭐 작년에 열심히 일한 공적도 좀 있고 대단한 경쟁이 있는 게 아니어서 상사가 개인적으로 확정적이라고 언질을 주는데도 여전히 불안했다. (아마 너무 불안해하니 언질을 주신 것 같다.) 이 일로 나의 불안은 어떤 일의 성패 때문이 아니라 오래 묵은 심리적인 병이란 걸 감지하게 되었다.

이 불안한 마음을 들킬까 봐 사람을 만나면 오히려 매우 자신 있는 듯 행동을 했다. 그럼에도 속으로는 떨렸다. 부정적인 감정을 감추고 안 그런 척하려니 긴장이 되었다. 특히 사람 많은 데서 남들과 친해지는 게 참 어렵다. 아이들과 지내는 건 좋은데 어른들을 만나면 상대는 키가 쭉 늘어나 커 보이고 나는 난쟁이처럼 쏙 줄어들어 작아졌다. 나를 저평가하면 어쩌나 늘 걱정이었다.

병원보다는 마음 수행을 선택했다. 여기서 마음 수행이라는 것은 정확하게 말해서 호흡관(들숨과 날숨을 지켜보는 수행법)이다. 방학이면 단기로 김해에 있는 모 선원에서 호흡을 지켜보는 명상을 했다. 두근두근 뛰는 심장 소리를 듣거나 내 들숨 날숨의 호흡에 귀 기울이다 보면 서서히 긴장과 불안이 가라앉는다. 겨우 숨을 좀 쉴 수 있을 것 같았다.

수행은 내게 도움이 되었다. 거기서 배운 대로 걸을 때는 한 걸음 한 걸음 걷고 있는 발에 내 마음을 두고, 밥을 먹을 때는 밥 먹는 입의 느낌에만 관심을 두었다. 반찬을 씹을 때에는 그 맛을 음미하는 데에 집중했다. 불안하다는 생각이나 감정을 따라가지 않고 현재 내 몸의 자세나 몸의 느낌에 집중하였다.

가슴에 손을 대보고 심장이 어떻게 두근거리는지 지켜본다. 이 수행을 하면서 얼마나 많은 잡념과 감정에 내가 휘둘리고 있는지 알게 되었다. 불안이라는 감정이 올라올 때면 몸으로 내려왔다. 감정에서 몸으로 주의를 돌렸다. 쿵덕쿵덕 두근대는 심장 소리와 빨라지는 호흡이 다시 느려지고 몸은 이완되었다. 그렇게 불안은 많이 가라앉았고 드디어 내 감정을 비난하지 않게 되었다. 불안조차 다정한 지인처럼 점차 받아들이게 되었다.

〈나를 치유하는 생각〉의 저자인 루이스 헤이는 말한다. 많은 사람들이 스스로의 감정에 대해 비판한다. 화를 내고 있으면서도 화를 내서는 '안 된다'고 생각한다. 그러나 아픔을 느낄 수 있어야 치유할 방법도 찾을 수 있으니 감정을 억압하지 않고 그대로 느껴야 한다고.

"그래, 불안할 때마다 이토록 힘들었구나, 불안해도 괜찮아!"

그냥 그 불안한 감정의 존재를 허용하고 느껴보았다. 그토록 많은 시간 다가온 감정인데 한 번도 제대로 느껴 본 적이 없었다. 늘 두려워하고 도망을 갔다. 내 힘든 감정의 얼굴을 제대로 한 번이라도 쳐다본 적이 없었다. 정말로 말할 수 없이 미안했다.

"괜찮아, 부정적인 감정, 너도 내가 만든 내 아이야. 불안한 감정아 이야, 얼마나 힘들었니? 혼자 얼마나 외롭고 힘들었니? 불안한 그 마음 꼭 안아줄게, 앞으로는 마음의 지하실에 안 보낼게, 따뜻하게 위로해 줄게."

불안이란 부정 감정 역시 비난 없이 받아들이고 안아주면 있을 만큼 있다가 사라진다. 정작 불안이 힘든 것보다 불안은 나쁜 것이라는 생각이 더 나를 힘들게 했다.

캘리포니아 버클리의 임상심리 전문 대학원 교수이자 정신분석학자인 메리 라미아(Mary Lamia)는 그의 책 〈당신의 감정이 당신에게 말하는 것〉에서 모든 감정에는 목적이 있다고 말한다. 감정은 상황에 대한 정보를 제공하는 것이며 그 상황의 목적에 맞게 행동하라는 신호체계이다. 예를 들면 불안은 주의를 기울이라는 신호이다. 두려움은 자기를 보호하라는 경고로, 슬픔은 상실감을 받아들이라는 것으로, 분노는 자기를 지키는 방패의 역할로 기능한다고 말했다. 또 수치심은 수치심을 덜어내고 목표를 달성하게 하는 동력으로, 창피함은 다음에는 더 잘해야겠다는 다짐으로 이해하는 것이다. 이처럼 감정은 나에게 도움을 주려는 기능과 정보를 갖고 있음을 이해한다면 부정적 감정이라 해서 무작정 밀어낼 필요는 없다.

언제부터였던가, 일이 잘못될까 봐 늘 전전긍긍했다. '잘' 해야 한다는 강박이 심했다. 초등학교 1학년 때 우등상을 타고나서 가족과 이웃들의 칭찬이 어마어마했다. 온 동네 사람들이 나만 보면 "또 상 받았니?" 했다. 사실 2학년 때부터는 우등상을 받지 못했다. 그럼에도 사람들은 나만 보면 당연히 우등상을 탔을 거라고 과대평가를 했다. 아버지가 학교에 계시다 보니 후광효과도 있었다. 그들의 기대만큼이 아닌 내 현실을 들킬까 봐 늘 불안했다.

문제는 그 불안이 점점 커진 것이다. 그 불안을 피해 공부에 몰입하여 중·고교 때 전교 3, 4등까지 한 적도 있다. 늘 열심히 살았다. 불안으로부터 일로 도망쳤다. 불안을 보지 않으려고 회피했다. 그러니 자연 지나친 일중독처럼 되었다. 그러다 지쳐 나가떨어지곤 했다. 더 이상 남은 에너지가 없다. 그러니 주말이면 탈진하기 일쑤였다. 그때 내 안의 불안이 절규했다.

"아, 난 더 이상은 참을 수 없어. 너무 힘들다고! 다른 데로 도망가지 말고 이 상처를 봐."

"내가 지금 왜 이러는지, 어떤 형편에 있는지 이 감정을 살피고 이 목소리를 좀 들어줘."

잘 들어주는 것, 그게 진짜 관심이다. 나를 정확하게 알고 과감하게 내 마음을 솔직하게 소리 내어 말하기까지 시간이 많이 걸렸다.

"나 그렇게 상 받을 만큼 잘하지 못해요! 내버려 두세요, 공부 못할 자유를 주세요!"

"그냥 내가 할 수 있을 만큼 할 거예요! 그만 기대하세요!"

"나는 그냥 나예요! 내 성적은 그때 그때 달라요."

이렇게 외치면서 마음이 홀가분해졌다. 꼭 잘해야 하는가? 꼭 칭찬

받아야 하는가? 일이 잘 되도록 열심히 해야 하는 건 맞다. 그렇다고 내 마음이 불안에 떨고 있는데, 내 마음이 아기 걸음마처럼 비틀비틀 휘청거리는데 그걸 무시하고 주위의 기대에 맞추려고 어른처럼 걸어야 한다고 강요하며 사는 건 자기를 죽이는 행위다.

이제 나는 그 무엇보다도 내 마음의 불편을 가장 먼저 해소하면서 살아갈 작정이다. 나를 먼저 사랑하고 내 행복을 우선적으로 챙길 것이다. 밖으로만 돌던 주의를 내 마음의 평화와 휴식을 최우선으로 할 것이다. 마음이 쉬는 게 진짜 휴식이다.

이제 사랑은 나 스스로 나를 보듬어 가는 과정이다. 외로운 나의 감정에게 따스한 대화의 장을 열어간다. 아, 나도 이제 다시 행복해질 수 있을 거야.

나를 힘들게 하는 사람들

"이게 뭐예요!"

오늘도 신입사원 선아는 또 실수냐고 꾸지람을 들었다. 워낙 외동딸로 곱게 자란 탓에 거친 말을 들어보지 못한 선아는 두 귀를 막고 싶었다. 당장 이곳을 뛰쳐나가고 싶었다. 같은 건도 유독 선아에게 더 심하게 구는듯한 상사가 야속했다. 대학 선배에게 고충을 의논하니 이 또한 지나갈 것이다, 나를 행복하게 하는 일을 하라고 권한다. 선아는 이제 회사를 그만둬야 하는 걸까?

진짜 까다롭다고 소문난 상사를 만난 적이 있다. 애교나 아부나 뇌물도 통하지 않는 진짜 원리원칙주의자인 그분을 부하직원들은 다 멀리했다. 가까이 하기조차 버거운 분이었다. 그런데 그분이 정말 좋아하는 부하직원이 있었다. 도대체 어떻게 된 걸까? 그 부하직원은 누구와도 다 잘 지내는 상냥한 스타일이었고 늘 얼굴이 밝았다. 그녀의 대화법은 남달랐다. 늘 미소를 띠며 상대방 이야기에 100% 귀를 기울였다. 겉으로 보기엔 그게 다였다. 두려움에 떠는 이들과 달리 그녀는 긍정적으로 상사의 말을 받아들였다.

"노!"라고 말하기 전에 자기 생각을 말했다.

"참 좋은 프로젝트입니다. 이 일은 이렇게 예상되는데 이런 방법은 어떨까요?"

일이 자기에게 버겁다 여겨지면 "부장님, 저보다는 ○○님이 이 일에 적격자라 생각합니다. 그분이 맡으면 이러이러한 성과를 낼 겁니다." 하고 다른 이들을 추천했다. 물론 그녀의 의견은 잘 받아들여졌다.

사실 그녀의 비법은 따로 있다! 바로 생각날 때마다 볼 때마다 상사를 위해 기도한 것이다. 그분이 잘 되기를, 그의 승진이 꼭 이루어지기를! 그의 소원이 이루어져서 활짝 웃는 모습을 상상하며 가끔 번개기도(잠시 하는 기도)를 했다. 바로 '에너지 잔칫상'을 차려주는 것이다. 에너지 잔칫상이란 상대의 에너지를 긍정적으로 끌어올려주는 기법이다. 상대의 소원이 이루어져 편안하고 행복해진 모습을 상상해 주는 간단한 미션이다. 상사는 이 직원을 만날 때마다 왠지 모르게 기분이 좋아진다. 함께 있으면 마음이 편안해지니 어떻게 좋아하지 않겠는가!

이 노하우 하나로 그녀는 늘 사람들과 잘 지냈다. 다른 직원들이 겉으로만 예의를 차리고 뒤돌아서면 "흥, 높은 자리에 있다고 유세는!" 하면서 속으로 상사를 비웃을 때 그녀는 진심으로 그분이 잘되기를 빌었다. 그녀가 빌어준 건 상사뿐만이 아니었다. 주위 동료들, 그리고 오며 가며 만나는 거래처 분들을 위해서도 늘 기도했다. 사람들의 기도 제목을 늘 관심 있게 살폈다. '저 사람은 무엇이 필요할까? 무엇이 소원일까? 무엇이 해결되어야 행복해질까?'

그래서인지 그녀가 무슨 말을 꺼내면 주위 사람들이 달려온다. "뭘 도와드릴까요?" 이러는데 어떻게 그녀가 하는 일이 잘 되지 않겠는가? 늘 인기가 있으니 물론 승진도 빨랐다. 이런 그녀가 활용한 방법이 바로 '프레일링'의 법칙이다.

프레일링은 '상대와 함께 흔들리다.'라는 뜻으로 상대의 주파수에 동조하기다. 대화하고 있는 사람에게 주의를 기울여 상대의 관심거리와 관련된 대화를 나눈다. 내 이야기는 가급적 하지 않는다. 상대의 흥미를 끌만한 것만 말한다. 그의 이름, 그의 소원, 그가 열광하는 것이 무엇인지 그것만을 이야기한다. 〈리얼리티 트랜서핑〉 중에서

사람들은 누구나 자기에게 관심을 가지면 좋아한다. 모두 사랑을 받으려 하지만 받기보다 사랑을 주는 쪽이 훨씬 마음이 가볍다. 그러나 사랑도 자기부터이다.

초등학교 4학년 때 하루는 아버지가 일찍 집에 돌아오셨다. 나는 반사적으로 겁이 났다. 왜냐하면 별일 아닌 일로 자주 고함을 치기 때문이었다. 그날도 어김없이 호통을 쳤다. 빨리 국을 끓이지 않고 뭘 하느냐고 했다. 한 번도 해보지 않은 일인데다 엄마도 할머니도 안 계신 상

황에서 누구한테 물어볼 수도 없었다. 대충 엄마가 하던 기억을 되살려 솥에 물을 붓고 소금과 고춧가루를 넣고 배추를 씻어 넣은 다음 아궁이에 불을 땠다. 국과 밥을 퍼서 밥상을 차려 마루에 가져갔다. 부들부들 떨면서.

국을 한 수저 뜨시고는 "이게 뭐냐? 가시나가 국도 하나 못 끓이나?"라며 천둥벼락을 쳤다. 나는 억울했다. 언제 가르쳐 준 적이 있었나? 일을 시키려면 일의 순서와 방법을 먼저 명료하게 알려주어야 한다. 생각해보면 그때 나는 할 줄 모른다고 말했어야 했다. 확실하지 않은 것은 아예 하지 않았어야 했다. 그 일을 아무에게 말도 못 했다. 해봐야 뻔하다. 그저 "그래가지고 어떻게 시집이나 가겠니?"라며 놀림감이 된다. 그러니 내가 먼저다. 어른이나 사회가 먼저가 아니다. 그게 누구든 잘모른다고 말해야 한다. 억지춘향 노릇은 처음부터 안 해야 한다.

참고 견디면서 씩씩한 태도로 늘 타인에게 좋은 모습을 보여야 한다는 강박에 시달리는 직장인은 어떻게 해야 할까? 잘 적응해야 된다고 배운 대로, 나에게 함부로 대하는 이들에게도 웃는 낯으로 대하며 스스로를 감정 노동에 내몰면 어떻게 될까? 감정을 억누른 채 겉과 속이 다른 행동을 언제까지 해야 될까? 마음 저 깊은 곳에 버려진 감정은 금방 터질 것 같은 풍선처럼 위태롭다.

적응하지 못하는 환경에서 오는 불쾌한 정서를 겪을 때는 가장 먼저 그 감정을 스스로 안아주고 달래야 한다. 그 무엇보다도 나를 안아주고 나를 위로해 주고 '괜찮다. 좀 부족해도 된다. 그럴 수 있다.'라고 다독여야 한다. 쿵쿵거리는 가슴을 보듬어 주어야 한다. 문제는 주위에서 나를 비난할 때 자신도 자기를 비난하는 것이다.

"이것도 몰라요? 이렇게 하세요!"

(아이구, 병신같이... 답답아, 정말 왜 이 모양이니?) → 자기 비난

"또 물으러 왔어요? 창피하지도 않으세요?"

(아, 촌스럽게 이게 뭐니? 쪽팔린다. 정말!) → 자기 비난

그렇지 않아도 남에게 무시당하고 참느라 힘든데 자신도 자기를 비난하면 어쩌는가? 무슨 힘이 나서 일을 배우겠는가? 절대 자기 비난을 하면 안 된다. 남의 채찍에 맞아서 피를 흘리는 상처보다 그 위에 내가 후려치는 채찍이 더 아프다. 이런 내가 싫어지고 미워진다 해도 나까지 나를 때리면 안 된다. 그건 무기력으로 가는 지름길이다. 나는 나를 약 발라주고 감싸매 주어야 한다. 무조건 내 편이 되어야 한다.

"괜찮아, 누구든지 처음부터 잘하는 건 아니야, 배우고 공부하고 열심히 익히자."

"오늘의 이 전투를 기억하고 실력을 키워서 실력으로 승부하자. 힘들었지? 미안하다."

"주인이 못나 이리도 마음이 어두워지게 했어! 앞으로 이런 상황을 만들지 않도록 할게."

"이 인간아, 나도 배우면 잘할 수 있다고! 저런 싸가지, 오늘은 맛난 것 먹고 마음 풀자."

나를 힘들게 하는 사람들이 있다. 그들이 어찌 하든 간에 나는 나의

편이 되어 주어야 한다. 비록 내가 손가락질 받을 일을 해서 비난받는다고 해도 나는 나를 비난하면 안 된다. 나는 언제나 내 편이어야 한다. 아무리 내가 살인 범죄를 저질렀어도 나는 내 편이 되어야 한다. 살인자들은 어쩌면 내 편이 아무도 없다고 생각했기 때문에 큰 불행 속으로 자기를 밀어 넣었는지도 모른다.

거칠고 험한 세상에 다리 되어 주는 건 나 자신이다. 그럴 수밖에 없었던 자기 자신에게 미안하다고, 더 잘하겠다고, 다음부터는 이런 대접을 받지 않도록 하겠노라고 약속을 한다. 이렇게 상처 난 내 마음을 꼭 감싸 안아주는 것이다.

나를 힘들게 하는 사람들의 편견과 선입견과 몰이해를 따라서 나조차 나를 비난하면 안 된다. 어쩔 수 없는 과거의 환경과 조건이 있었다는 것을 이해해준 다음 내 조건을 바꾸려 노력해야 한다. 그러나 그 노력조차 내가 나에게 주는 사랑이 있어야 실행할 에너지가 나온다.

나를 바꾸는 힘은 '내 편 들어주기'이다. 무조건 내 편을 들어주어야 한다. 나조차 내 마음을 힘들게 하면 안 되니까! 그러면 세상 어느 곳도 갈 곳이 없어지니까!

05

자꾸만 불안하고 작아지는 나에게

중학교 2학년 때였다. 수업이 끝나고 집으로 돌아가는 길이었다. 시골길이라 들길을 따라 30분 정도 걸어야 우리 집이 나온다. 중간 정도쯤 갔을까, 갑자기 저기 앞에서 아버지가 자전거를 타고 오시는 게 보였다. 내 앞에 가까이 오더니 자전거에서 내려 뺨을 후려치시고는 다시 자전거에 올라 읍내 쪽으로 가셨다. 나는 어리둥절했다. 뺨이 아픈 것도 있지만 어떻게 길에서 말도 없이 딸아이의 뺨을 치고 갈 수 있을까?

집에 도착하니 고1 오빠가 편지 한 장을 써 놓고 가출을 했다고 한다. 오빠는 아버지에게 불만이 많았다. 이것저것 요구가 많은 사춘기 아들을 이해하기보다는 고함으로 억눌렀고 다정한 말 한마디 없는 아버지에게 쓴 오빠의 편지 내용은 간단했다.

"아버지, 좀 다정하게 대해 주세요, 용돈도 좀 주시고 대화도 좀 하고요."

난 정말 억울하고 분했다. 그런데 따져 묻지도 못했다. 아마도 아들의 가출이 딸 때문이라고 억지 죄인을 만든 것 같았다. '나는 정말 세상에서 필요 없는 아이인지도 몰라. 태어나지 말았어야 하는데 왜 태어났을까?'라며 나 자신을 비난했다. 그 시절 아침에는 눈을 뜨기 싫었다. 저녁에 잠잘 시간이면 그냥 영원히 잠에서 깨어나지 않았으면 했다. 그랬다. 그즈음 우리 집은 나에게 지옥 같았다. 웃어른들에게 나는 쓸모없는 존재였다. 혼자 빙빙 돌았다. 집은 가능하면 늦게 들어갔고 더러 친구 집에서 자고 가기도 했다. 꼭 내 존재가 가을비에 젖은 낙엽같이 무가치하게 느껴졌다.

그래서인지 나는 남자 앞에만 서면 불안해진다. 어른들 앞에 서면 더 불안해진다. 겨우 아이들과 있는 시간에 안전하다 느낀다. 매우 부드러운 남자들도 집에 가면 갑자기 돌변해서 가족에게 호통을 치지 않을까 나도 모르게 의심한다.

왜 그럴까? 경상도 남자인 아버지는 한 번도 다정하게 "요즘 어떻게 지내니? 학교생활은 어떠니? 친구들은 어떤 아이들이니?" 이런 질문을 한 적이 없다. 그냥 "저리 가! 가시나만 주렁주렁 낳아 가지고!"라며 딸들에게 하는 소리인지 어머니에게 하는 책망인지 모를 말씀만 하셨다. 밀쳐지는 난 늘 존재 자체를 부정당했다. 때문에 내 인생에서 남자들은 거의 기피대상 1호가 되었다! 단 한 사람, 다정했던 오빠도 가출 사건 이후 다시 돌아왔을 때는 서먹한 존재로 바뀌었다.

　나는 내 감정에 대해 물어봐주는 사람이 없었기에 내 감정을 잘 모른다. 다만 내 앞에 있는 사람이 나를 불안하게 만들지 아닐지에만 촉각이 곤두선다. 자연히 혼자 있는 시간이 나의 휴식시간이다. 외롭지 않느냐고 묻는다면 외롭지 않다. 뭐든 잘해야 한다며 나를 닦달하는 엄마나, 이유 없이 호통치는 아빠나, 딸이라는 이유 하나 만으로 고함치는 할아버지나 다 나에게는 무서운 존재들이었다. 나를 받아주지 않는 분들과 한 집에 사는 게 얼마나 힘든 일인지! 게다가 할머니의 남아선호사상은 곶감이 다 썩어도 아들 손자만 기다렸다 주는 절대 애정이었다.

　"아무도 나를 사랑하지 않아!"

　"아무도 나에게 다가오지 않아!"

　난 불안한데다 절망했고 늘 혼자 다녀 고독이란 별명이 붙었다. 부모님의 미소를 보려고 동생과 성적 경쟁까지 했지만 불안한 마음으로 뭘 해도 늘 피곤하기만 했다.

　미국의 교육학자 알피 콘(Alfie Kohn)은 학생들의 지적인 도전과 사고의 확장을 위해서는 반드시 안정감이 필요하다고 주장했다.

　"학생들은 지적인 도전을 하기 위하여 안정감을 느낄 필요가 있다. 학생들은 불안한 영역에 도전하기 전에 마음이 편해야 한다. 자신이 판단되거나 창피당하는 두려움 같은 것은 없어야 된다. 따라서 지원적인 환경은 모든 연령의 사람들이 자신들의 사고를 확장할 수 있는 도전을 하게 하고, 가능성을 마음껏 발휘할 수 있게 할 것이다."

이처럼 지적인 도전이나 사고의 확장을 위해서는 정서적 지원이 꼭 필요하다. 가정이란 공동체에서 안전하게 자기 내면의 진실을 표현하고 또 수용되는 경험이 절대적으로 필요한 곳이다.

난 무작정 책 속에 빠져들었다. 책만 읽었다. 책을 읽는 시간만큼은 행복했다. 학교를 파하면 어린 동생을 업고 책 한 권 들고 동네 방천으로 나갔다. 파란 하늘과 하얀 구름 그리고 시냇물과 초록색 풀밭에서 풀을 뜯는 소들을 보며, 그 자연 속에서 위안을 받았다.

성장해서도 늘 교회를 다니거나 명상을 배우거나 여러 영성단체를 돌아다닌 것은 어디로 가면 사랑이 있을까, 어디로 가면 내 마음의 평화가 올까 그걸 찾기 위해서였다. 나를 이해해 주는 따뜻한 사람은 없는지, 대화가 되는 좋은 친구는 없는지 늘 찾아 헤매었다. 그러다가 좋은 친구를 만나면 잠시 기뻐하다가도 금방 갈등이 생기고 울며 헤어진 적이 많다. 사랑이든 우정이든 모든 것은 환경에 따라 변하고 영원하지 않았다.

이제는 밖에서 찾는 건 포기했다. 그냥 산다. 아니 내가 나를 위로하며 산다. 내가 나를 사랑하며 산다. 왜냐하면 이제는 그 사랑이 내 속에 있다는 걸 알았기 때문이다. 사랑은 내가 만들어 써야 한다는 걸 깨우쳤기 때문이다. 나 스스로 나를 칭찬하고, 위로해 주고 온전히 내 편이 되어주고 있다.

모든 연인이나 친구도 결국은 나의 그림자이다. 내가 나를 따뜻이

대하면 남도 나를 따뜻이 대한다. 내가 나를 사랑하면 남도 나를 사랑한다. 결국은 관계가 깨어진 원인이 사랑이 너무나 부족한 탓에 늘 조급하게 구걸하러 다가갔기 때문이란 걸 알았다. 나는 내가 그토록 바라던 사랑의 화신, 큰 바위 얼굴을 내 안에서 발견하고 만나고 키워가는 중이다. 부모의 사랑을 듬뿍 받지는 못했지만 이제는 내가 나를 사랑한다. 대화로 글로 마음으로 따뜻하게 위로하고 안아준다.

자꾸만 불안하고 작아지는 나에게

그동안 얼마나 힘들었니? 내가 너를 방치했어, 미안해. 얼마나 외로웠니? 늘 불안하고 힘들었지? 누군가 갑자기 고함을 칠까 두려웠지? 누군가 나를 닦달할까 늘 조심스럽지? 상사가 널 인정해 주지 않을까 봐 불안했지? 상사의 인정을 늘 기다렸지? 내가 널 인정할게, 내가 사랑해줄게, 내가 네 마음 알아줄게, 이제 까치발 들고 창문 밖을 내다보며 누군가가 날 사랑해줄까 기다리지 않아도 돼! 나를 버려둔 채 오빠와 동생만 데리고 전근 가신 아빠의 근무지로 몰래 떠난 엄마를 얼마나 기다렸니? 잠시 부주의해서 엄마를 놓쳐버리고 체념과 한숨과 눈물로 자책하며 지냈지. 여름방학 때 돌아온 네 사람은 마치 하늘에서 내려온 왕과 왕비요, 공주와 왕자 같았어. 난 허술한 옷에 땟국물 흐르는 시커먼 얼굴로 차마 뛰어나가 엄마의 치맛자락을 휘어잡고 통곡할 수 없었지. 오히려 골방에 들어가 소리도 못 내고 흐느껴 울었어. 아버지가 무서워 맘 놓고 울지도 못했어.

그동안 참고 사느라, 눈치 보느라 너무 힘들었지? 이제는 행복한 길로 가자. 마음이 힘들지 않도록 돌볼게. 늘 긍정으로 마음을 편하게 할 게, 비교하면서 힘들어하지 말고 내 마음이 원하고 만족한 일을 하며 행복한 인생을 만들자, 사랑해, 내 마음아!

난 지금 행복하다. 이제 사랑은 내가 만드는 가정과 같다는 걸 알았으니까. 지난날 홀로 그 긴 시간 참고 견디어 온 내가 참으로 고맙다. 자꾸만 불안하고 작아져 힘들었던 나여! 이제 내 어깨에 기대! 내가 늘 포근하게 안아줄게, 힘이 되어 줄 게! 사랑해.

06

행복감에 대한 착각

유능한 회사원인 수진 씨는 엄격한 가정에서 자랐다. 매일 바깥일로 바쁜 부모님 대신 동생들을 돌보고 집안일도 해야 했다. 아직 어린 수진 씨였지만 지나치게 높은 수준의 일을 요구받아도 불평 한 마디 안 했다. 늘 부모가 자기에게 보내주는 믿음과 기대에 부응하려 했다. 동생을 돌보고 식사 준비와 청소까지 해야 하는 벅찬 일이지만 그걸 잘 해내려고 애썼다. 어린 자신이 감당하기에는 너무 힘겨울 거란 생각은 하지 못했다. 오히려 엄마의 잔소리를 들을 때면 '왜 이렇게 완벽하게 하지 못할까?' 하고 자신을 책망했다.

성장해서 수진 씨가 느끼는 무력감은 바로 여기서 기인했다. 아무리 좋은 성과를 올려도 주위에서 손뼉을 쳐 주어도 늘 뭔가 부족한 것들이 마음에 걸렸다. 열심히 노력해서 썩 괜찮은 결과를 얻어도 여러 가지 아쉬운 것들에만 마음이 쏠려 마냥 기뻐할 수 없었다. 결국 회사를 그만두고 내면 탐구를 시작했다. 그녀는 귀여운 아이로 사랑을 받고 자랐어야 했다. 남이 요구하는 걸 최고로 잘 해내는 게 행복이라고 착각했던 수진 씨는 뒤늦게 그게 잘못된 행복감이라는 걸 깨달았다.

미국의 심리학자인 마사 하이네만 피퍼(Martha Heineman Piper)는 그의 저서 〈내적 불행〉에서 이렇게 말한다.

어린아이들은 다른 사람의 생각이나 행동이 현실적으로 나를 위한 것인지 아닌지 모른다. 자신이 필요로 하는 관심을 받고 있는지 비판할 기준도 없다. 그래서 배고프거나 기저귀가 축축해서 울고 있을 때에 계속해서 해결 받지 못하고 위로받지 못하면 이런 대접을 받는 게 당연한 것이고 이게 행복이라 착각한다.

행복을 느끼는 방법이 무엇인지 인식하지 못하므로 이렇게 내적 갈등이 형성된다. 진정으로 행복을 느끼고 싶지만 못 느끼게 되면 자신에게 거짓 행복이라도 줄 필요를 느낀다. 예를 들면 배가 고픈데 아직 밥 먹을 시간이 아니라 하고, 자기 욕구를 무시당하면 이 상태를 행복이라 착각하고, 나중에 성장해서도 자기에게 똑같이 대한다.

"배고프지만 참아! 밥 먹을 시간이 아니야! 이게 바로 행복이야."

이렇게 거짓 행복을 믿는다.

어린 시절, 우리 어머니는 대가족의 며느리였다. 그러니까 현장 책임자였다. 늘 바쁘고 할 일이 많았다. 게다가 깔끔했다. 그러니 날마다 쓸고 닦아야 했다. 우리 형제 일곱에 부모, 조부모, 고모 둘, 삼촌 한 분, 모두 열네 명이 북적거렸다. 식사 준비만 해도 14인분을 매 끼니마다 만들어야 했다. 게다가 미남형이신 아버지는 늘 동네에 염문을 뿌리고 다녔다. 그러는 통에 엄마의 한숨소리를 자주 들었다. 농사일도 많았다. 힘든 엄마의 눈물과 한숨소리를 들으며 자란 나는 어떻게든 엄마에게 폐가 되지 않으려고 애썼다.

나라도 우리 엄마를 괴롭히면 안 되겠다고 결심했다. 어린 자식들과 많은 농사일, 먹여야할 대식구, 남편의 바람기, 거기다가 동서의 시집살이까지, 힘겨운 우리 엄마를 위해 맏딸인 나는 늘 내 욕구를 꾹 참아야 했다. 나 하나 참아서 우리 엄마가 조금이나마 신경을 덜 쓴다면, 일이 줄어든다면 그걸로 만족했다. 이게 행복이라고 착각했고 때로는 뿌듯했다.

"넌 맏딸이니까!"라면서 내 욕구는 가슴에 꾹 넣어 두었다. 한 마디도 하지 않았다. 무엇이 불편해도 참고 입을 꾹 닫았다. 기쁘거나 슬픈 것도 가슴에 꼭꼭 넣어두어 버릇했다. 말썽 부리지 않는 아이로 살아가려 했다. 중1 때는 안경이 깨져도 말을 안 하고 참았다가 1년이 지나서야 안경점에 갔었다. 그때 칠판 글씨가 안 보여 뒤에서 몇 등을 했었는데, 그제서야 놀라서 안경점에 데리고 가신 것이다. 그때 나는 엉엉 울며 소리쳐야 했었다.

"안경이 깨져서 칠판 글씨가 안 보여요, 공부를 못하겠어요, 새로 해주세요!"

이렇게 나의 행복은 내가 참아서 우리 엄마에게 일거리가 되지 않는 것이었다. 그래서 내게 힘든 상황이 와도 꾹 눌러놓고 참기 일쑤였다. 참고 또 참는 버릇은 어른이 되어도 늘 따라왔다. 힘든 일이 있어도 내색을 하지 못하고 구석에서 혼자 울었다. 때로는 혼자서 기를 쓰고 애를 써서 해결하기도 했다. 어른들은 내가 감정표현을 못해서 답답하다 했다.

"왜 내 거라고 말을 못 해! 말을 해! 내 거라고!"
언젠가 드라마에서 봤던 이 대사가 바로 나에게 하는 대사다. 말하지 못해서 좋은 기회를 날려버리고, 참고 있는 동안에 나보다 능력이 부족한 이가 날 앞지르기도 하고, 충분히 표현하지 못한 까닭에 나보다 늦게 온 사람에게 좋은 자리가 넘어가기도 했다. 그럴 때마다 나는 참 착한 일을 한 것처럼 편안하고 뿌듯했다. 이게 가짜 행복이란 걸 몰랐다.

'우리 엄마가 행복하다면'이 이제 '당신이 행복하다면'으로 바뀌었다. 사람을 만나면 자청해서 "얼마나 힘이 드세요."라며 말을 건다. 엄마한테 하던 버릇의 연장이다. 참 미칠 노릇이다. 다행히 내가 왜 그러는지를 알았으므로 내 요구를 먼저 들어주려 한다.

배가 고프면 "에구, 얼마나 배고프셔요? 우리 맛난 것 먹어요!" 하고 내가 나의 엄마가 되어 준다. 밥을 먹을 때면, "밥 들어갑니다. 맛나게 드세요."한다. 마치 내 속에 그때의 아이가 기다리고 있는 것처럼 말이다. 꼭 어린아이 다루듯 그렇게 한다.

"이제 우리 잠자러 가요!"

나는 자청하여 어린 나의 엄마가 되어 나긋나긋한 목소리로 나를 어른다. 마치 아기에게 하듯이. 그리고 꼭 안아준다. 밤에는 내 유튜브 채널 '이주현의 마음살림방' 바디스캔 편을 들으며 눈을 감는다. 편안한 수면 유도 편을 들으며 잠드는 건 행복 재창조의 과정이다. "몸아 수고했어, 마음아 수고했어." 내 목소리로 듣는 위로는 그야말로 천국 같다.

이렇게 나를 '먼저' 사랑하기로 했다. 나 위주로 살기로 했다. 이기적인가 하면 그렇지는 않다. 이기적이라 함은 남에게 피해를 주면서 내 행복을 추구하는 것이다. 이제 남을 배려하는 게 행복이라 착각하지 않고 내 행복을 만들려고 나에게 묻는다. "오늘도 힘들었지?"

〈생각 버리기 연습〉의 저자 류노스케는 불안과 괴로움에 대해서 이렇게 말한다.

가장 중요한 문제는 쾌락에 대한 착각이다. 처음에 10 정도의 불안과 괴로움을 바쳐 글을 쓴다. 이 글을 읽고 다른 사람이 인정해 주면, 그만큼의 괴로움이 사라진다. 사람들은 이것을 순수한 쾌락으로 여긴다. 이렇게 되면 마음은 무의식적으로 불안과 괴로움은 좋은 것이라 착각한다. 이것은 좀 더 괴로우면 좀 더 큰 쾌락을 맛볼 수 있으니 좀 더 고생하자고 스스로 세뇌하는 과정이기도 하다.

바로 '고통이 해소된 쾌락'을 행복이라 착각하는 것이다. '사랑받기 위해 나는 이 고통을 참을 거야.'라고 한다면 그건 사랑이 아니라 자기 학대다. 지금 누군가에게 사랑받기 위해 무엇을 참아내고 있는지 살펴볼 필요가 있다. 미덕이라는 이름 아래 행하는 모든 희생을 중지하고 자기 사랑의 치유를 시작하라. 그리하여 그 사랑이 넘쳐흘러 저절로 흐르는 사랑이 되게 하라. 그리고 그 사랑으로 무엇이든 하라.

스스로에게 상처를 주는 모든 행동들은 그 자체로 고통이다. 그럼에도 그런 자세를 요구받는 환경에서 자랐다면 그것을 행복감으로 착각한다. 그러니 가짜 행복에 속지 마라.

왜 나는 노력해도 행복하지 않을까?

TV에서 '자연인' 프로그램을 종종 본다. 세상만사 다 잊고 산으로 들어가서 인간에 대한 실망이나 사회에 대한 울분을 다 내려놓고 그저 삼시 세끼를 자연에서 해결하며 조용하게 살아가는 자연인의 모습이 많은 남자들의 로망이라고 한다. 그만큼 삶이 고달프고 가족을 책임지고 살아가는 일이 쉽지 않다는 반증이라 하겠다. 인기 개그맨이 자연인을 찾아가 묻는다.

"어떻게 여기 오게 되셨어요?"

"예, 옛날에는 정말 잘 나갔어요. 그런데…."

그 이유가 사업이든 병이든 인간관계든 간에 실패와 좌절의 경험이 그를 이곳까지 오게 한 것이다. 아무도 없는 적막한 곳에서 사는 게 쉽지는 않지만 그래도 저 도시의 복잡함에 비하면 마음이 아주 편한 게

다. 어떤 경쟁도 불안도 없을 것 같은 이곳에서 사는 것은 내 마음의 상태가 평온해질 것이라는 기대 때문이리라.

환경이 마음을 평온하게도 하지만 현대 과학은 마음의 평화도 뇌의 인식 작용이라고 말하고 있다. 아무리 산에 살고 있다 해도 "이곳은 무서운 짐승이 있을지 몰라, 불안한 곳이야, 위험해!"라고 뇌가 판단하면 거기 있을 수 없다. 아무리 내가 평화롭고자 해도 뇌가 '지금은 불안해.'라고 판단하면 불안해진다. 이처럼 뇌의 인지 작용이 우리 마음의 평화를 좌지우지한다고 한다. 뇌 과학자들에 의하면, 우리 뇌의 작용은 원시 뇌, 감정 뇌, 이성 뇌에서 비롯된다고 한다.

첫째는 원시 뇌이다. 이 뇌는 그야말로 원시시대에 늘 추위와 굶주림과 무서운 동물들의 위험을 느끼며 살 때의 경험 때문에 만들어진 사고 습관을 갖고 있다. 원시시대 사람들은 동굴이나 엉성한 움집에 살면서 사나운 맹수들의 공격을 받기도 하고, 이름 모를 병에 걸려 죽기도 하며 굉장히 불안정한 상태로 살았다. 그래서 늘 사방팔방 어디에서 공격이 들어올지 모르니 전전긍긍 주위를 경계하며 지냈다. 현대의 ADHD(과잉행동 증후군)라는 주의산만 질병도 이때의 경험이 지나치게 발현되어 나타난 병이라고 한다.

둘째는 감정 뇌이다. 이 감정 뇌는 기복이 심한 정서이다. 무지 행복했다가 무지 슬퍼지고 무지 평화롭다 무지 불안해진다. 자기 자신도 왜 그런지 모르게 어떤 감정이 들어오면 제어할 수 없이 그 감정에 빠져 버린다. 미움이나 분노의 감정에 몇 날 며칠 휩싸여 버리고 그 감정이 증폭되면 사람에 따라서는 상대를 죽이거나 하는 행동을 할 수도 있다. 감정에 따라 행동하다가는 큰 실수를 할 수도 있으니 매우 위험한 뇌이다.

셋째는 이성 뇌이다. 이성 뇌는 그나마 부족 중에 현명한 이들의 사고방식이다. 그들은 삶의 법칙을 아는 자들이다. 세상에는 법칙이 있다. 자연에도 봄, 여름, 가을, 겨울이 번갈아 오고 있다. 계절에 따라 하는 일이 다름도 잘 알고 있다. 하늘에 먹구름이 몰려오면 비가 온다는 것도 하나의 법칙이다. 이 법칙에 통달한 사람을 현자라고 한다. 인생에 문제가 생기면 이들에게 가서 묻고 지혜를 얻기도 했다.

아직 우리 인류는 원시 뇌의 상태에 있다. 또 감정 뇌에 끌려 다니며 감정의 노예에 머물고 있다. 두뇌의 작동 원리를 알고 부정적 감정이나 불안은 '미성숙한 원시적 두뇌의 작용'이라는 사실을 인식하면 감정에 끌려 다니지 않는다. 우리가 어떤 소망을 이룰 때 방해하는 것이 바로 이 원시 뇌와 감정 뇌의 사고 작용이다. 이들을 잘 다루어야 한다. 이걸 잘 다루는 소수의 사람들이 지혜롭게 이 세상을 잘 헤쳐 나가는 삶의 달인이 된다.

원시 뇌는 이렇게 말한다.

"모든 것이 의심스러워, 누군가 나를 해치려는 음모가 있을 거야, 불안해. 잘 살펴야 해." 감정 뇌는 이렇게 말한다.

"아, 내 맘에 안 들어, 내 기분이 안 좋아, 내 감정이 나쁘다는 건 나쁜 일이란 신호야, 하면 안 돼!"

원시 뇌와 감정 뇌는 이 세상 그 무엇에나 늘 의심하고 불안해하고 주저하고 비판한다. 원시 뇌와 감정 뇌가 만들어내는 것은 환상이다. 이 미성숙한 아이 같은 뇌는 사실 여부를 확인하기 전에 선입견으로 단정하여 일을 망치곤 한다.

이성 뇌가 인지하는 것만이 진실이다. 환상은 현실이 아니다. 확인되지 않은 환상은 안개 같은 불분명한 생각에 불과하다. 그런데 우리는 이것을 사실이라고 믿는 습관에 빠져 있다. 이게 문제이다. 우리는 늘 사실과 환상 중에 환상에 기운다. 노력할수록 더 불행해지는 이유가 여기에 있다. 환상 속에서 습관적으로 엉뚱한 길로 간다. 그 불안해하는 아이는 이렇게 달래줄 수 있다.

"아이야, 이제 괜찮아. 여기는 안전해. 걱정해줘서 고마워. 내가 다 알아서 할 게."

어떻게 해야 우리가 행복해지는 사고방식에 다가갈까? 유아적인 두뇌는 늘 걱정과 두려움에 힘들어한다. 확인되지 않은 미래에 다가올 불행을 예감하며 원시시대의 습관대로 어두운 상상을 한다. 그럴 때 그 아이에게 그것은 환상이며 실제는 다르다는 사실만 남겨두면 된다. 나머지는 다 거짓이고 환상이라는 걸 인지하면 된다. 예를 들면 이렇다.

통장 잔액이 적어 불안하다. (원시 뇌)

→ 돈을 마련할 방법을 찾아보자. (이성 뇌)

돈 걱정 하느라 여행의 즐거움을 누리지 못한다. (감정 뇌)

→ 돈을 빌려놓자. (이성 뇌)

여행을 마음껏 즐기고 싶다. (감정 뇌)

→ **여행 계획을 짜야겠다.** (이성 뇌)

통장 잔액이 적은 것만 사실이다. 나머지 불안은 환상이다. 돈 걱정
은 환상이다. 대비를 하여 돈을 빌려야겠다는 생각은 이성 뇌가 한다.
"왜 이럴까, 어쩌지?"에서 "이 문제를 어떻게 해결할까?"로 바꾸어 그
대로 행동하면 된다. 감정에서 해결책으로 가는 게 이성 뇌이다. 이성
뇌로 사고하니 아주 단순하다.

해결책을 연구하기보다는 불안 쪽에 더 많은 시간을 보내며 살아
왔던 인류로서는 이게 잘 되지 않는다. 늘 조마조마 불안 속에서 헤맸
다. 불안해한다고 해결되는 건 아무것도 없다. 불안도 하나의 습관이
다. 어떤 사건에서는 불안과 안심의 비율이 9 : 1까지 올라갈 때도 있
다. 어쩌면 불안을 즐기고 있는 것처럼 보인다. 불안을 꽉 잡고서 힘들
다고 한다. 빠르게 이성 뇌로 회로를 바꾸면 끝인데 말이다.

왜 노력해도 행복하지 않을까? 노력해도 행복하지 않은 이유는 이
렇게 뇌의 구조적인 환경에 있다. 원시 뇌와 감정 뇌의 노예생활 속에
서 늘 의심하고 미워하고 분노에 차서 원망했던 심리적 불안의 습관을
졸업하자. 이성적인 삶으로 지혜롭게 마음의 평화를 구축하자. 원인을
안다는 것은 해결책이 있다는 것. 적이 나를 어떤 식으로 괴롭혀 왔는
지를 알아버렸으니 이제는 그 수법에 넘어가지 않는다. 늘 사실에 근

거한 이성적 사고로서 원시적 감정의 함정에 빠진 자신을 구원할 무기를 얻은 것은 정말 큰 행운이다.

비현실적인 환상의 저주에서 벗어나 자신을 자각하고 뇌의 회로를 바꾸면 끝이다. 회로 바꾸기는 반복이 최고다. 이성적인 판단 아래 내 행복에 필요한 행동을 하는 게 진짜 행복해지는 노력이다.

제 2 장

불행한 것도 습관이다

불행한 것도 습관이다

"그냥 내 맘대로 살면 안 될까?"

늘 고민하는 이 말은 자유를 좋아하는 나의 화두였다. 그런데 결론은 늘 이렇다.

"안 돼, 그냥 살면 안 된다고! 저 사람들이 날 가만두지 않는데 어떻게 그냥 살아?"

문제는 지나치게 사회를 의식하고 남을 의식한다는 점이다.

"내가 이 행동을 하면 저 사람이 어떻게 생각할까?"

"저 사람이 기분 나쁘면 안 되는데 어쩌지?"

"난 이걸 먹고 싶은데 저 사람은 저걸 좋아하네, 에라 모르겠다. 나도 저걸 먹어야 저 사람이 나를 좋아하겠지."

"솔직히 이렇게 느낀다고 말하면 저 사람들이 나를 싫어할지도 몰

라. 그러니 저 사람이 듣기 좋아할 말을 해줘야 되겠지?"

"난 이 옷을 입고 싶은데 내 나이와 안 어울린다고 하면 어쩌지?"

이러다 보면 내 맘에 들지 않고 나에게 어울리지 않지만 대충 내 주위 사람들이 좋아할 만한 적당한 걸로 결정하고 만다. 반반씩 양보하여 선택한 그 옷을 입고서 남들의 반응이 좋지 않으면 또 고민이다. 물론 본인의 마음에 들지도 않는다. 내 뜻대로 살지도 못하고 그렇다고 저들의 뜻에 맞게 살아줄 수도 없는 어정쩡한 선택이다.

남들이 내 인생을 대신 살고 있다. 참으로 미칠 노릇이다. 옷 선택만 그런 게 아니다. 우리의 직업 선택이나 배우자 선택도 그렇다. 진짜 내가 좋아하는 사람과 인연을 맺어야 하는데 부모의 요구, 친구들의 평가에 귀를 기울이고 나보다 그들의 말을 듣다 보면 배가 산으로 가서 엉뚱한 사람과 살게 된다. 그러다가 결국 헤어지고 이혼한다. 단 한 번뿐인 소중한 내 인생을 그들에게 맡기면 안 되는 것이었다.

지혜로운 선택, 현명한 선택을 할 수 있으려면 내가 나를 위한 선택을 할 수 있는 능력이 있어야 한다. 그런데 내 인생을 내가 주체적으로 살아봤어야지 결혼이든 직업이든 주체적으로 선택할 힘이 생긴다.

이웃집 네 살짜리 막내는 엄마가 옷을 골라 입히려고 서랍을 열면 꼭 이렇게 요구한다. "내가, 내가, 내가!" 자기가 입을 옷을 스스로 고르겠다는 말이다. 어느 날 외할머니가 소원을 들어주었다. 쌀쌀한 11월 아침, 짧은 반바지를 입겠다고 골라온 걸 아무 말도 안 하고 입혀주었다. 어린이집에 가려고 현관문을 여는 순간 찬바람이 휙 불어오자 아이는 부르르 몸을 떨더니 깜짝 놀란 듯이 뛰어온다. "할머니, 추워요, 다른 옷을 주세요."

성장하면서 오로지 부모가 하라는 대로 착하게 살아온 사람들이 대부분 불행하다. 나름대로 직장에 안착하고 결혼도 했는데 불행하다. 왜 그럴까? 이유는 오직 하나이다. 자기 자신을 무시하고 등한시했기 때문이다. 자기의 선택이 아니었기 때문이다.

내 뜻대로 살아본 경험치가 쌓여 현명한 선택의 밑거름이 될 텐데 그 실패와 성공의 경험이 너무도 빈약하다. 그래서 자신의 요구를 무시하고 주위에서 권하는 대로 살아온 결과, 버려진 내 속의 아이가 울고 있는 것은 아닐까? 실패하더라도 내가 선택하고 결정하여 실패를 하면 그것이 공부가 되고 교훈이 되어 다음번 도전에 참고가 된다. 그런데 부모가 결정해준 선택이 실패하면 그 원망이 고스란히 부모에게 돌아간다.

내가 아는 귀여운 동네 아가씨가 있다. 만나는 남자마다 바람둥이다. 그래서인지 남자 친구를 만나면 으레 의심이 먼저 앞장을 선다. 나 몰래 어떤 여자를 만났을까? 오늘은 누굴 만나고 나를 속이려 들지? 그녀의 어린 시절을 들어보니 아버지가 엄마 몰래 바람을 피워서 배다른 동생이 함께 자랐고, 그 때문에 늘 엄마의 한숨 소리를 들었다. 남자들은 다 바람둥이일 것이라는 불행한 신념이 어린 그녀의 마음에 자리 잡은 결과 남자 친구를 의심하는 게 습관이 되어버렸다. 정말 성실한 남자도 그녀를 만나기만 하면 바람둥이로 변신하는 마술을 부리는 그녀의 마음속에는 깊은 두려움이 숨어 있었다.

　불행한 것도 습관이다. 이 습관을 깨려면 가장 우선적으로 내가 어떤 생각을 갖고 있는지 나의 신념 즉 가치관을 살펴보아야 한다. 여러 번 결혼에 실패한 사람은 자기의 남자관(男子觀)을 살펴보아야 한다. 남자는 ○○하다. 이 생각 하나가 그녀의 인생에 불행을 반복적으로 선물한다. 남자는 어떤 존재인지 생각나는 대로 적어보면 어떤 관념을 남자에게 덧씌워온 건지 알게 된다.

　내 생각이 만든 불편한 현실은 나의 책임이다. 물론 사람이나 돈이나 사물에 대한 어두운 관념들은 태어날 때 갖고 온 게 아니다. 부모나 사회로부터 배우고 흡수한 것들이긴 하다. 그렇다고 환경에 책임을 전가해선 안 된다. 반대로 지나치게 자신을 비난할 필요도 없다. 자기 운명을 한탄하고 죽을 때까지 이렇게 살아야만 할까 두려워할 필요는 없다.

　자기의 불완전함을 인정하고 있는 그대로 자기를 인정하면 바뀐다. 아, 내가 이런 마인드로 남자를 재단하고 살았구나, 친절하고 마음 깊은 사람도 있는데 남자는 다 그렇다는 이토록 나를 힘들게 하는 생각을 꼭 붙잡고 있었구나 하고 인식하면 치유가 된다.

　남자는 무능하다는 생각을 나는 많이 했다. 그래서 약간 바보 같은 남자를 만나서 이 똑똑한 내가 데리고 살면 되지 했다가 큰 코를 다쳤다. 정말 부처님 가운데 토막 같은 남자를 만났지만 그뿐이었다. 그는 생활력 없고 엄마와 누이 등 주변 여자에게 의지하기 좋아했다. 설상 가상으로 큰 병에 걸린 난 불안해서 미칠 것 같아 정신과를 드나들었고 결국 헤어졌다. 한번 멋지게 살아서 날 돌보지 않은 부모형제에게 이것 좀 봐, 나도 이렇게 잘 산다고! 이러고 싶었는데 여지없이 실패했다. 서정시의 대가인 서정주 시인의 이제는 돌아와 거울 앞에선 국화꽃에서의 누님처럼 난 이제 내게로 돌아와 내 안의 나를 들여다본다.

밖으로 인정받기 위해 발버둥 치다가 상처받고 너덜너덜해진 내 마음을 오랜만에 들여다보면 눈물이 난다. 진실하고 꾸밈없이 자기 자신에게 다가가야 한다는 걸 알지만 이 또한 잘 되지 않는 것은 자주 만나지 못한 내 모습이 너무나 어색하기 때문이다. 내가 나를 만나는데 외국인 만나듯 한다. 언어도 다르고 가치관도 다른 듯하다. 내 안의 아이 또한 내게 다가오기 힘들어한다. 늘 내 언어폭력을 잘 알고 있는 반응이다. 늘 그랬었다.

"넌 불완전해!", "넌 부족해!", "넌 아직 자격이 없어!", "넌 행복할 자격이 없다니까!" 이런 말을 듣고 살던 내 안의 나는 갑작스러운 나의 화해 요청에 움찔 뒤로 숨어버린다. 당연한 반응이다. 내 안의 나는 차갑고 어두운 마음 감옥 속에서 신음 소리를 내며 수치심이라는 고통의 중병을 앓은 지 오래다. 늘 들어왔던 "넌 아니야."라는 말이 이제는 굳은살처럼 되었다. 보드라운 살갗에 차가운 말들은 가시가 되어 박혀버렸다. 나는 이 환자가 누워있는 병실을 한 번도 방문하지 않았다. 어떠한 사랑의 링거도 꽂아주지 않았다. 그토록 오랫동안 방치했는데 아직 목숨이 붙어 있는 게 이상할 정도다. 난 이 환자에게 다가가는 대신 이 환자가 생각나면 재빠르게 다른 데 관심을 돌리는 게 습관이 되었다. 일 때문이라는 핑계를 대고 부러 잊어버리기를 수없이 반복했다. 그리고 이 환자의 치료사로 남을 기대했다. 종교에 기대하고 친구에게 기대했다. 수많은 마음공부 모임을 드나들었고 나를 좋아해 주는 사람이 나를 치유해 주리라 믿기도 했다.

"얼음 속에 얼려져 있는 나를 녹여 줘, 나 좀 살려 줘, 나 좀 이 불편한 데서 꺼내 줘!"

하지만 나의 기대는 산산조각이 났다. 내 상처를 드러내면 도망을 가곤 했다. 어쩌다 좋은 사람을 만나 위로를 받기도 했지만 잠시였다. 그래도 그만큼 가벼워졌다. 하지만 아직 얼음 속에 갇혀있다. 밖의 사랑이 아무리 클지라도 가슴에 박힌 얼음을 완전히 녹이지 못했다. 결국 내가 나섰다!

"그동안 얼마나 힘들었니? 미안해, 괜찮아. 있는 그대로 충분해."

"사랑해. 네가 무엇을 하든 아니든, 널 좋아해."

따뜻한 혼잣말의 치유 효과가 아주 크다. 네 아픔을 내가 안아줄게, 괜찮아, 이제 걱정하지 마, 늘 함께 있을게. 이렇게 하나씩 불행의 습관을 지우고 차디찬 공격의 언어 대신에 사랑의 온기를 불어넣어주는 습관을 만들어가니 이제야 봄빛에 얼음 녹듯 조금씩 마음이 열리고 행복해진다.

02

나는 왜 사소한 것에 화가 날까?

"어제 뭐 했어? 전화도 안 받고."

"응, 우리 헤어지고 집에 와서 잠시 누웠는데 금방 잠들었나 봐."

사랑스러운 연인들의 대화도 별 것이 없다. 들어보면 참으로 사소하고 하찮은 내용들뿐이다. 일상 신변잡기에 불과한 밥 먹었느냐는 확인부터 오늘 만나고 금방 헤어졌는데 또 전화해서 우리 만남이 몇 날이되었으니 내일은 어디서 만나자는 둥 그저 그런 것들이다. 둘이서 잘지내다가도 별것 아닌 일로 싸우기도 한다.

카페에서 내 옆자리 커플은 바다로 가자 산으로 가자 피서지 선택으로 다툰다. 그러다 서로 양보하라고 화를 내더니 대화를 피하는 듯남자가 먼저 일어나 나가버린다. 산에 간다고 해서 나쁠 것도 없고 바다로 간다고 해서 큰일이 나는 것도 아니다. 그런데도 내가 원하는 대로 상대방이 들어주지 않는다고 성화다. 귀엽다. 이번엔 산에, 다음엔 바다로 가면 안 될까 싶어 웃음이 나왔다.

사소한 것에 목숨을 거는 것이 인간이다. 나와 의견이 다르다고 상대편을 귀양 보내고 고문하고 죽이던 것이 조선시대 벼슬아치들의 보복이다. 우리 편이 아니면 역적으로 몰아 상대 가문의 삼족(부계·모계·처계 친족을 통틀어 부르는 용어)을 죽이던 암흑의 시대였다.

왜 그랬을까? 내 의견을 누군가 반대하면 그 사람이 나를 부정하는 것처럼 여겨서이다. 하나의 의견일 뿐인데 그 사람이 내 전부를 부정한다고 여기니 화가 날 수밖에 없다. 의견과 나를 동일시한 결과 내 인격을 무시한다고 해석하니 불같이 화가 난다. 나와 다른 상대의 의견도 하나의 의견으로 있을 수 있는 이야기라 하면 끝인데 말이다.

그리스의 위대한 철학자인 에픽테투스는 이렇게 말했다. 인간은 사물에 의해 정신적 장애를 받는 게 아니라 그 사물에 대하여 갖는 자신들의 관점에 의해 정신적 장애를 받는다. 또 화를 내는 이유 역시 상황이 아니라 상황을 바라보는 관점 때문이라고 했다.

병들고 가난해져 결국 시댁에서 나오게 된 한 여인이 몇 달을 생각했다. "누가 내게 일천 만원만 빌려주면 좋을 텐데…. 그 돈으로 방 하나만 얻으면 열심히 살아갈 수 있는데…, 그럼 평생 갚을 텐데…." 아무리 생각해도 그 큰돈을 융통해 주는 사람이 없었다. 결국 매달 아르바이트로 번 돈을 저축하여 1년 반 후 은행융자를 받아 지하실 쥐구멍

같은 방을 하나 얻었다. 이 여인이 병 탓을 하고 시댁 탓을 하고 자기 신세를 한탄하며 화만 내고 있었다면 어떻게 되었을까. 그녀는 화를 내는 대신 행동으로 움직였다.

그녀도 처음에는 화가 났다. 가족도 친척도 친구까지 다 외면하다니, 이럴 수가. 그러다 '가까운 이들은 반드시 내가 어려울 때 도와야 한다.'는 그녀의 고집 같은 생각을 놓아버렸다. '그래, 나 스스로 일어설 수 있는 기회로 활용하자.'라는 마음이 되었고 이제 사막에 두어도 살아갈 자신감이라는 소중한 경험을 얻었다.

살아가는 길에 모든 것이 다 내 뜻대로 된다면야 얼마나 좋을까. 그런데 그런 일은 없다. 될 일은 되고 안 될 일은 안 된다. 어린아이같이 내 뜻대로 다 되어야 행복하다고 정해 놓으면 괴로울 일, 화날 일이 아주 많아진다. 고집을 버리는 이 사소함이 나중에는 큰 차이를 만들어낸다.

일이 성공하지 못했다고 자기 비난을 하고 화를 내는 건 어리석다. 그 일을 계속하고 싶으면 계속하는 것 뿐 다른 도리가 없다. '대학 시험에 두 번이나 실패했으니 나는 그만 하겠다.' 하면 그만 두면 된다. 또 해 보고 싶으면 자기가 할 수 있는 수준까지 해 보면 된다. 물론 성공할 때까지 도전할 수도 있다. 대학을 나와야 성공한다는 것도 하나의 관점에 불과하다. 고졸로 성공한 멋진 사람들도 많으니까 말이다.

우리는 왜 사소한 일에 화를 낼까? 욕심을 부려서이다. 행복한 사람은 화내지 않는다. 만족하는 사람은 절대로 화내지 않는다. 만족하려면 모든 일이 욕심대로 되든지 아니면 내 욕심을 줄여야 한다.

〈나는 비우며 살기로 했다〉의 저자 비움은 이렇게 말한다.

자신에게 쓸모없는 것들을 비우고 원하는 일을 하는 데 집중하는 이들이 미니멀리스트다. 물건을 줄이고 더 나아가 생활의 모든 면과 정신적인 것에 이르기까지 비우고 줄여나가면 삶이 단순해진다. 물건이 줄면 할 일이 줄고 시간과 물질에 여유가 생기므로 자신을 더 잘 돌보고 소중하게 대할 수 있기 때문에 삶이 촉촉해진다.

동료 작가들의 이야기를 들어보면 책 쓰기가 너무나 힘들다고 호소한다. 나 역시 힘들다. 어떻게 하면 가볍게 글을 쓸 수 있을까 찾아보니, 내 경우에는 동기가 문제였다. 글을 써서 베스트셀러 작가가 되고 싶다, 유명해지고 싶다는 욕심이 주범이었다. 그래서 그 욕심을 버렸다. 수십 년간 찾아 발견한 행복과 나만의 평안함을 유튜브로 나누고자 할 때도 이걸로 대단한 성취를 할 것이라는 처음의 기대를 버렸다. 그러니까 마음이 편하다. 유명해지거나 부자가 될 요량으로 뭔가를 하면 무거운 짐이 된다. 얻고자 하는 마음을 버리니 가볍다. 단 한 사람이라도 내 글이나 영상을 보고 조금이라도 마음이 편안해진다면 얼마나 좋을까!

대규모 공동주택을 최초로 개발한 주거혁명의 선구자이자, 현대 건축의 거장으로 불리는 프랑스 건축가 르 코르뷔지에가 인생의 마지막에 머물렀던 곳은 4평짜리 오두막집이었다. '4평이면 충분히 행복할 수 있다.'라는 건축의 본질적인 메시지처럼 나도 그렇다.

　행복은 내게 있는 것의 소중함을 아는 데서 온다. 한국의 유명한 수필가인 피천득 선생은 선물 받은 새 만년필을 꺼내 쓰려다가 오래 쓰던 만년필에게 미안하여 다시 돌려주었다고 한다. 행복은 소중함을 아는 것이다. 행복은 만드는 것이다. 내 마음과 정성을 다하여 뭔가를 해냈을 때의 기쁨이 행복이다. 사랑도 만드는 것이다. 그토록 불붙던 남녀의 사랑도 시간이 지나면 서서히 식어간다. 사랑의 마음이 식은 게 아니라 노력이 멈춘 것이다. 사랑 역시 그저 얻어지는 게 아니다. 노력이 필요하다.

　물건 하나도 소중하게 닦아 쓰며 마음으로 아끼고, 꽃 한 송이도 거름 주고 물주며 예쁘게 피어나게 하고, 이렇게 하나하나 내 생명과 정성을 불어넣는 데서 행복은 찾아온다. 뜻대로 안 되는 사소한 일에 화가 난다면, 방향을 바꾸어 주위 사람과 사물을 대하는 다정한 보살핌과 마음 쓰는 것에서 기쁨과 행복을 만들어 가면 어떨까?

　나는 왜 사소한 것에 화가 날까? 그건 내가 나를 따뜻하게 보살피고 내 마음을 다정하게 보듬어주며 보살피지 않았기 때문이다. 나를 밀쳐두는 습관대로 남도 밀어내고 행복도 쳐낸다. 우리 마음도 돌보아 주고 사랑해 주고 물을 주어 보살필수록 내 마음의 정원에 사랑의 꽃이 피고 행복해진다. 사소한 것에 화가 나는 것은 그것이 나의 행복이라 집착하고 붙들기 때문이다.

03

지금 나에게 필요한 것은 행복이다

나는 가끔 21일 기도를 한다. 기도라기보다는 원하는 걸 적어서 책상 앞에 붙여 놓는다.

그 소원 메모를 매일 컴퓨터 모니터 아래에 번갈아 붙여놓고 어느 소원이 이루어지는지 일상에서 찾아보고 기대하는 게 재미있고 가슴이 두근거렸다. 메모를 들여다보고 소원이 하나씩 이루어지니 하루하루가 선물 같은 느낌이 들었다. 그 스무 하루가 마치 로또 발표를 기다리듯 묘한 긴장과 기분 좋은 기대감이 이어졌다. 그 자체가 신선한 행복이었다.

아마 긍정적인 생각에 초점을 맞추어서 기분이 좋아진 것이리라. 물론 100% 다 이루어지지는 않는다. 대부분 50% 정도 이루어졌는데 이것도 꽤 신기하고 재미있다. 어느 날은 하느님이 날 사랑한다면 나비를 보여 달라 기도했더니 어떤 분이 나비 그림을 보내 주었다. 별들과 함께 춤추는 나비들의 군무란!

몇 번이나 해보던 어느 날, 꼭 뭔가를 받거나 얻어야 내가 행복해지는가 하는 의문이 들었다. 그 전에는 내가 불행했었나 하는 생각도 들었다. 메모를 내려놓고 나는 행복하다고 써 보았다. 내가 행복할 이유를 적어보았다. 밝게 빛나는 따스한 햇빛, 오묘한 색깔로 물드는 단풍잎들, 시원한 바람, 공원 나무에 매달린 열매들, 파란 하늘에 흰 구름, 아이들의 까르르 웃는 소리, 건강한 나, 늘 도움을 주고받는 정다운 동료들…. 난 이미 행복한 채로 살고 있었다. 다만 소소한 즐거움은 놓아둔 채 별다른 것, 특별한 그 무엇을 바라고 그것이 안 이뤄지니 행복하지 않다고 생각했던 것뿐이었다. 그건 사실 있어도 되고 없어도 되는 과외의 그 무엇이기도 했다. 그냥 행복하다 하면 될 텐데, 내가 이미 있는 행복은 버려두고 특별한 조건을 걸었다는 것을 깨달았다.

행복으로 가는 첫걸음은 '나는 이미 행복하다.'라고 말하고 믿어야 한다. '행복했으면 좋겠다.'란 생각은 아직 행복하지 않다는 말이다. 현재의 행복을 보지 못하고 머나먼 저기 어딘가에 있는 어떤 이상적인 것을 바라는 욕망 때문에 가까이 있는 행복을 느끼지 못하는 불감증에 걸린다.

행복은 주관적이다. 똑같은 상황에서도 어떤 사람은 행복하다 하고 어떤 사람은 불행하다고 말한다. 불행하다 생각된다면 내 행복지수를 알아보는 연습을 해보면 어떨까. 최대 불행을 0으로 놓고 최대 행복을

10으로 정했을 때 나는 어디쯤에 있을까 생각해 본다. 아침마다 지금 내 행복지수는 얼마인지 체크해 보면 행복지수는 점점 올라간다. 왜냐하면 행복에 포인트를 두고 행복에 초점을 맞추어 생각하기 때문이다.

뇌 과학자에 따르면, 사람은 하루에도 수만 가지 생각을 하는데 그 내용을 간추려보면, 해야 할 목록이나 걱정거리나 쓸데없는 자기 비난을 한다고 한다. 특히 가장 많은 것이 '자기 비난'이라고 한다.

'아 실수했네.', '내가 왜 그랬지? 그래서는 안 되는데.', '역시 한심하군.', '내가 그렇지 뭐' 등 자기를 비하하고 기분이 나빠지는 생각들로 가득 차 있는데 어떻게 행복해질 수 있을까? 가장 먼저 자기 자신을 받아들이고 사랑해야 되지 않을까.

행복은 기분 좋은 생각만 하겠다는 적극적인 결정이다. 미국의 16대 대통령이자 남북전쟁으로 노예해방을 이끌어 낸 아브라함 링컨은 이렇게 조언한다. "사람들은 자신이 행복해지겠다고 결심한 딱 그 수준만큼만 행복해진다."

링컨이 선거에 패배한 다음 날, 참모들은 그가 얼마나 상심해 있을까 하고 위로 차 그를 방문했다. 그런데 링컨은 멋진 양복을 빼입고 머리에 기름을 발라 말쑥한 차림으로 그들을 맞아주었다. 어제 무슨 일이 있었느냐는 듯이 멀쩡한 얼굴로 그가 한 말은 이랬다.

"오늘은 새로 시작하는 날입니다! 얼마나 멋진 날인가요?"

무엇을 얻어서 행복하겠다는 것은 그 이면에 이미 '나는 행복하지 않다.'라는 전제로 시작한다. 무엇을 얻으면 또 다른 얻고 싶은 게 생기니 진정한 만족을 얻기 어렵다. 아예 '오늘 나는 행복하다.' 하며 오로지 행복에 초점을 맞추면 그 집중하는 태도가 행복을 불러온다. 아무리 실패했다 해도 늘 좋은 생각과 나의 장점에 대해 감사하면 더 행복에 가까워진다.

그렇다면 행복의 정의는 무엇일까? 너무 좋아서 가슴 뛸 만큼 두근두근 하는 걸까? 아니다. 행복은 그렇게 요란스러운 것이 아니다. 행복은 환희로 가슴이 터져나갈 것 같은 상태라기보다는, 만족을 느끼며 느긋해하는 상태라고 할 수 있다. (《행복하다 행복하다 행복하다》 29쪽)

내 부모님은 남모르게 금슬이 좋으셨는지 두 달 차이로 돌아가셨다. 나도 어지간히 강심장이고 긍정 왕인데 두 분이 나란히 돌아가시니 정말이지 정신을 차릴 수가 없었다. 하늘이 무너져 내린다는 표현이 딱 맞았다. 마치 온몸의 뼈가 다 흐물흐물해지는 것 같았다. 요양원에 계시더라도 오래 살아계시면 얼마나 좋을까. 두 분이 한꺼번에 가시니 마음이 죽을 것 같았다. 어머니가 꿈에 자주 나오는 것도 힘들었고 돌아가시기 직전 며칠 동안의 괴로운 숨소리는 몇 달을 가도 귀에 쟁쟁했다.

난 모든 교제를 끊고 얼굴이 시커먼 채로 집에만 틀어박혀 있다가 그해 초파일 날 동료의 손에 이끌려 비틀거리는 심정으로 찾아간 곳이 조그만 도시의 소박한 선원이었다. 지도 스님께서 자초지종을 들으시고 나직한 목소리로 위로해 주셨다. "부모님 영가를 위해 기도해 드릴

게요." 나도 모르게 눈물이 주르륵 흘렀다.

인간은 좋으면 끌어당기고 싫으면 밀어낸다. 그러고 보니 이때까지 내가 살아온 삶도 좋은 것은 끌어당기고 싫은 것은 밀어내는 태도로 살아왔음을 보게 되었다. 부모님이 돌아가신 것이 슬프기도 하지만 그 보다는 나에게 잘해 주신 분들이 끝까지 계셔야 하는데, 이렇게 가버 리니 그것이 큰 고통이었다. 내 욕심의 마음이 보였다. 또 미운 사람을 대할 때는 좀 빨리 사라지기를, 내 눈에 안보이기를 바라며 살아온 나 의 좁은 마음을 깊이 참회했다.

천국은 어린아이와 같아야 들어간다고 했다. 어린 아기들은 구별할 줄 모른다. 당기거나 밀쳐내지 않는다. 남을 판단할 줄 모른다. 그럼에 도 천사처럼 행복한 얼굴이다. 무엇을 가지려 애쓰지 않는 아기들에게 필요한 건 다 주어진다. 욕심을 낼 필요가 없다. 다 주어지니 그것으로 행복한 아이는 내일 일을 걱정하지 않고 지난 일로 괴로워하지 않는 다. 지금 나에게 필요한 건 어린아이 같이 신뢰하는 마음의 행복이다.

반복되는 불행에는 패턴이 있다

여고시절, 한창 사춘기인 열여섯 살의 여학생들은 국어 선생님에게 집단 상사병이 걸렸다. 우리는 그 당시 유행하던 노래들을 부르며 선생님을 사모했다.

"어쩌다 생각이 나겠지, 냉정한 사람이지만~"

"코와 귀 그리고 눈동자 ~"

그분은 30대 초반으로 매우 핸섬하고 문학적이었고 테니스를 치는 멋쟁이셨다. 고3 때 드디어 담임을 맡아 교실에 들어오셨고 친구들은 연예인을 만난 듯 열렬히 환호했다. 나 역시 아침과 오후 조·종례 시간마다 담임을 볼 수 있어서 가슴이 두근거렸다. 국어시간이 다가와 선생님이 좋아하던 노천명의 시 '모가지가 길어 슬픈 사슴이여, 너는 관이 높은 족속 이었나 보다.'를 외우면 연보랏빛 마음이 울렁거렸다.

그런데 이분의 결혼관이 평범하지가 않았다. "결혼해도 고독하다, 결혼은 필수가 아니다, 결혼한다고 행복이 보장되는 것이 아니다, 결혼해도 외롭다." 이런 말들로 우리들의 어린 마음에 결혼은 해도 그만 안 해도 그만이라는 믿음을 은연중에 주입하셨다.

그 영향일까, 그때 우리 반 친구들은 나중에 몇몇이 성당의 수녀가 되었다. 혼자 사는 친구들도 더러 있다. 선생님은 왜 우리에게 결혼의 어두운 면을 그렇게 자주 암시했을까? 그분 개인의 가정생활이 불행했기 때문일까? 어쨌든 그분으로 인해 우리는 결혼에 대한 회의를 갖게 됐고 결과적으로 배우자 없이 사는 친구들이 많다.

우리들은 갓난아이 때 하얀 백지 같은 상태로 태어나 자라면서 부모님을 비롯한 주위 사람들의 감정 상태, 신념, 생활 방식을 하나씩 습득한다. 그리고 그 세계를 복사하여 비슷한 가치 체계를 만든다. 여기서 자녀의 행복의 수준이 달라진다. 부모가 입으로 가르치는 것보다 몸으로, 삶으로 직접 보여주는 것이 더 강렬하게 후대로 이어진다.

인간은 7살까지는 거의 세타파(수면 뇌파)의 영역 대에 있어 반 최면 상태로 살아간다고 한다. 그때에 주위 사람들의 사고방식, 습관, 일을 대하는 태도 등을 비판 없이 그대로 다운로드하니 평생 크게 영향을 끼친다.

"아빠 같은 남자만 아니면 결혼한다."고 공언한 서윤 씨. 술과 담배에 찌든 아빠가 너무 싫었던 그녀는 술도 담배도 안 하는 착실한 남자를 만나 행복한 신혼생활을 시작했다. 그러나 갑자기 교통사고를 당하고 연이어 실직까지 하게 된 남편은 이를 비관하며 술을 마시기 시작했다. 얼마 지나지 않아 담배까지 손을 대는 걸 보고 아내는 이혼을 청구했다.

이혼의 상처와 외로움으로 교회에 다니던 중 정말 착실한 남자를 만났다. 재혼을 하고 새로 맞은 행복도 잠시, 도박에 손을 댄 남편이 재산을 탕진하고 전셋집마저 경매에 붙여지자 술과 담배에 빠져 헤어나지를 못했다.

두 번이나 결혼해도 남편이 아빠 같은 사람이 되어버리는 신기한 일이 일어난 것은 무엇 때문일까? 또 결혼한다면 세 번째 남편은 괜찮을까? 아마도 똑같은 패턴이 반복될 것이다. 이처럼 반복되는 불행에는 패턴이 있다. 주기적으로 이런 일이 일어나는 것은 그녀의 깊은 무의식 속에 들어있는 남자, 즉 아빠의 모습이 현실로 재현되고 있기 때문이다. 내가 세상에서 제일 먼저 만난 남자인 아빠의 모습이 그녀의 머리에 각인된 것이다. 그녀의 무의식에 박혀있는 '술 먹고 담배 피우는 남자는 안 된다.'는 영상이 큰 두려움과 함께 깊이 새겨진 탓에 그녀의 인생에 반복해 상영되고 있다.

그녀는 엄마처럼 살지 않으려 했다. 아빠가 사업에 실패하고 술과 담배에 찌들어 사는 동안 엄마가 온갖 일을 하며 어렵게 가정을 일궈왔다. 엄마의 푸념과 한숨 소리를 들으며 자랐던 어린 시절, 술·담배만 하는 아빠 보기를 힘들어했던 엄마의 감정 상태가 고스란히 딸에게 전이되었다. 우리가 마음으로 지극히 싫어하는 것은 이상하게도 현실에 잘 나타난다.

엄마가 행복하게 사는 것이 자녀에게는 최고의 유산이다. 아이를 훌륭하게 키우려고 하기보다는 엄마가 행복하게 살면 자연스레 아이는 엄마의 행복을 이어받는다. 그런데 엄마가 남편에 대한 어두운 인식으로 살았다. 딸이 '술·담배를 하지 않는 사람', '부정적인 요소가 없는 사람'을 남편감으로 바라게 된 이유는 불행한 엄마처럼 되고 싶지 않아서였다.

엄마의 인생을 딸이 물려받는 것이 반복의 패턴이다. 대개 엄마를 보면 그 딸을 안다고 한다. 엄마의 인생과 거의 비슷한 삶을 사는 건 어쩌면 당연한 일이다.

반복되는 불행의 사슬의 끊으려면 먼저 나뭇가지가 아닌 뿌리부터 변화해야 한다. 불행의 씨앗은 엄마의 삶이라는 뿌리부터 시작되었다. 그래서 술·담배를 하는 남편이 원망스럽던 엄마의 마음이 바뀌어야 딸의 운명도 바뀌고 좋은 인연을 만나게 된다. 결국은 남편의 술·담배가 문제가 아니라 거기에 대응하는 아내의 마음이 문제다.

"당신 때문에 괴롭고 힘들다." 불평하니 엄마를 따르는 어린 딸의 마음에는 "남자란 술 담배로 여자를 괴롭히는 존재다."라고 인식이 되고 대를 이어 불행한 결혼이 되었다.

언젠가 일본 종교 광명회에 가본 적이 있다. 어떤 부인이 찾아와서 남편이 너무 싫어서 집을 나왔다고 하니 지도 선생님이 이렇게 상담하셨다. "저 참회하는 방에 가서서 1시간 동안 남편 감사합니다, 감사합니다 해 보세요."라고 했다. 깜짝 놀라 머뭇거리는 부인을 반강제로 그 방으로 모시고 가셨다.

한 시간이 채 못 되어 눈물이 그렁그렁한 채 방을 나온 부인은 빨리 집에 가야 한다고 했다. 왜 그러시냐 하니 '남편 감사합니다.'라고 기도를 하니 남편이 너무 잘해 준 것들이 생각나서 그만 눈물이 나고 보고 싶어서 가야겠다는 것이었다. 행복했던 때의 남편이 기억나 감사하는 마음으로 가득 차 버렸던 것이다. 처음엔 신혼 때의 남편에게만 감사했는데 감사를 하다 보니 어느덧 현재의 남편이 살아계신 것만 해도 감사한 마음이 되었다고 한다.

유명한 러시아 작가인 프레드릭 알렉산더는 말한다. "사람은 자신의 미래를 결정짓지 못한다. 대신 습관을 만들면 그 습관이 미래를 대신 정해 준다."

미래를 행복하게 살려면 불행한 감정 습관, 사고 습관을 바꿔야 한다. 내 인생이 아빠 때문에 남편 때문에 망쳤다는 피해의식에서 벗어나 나의 관념을 바꿔야 한다.

반복되는 불행도 새로운 사고 습관으로 행복으로 바꿀 수 있다. 아빠와 엄마가 행복했던 시절이 분명히 있다. 그렇다. 행복한 장면을 자주 상영해야 내 무의식에 행복을 심을 수 있고 현실에서 행복을 경험할 수 있다. 이 작업을 의식적으로 해야 한다. 그밖에 영화나 드라마 등 다른 곳에서 본 좋은 남자들의 품성을 음미해도 좋다. 이렇게 새로운 프로그램을 다운로드하면 반복되는 불행의 패턴도 행복의 패턴으로 점차 바뀐다.

05

슬퍼지는 것도 결국 나의 결정이다

어느 날 저녁, 체로키족(미국 인디언의 한 부족) 노인이 손자에게 이야기를 했다. 이야기는 우리 내면의 갈등에 대한 것이었다.

"애야, 우리 안에 있는 두 마리 늑대가 싸움을 벌이고 있단다. 그중한 마리는 못된 늑대지. 그것은 분노, 질투, 후회, 탐욕, 거만, 무시, 죄의식, 원한, 열등감, 거짓말, 불명예, 우월감이란다. 다른 한 마리는 착한 늑대란다. 기쁨, 평화, 사랑, 희망, 경건, 겸손, 친절, 공감, 너그러움, 진실, 동정, 믿음이지."

손자는 골똘히 생각하더니 할아버지에게 물었다.

"그럼 어떤 늑대가 이겨요?"

"네가 먹이를 더 많이 준 늑대가 이기지."

먹이를 자주 주는 쪽이 통통하게 살이 오르고 힘이 세어지는 건 당연한 일이다. 우리 마음은 나의 선택과 나의 결정에 따라 착한 늑대가 되기도 하고 나쁜 늑대가 되기도 한다. 어느 쪽의 손을 들어주는가는 주인의 마음과 결정에 달려 있다.

나쁜 늑대가 우리 안에서 한 번 화를 내면 보이지 않는 마음의 데이터 창고에 화의 에너지가 흔적을 살짝 남기고, 두 번 화를 내면 그 흔적이 좀 더 진해져 스크래치가 깊어진다. 화를 내는 일이 점점 많아지다 보면 이제는 작은 일에도 화를 내다 못해 분노에 가득 차 무섭게 으르렁거리는 사람으로 변해버린다. 화에 중독이 된다.

나쁜 늑대를 키우는 습관으로 살다 보면 사람이 아닌 진짜 늑대가 된다. 으르렁 거릴 때마다 주위 사람들 마음은 불안과 두려움에 시달린다. 누군가 나쁜 늑대 행동을 하는 게 보이면 빨리 그 자리를 피하는 게 좋다. 그렇지 않으면 내 마음의 나쁜 늑대도 그걸 받아먹고 무럭무럭 자란다. 언제나 먹이를 주는 늑대 쪽이 이긴다.

지난해 겨울, 감기로 고생하면서 면역력에 관심을 갖게 되었다. 면역을 높이기 위한 여러 가지 식이요법, 운동요법 등을 공부하던 중 크게 공감한 것이 '장내 세균총' 이론이다. 우리 뱃속에는 유익균(有益菌)과 유해균이 있는데 유익균이 많아지면 면역력이 높아지고 유해균의 비율이 높아지면 면역력이 약해진다고 한다. 유익균과 유해균의 비율이 6:4 정도면 저절로 면역력이 좋아지니 감기나 병에 걸리지 않는다. 그런데 여기서 40%정도 되는 중간 균들은 눈치를 보다가 세력이 강한 쪽의 성질을 띤다고 한다. 즉 유익균이 많아지면 유익균의 성질을 띠고 유해균이 많아지면 유해균 쪽으로 붙는다. 이러니 유산균을 먹든 김치를 먹든 유익균의 수를 늘리는 건 주인이 실행해야 할 몫이다.

운명도 그렇다. 좋은 운명을 타고난 사람일지라도 마음을 나쁘게 쓰면 운명이 나빠진다. 또 나쁜 운명인 사람일지라도 겸손하게 자기를 반성하며 열심히 살아가는 사람은 운이 좋게 바뀐다. 운명이 바뀌는 방법이 몇 가지 있다. 사는 게 힘들고 운이 나쁘다면 많이 걸어라, 그릇을 깨트려라, 이사를 가라, 청소를 하라 등등 개운법이 많다.

하지만 가장 효과가 좋은 것이 마음에 사랑을 채우는 일이다. 화가 나고 우울하거나 슬플 때에 창을 열고 초록빛 나뭇잎을 보거나 파란 하늘을 본다. "무엇이든 받아들이고 사랑하겠다."라고 말한다. 마음에 힘을 주는 말을 하고 마음에 용기를 불어넣어 주는 책을 읽고 강의를 듣다 보면 점점 더 운명이 좋아지고 건전한 노력가로 변신하게 된다.

어두운 노래를 부르는 가수들은 그 노래대로 인생이 변했다. '낙엽 따라 가버린 사랑'을 부른 70년 대 가수 차중락은 27세에 요절했다. 김정호는 32세에 부른 노래 '하얀 나비'를 따라 저세상으로 날아갔다. '쨍하고 해 뜰 날'을 부른 가수 송대관은 그 노래를 부르면서 인생에 해가 떠올라 대스타가 되었다. 어두운 생각들을 자주 재생하면 점점 마음이 어두워지고 밝은 생각, 밝은 노래를 부르면 운명에 해가 뜬다.

여기 가난한 대학생 둘이 있다. 두 사람 다 알바를 뛰면서 힘겹게 학업을 이어가고 있다. 한 학생은 '노력에는 반드시 보답이 있다.'면서 늘 씩씩한 모습으로 열심히 일하고 밝게 생활한다. 미래의 꿈을 꾸면서 하루하루 착실하게 살아간다. 또 다른 학생은 늘 축 처져서 '내 팔자가 왜 이 모양인가, 참 재수 없다.' 이런 생각을 하더니 점점 힘이 빠져 그만 자포자기에 빠지고 말았다.

자주 하는 생각이 운명을 만든다. 생각은 기운을 만들고 미래를 만든다. 생각은 새로운 인생을 만든다. 어떤 생각이 계속 이어지면 우리 인생에 태양이 떠오르기도 하고 암에 걸리기도 한다. 결혼을 잘못했다고 우울한 생각과 슬픔을 붙잡고 있으면 점점 더 우울함이 깊어진다. 나중에는 그 우울함이 온몸을 뒤덮어서 숨쉬기도 힘들어진다. 늘 밝고 희망적인 생각으로 목표를 정해서 열심히 살아가면 눈이 반짝반짝 빛이 난다. 세상은 살 만한 곳이다. 세상은 노력하는 자에게 정확하게 보답해 주는 곳이다. 이렇게 말하고 믿고 행동하면 마음에 용기가 생긴다. 그렇게 살다 보면 인생에 눈부신 시간이 다가온다.

'이 지옥에서 뭔 일을 할까? 그냥 대충 시간을 보내면서 인생을 살면 그뿐이지.' 이러면 오던 복도 달아난다. 하늘도 스스로 돕는 자를 돕는다고 하지 않는가? 하늘과 땅은 세상에 대한 우리의 태도와 믿음 그대로 되돌려 준다. '세상은 살만한 곳이에요. 노력한 만큼 다 보상해 주는 곳이어서 참 좋아요!' 이러면서 열심히 살면 '그래 세상은 좋은 곳이야.' 하며 그만큼을 보상을 해 준다.

슬픔이란 내 뜻대로 안 된다고 화내는 기운이다. "부모님이 돌아가시지 않고 오래오래 사시면서 나를 사랑해 주시면 좋을 텐데…."라는 소망대로 되지 않아 괴로운 것이다. '그 남자가 끝까지 나를 사랑해 주어야 하는데 헤어지다니….' 이 역시 내 뜻대로 안 되어 힘든 것이다. '좋은 직업을 가져야 하는데 시험에 떨어져서 이러고 있네!' 모두 다 내 맘대로 안 되었다고 화내는 마음이다.

있는 그대로 받아들이고 다음 일을 계획하는 담담한 마음이 아니라 일이 안되었다고 이를 억울하게 여겨 슬퍼하는 것이다. 슬픔도 분노의 한 표현이다. 세상은 내 뜻대로 다 되는 곳이 아니다. 하지만 계속 슬퍼할지 다시 시도할지는 내가 결정할 수 있다. 슬퍼하는 것도 내 마음의 결정이다.

반면에 분발하여 부딪쳐 다시 도전하고 또 도전하면 뜻을 이룰 수 있는 것도 많다. 대부분의 성공한 사람들은 될 때까지 끝까지 도전한 사람들이다. 비가 올 때까지 몇 날이든 계속하는 인디언의 기도처럼 정말 하고 싶으면 끝까지 하면 된다. 도전하고 도전하는 사람들은 슬퍼할 시간이 없다.

나를 사랑하던 사람이 죽었을 때 남아있는 내가 오랫동안 슬퍼하여 슬픔에 잠겨 있다면 저 세상에 간 영혼은 좋아할까? 슬퍼하되 슬픔에 빠지거나 집착하면 안 된다.

그렇게 하나의 감정을 꼭 붙잡으면 병이 된다. 실제로 우리의 감정은 몸의 건강과 관계가 있다. 슬픔이 많은 사람은 폐에 병이 오고, 화가 많은 사람은 간에 병이 온다. 즉 감정관리가 건강관리이다. 마음이 편해야 소화도 잘되고 얼굴색도 좋아진다. 나쁜 늑대의 마음을 품고 살면 어두운 마음이 점점 자라나 건강도 일도 잘 되지 않는다.

내가 잘 살고 행복해지려면 늘 착한 늑대의 마음에 물을 주고 살기로 결정해야 한다. 슬픔도 분노도 내가 만드는 나의 결정으로 길어지기도 하고 사라지기도 한다. 나에게 유익하고 선이 되는 생각의 씨앗만을 소중한 내 마음의 정원에 뿌릴 때 아름다운 행복의 꽃이 수없이 내 인생에 피어날 것이다.

06
주위 사람들의 말에 흔들리지 마라

최근에 유명한 가수와 배우가 자살을 했다. 자살의 원인이 '악성 댓글'이라고 한다. 아직도 한창 나이인 20대에 자기 목숨을 끊어버리다니 너무나 아깝다. 익명성을 이용하여 함부로 악평하고 남의 목숨을 빼앗고도 댓글 작성자들은 죄의식이 없다. 그래서인지 어떤 연예인은 아예 댓글을 보지 않는다고 한다. 좋은 댓글은 읽으면 용기와 희망을 주지만, 나쁜 댓글은 읽으면 자존감이 추락하고 자신에 대해 환멸을 느껴 극단적인 선택도 한다.

악성 댓글을 쓰는 것도 시기와 질투로 저지른다. 인생이 괴로운 건 비교 때문이다. 모두 다 가난하던 60년대만 해도 너도나도 다 보릿고개를 힘들어하고 검정 고무신을 신었기 때문에 크게 문제가 없었다.

그런데 이제는 남과 비교해서 뒤떨어지면 어떡하나 하는 공포가 우리에게 있다. 그 놈의 남이 문제다. 영어회화를 공부하러 가도 한국인들은 얼굴에 철판 까는 게 힘들다. 철판을 깔고 마구 말을 해야 실력이 쭉쭉 늘어나는데 누군가 용기를 내서 다소 이상한 영어를 하면 비웃기 바쁘다. 그러니 늘 조심스럽다. 누가 날 비웃을까 이리저리 둘러보느라 에너지가 다 낭비된다. 쓸데없는 정신적 에너지 소모만 줄여도 인생은 참 행복할 텐데 말이다.

내가 책 쓰기를 시작한 것은 2016년도이다. 정년을 몇 년 앞두고 초조해져서 뛰어간 곳이 책 쓰기 모임이었다. 그런데 내가 너무 부족해서인지 너무나 무서운 선생님을 만나 억지로 몇 달을 따라 하다가 그만두었다. 쓴 원고마다 다 퇴자를 맞으며 몇 달을 버티니 나중에는 설사를 계속하면서 몸이 저항을 했다. 어쩔 수 없이 1년을 쉬었다.

어느 날 새벽을 깨우는 모임에 들었다가 그 카페지기를 따라 책까지 쓰게 되었다. 그때 만난 우리 팀 6명 중에 두 명은 2019년 9월, 12월에 각기 책이 발간되었다. 축하와 응원을 하면서 한편으로는 나는 지금 어디까지 왔나 했다. 두 동기분이 써 발간된 책 〈엄마의 눈높이 연습〉과 〈자존감은 수리가 됩니다〉를 읽으면서 내 원고를 들여다보니 한참 부족해 보여 다시 수정에 수정을 거듭했다.

그러는 동안 마음 한쪽에서 자꾸만 '포기해라, 포기해!'라는 소리가 들렸다. 돌들이 부르짖는 소리에 뒤돌아보면 안 된다는 그리스 신화 이야기가 생각이 났다. 그것은 '내가 실패했으니 너도 실패해야 돼!'라는 실패한 자들의 고함소리였다. 문득 정신을 차리니 벌써 2020년이다. 책을 발간한 작가들은 하나같이 말한다. "그냥 계속해라, 하다 보면 끝이 나 있다."

지난 2월에 〈나는 비우며 살기로 했다〉를 발간한 비움 작가도 3년간 블로그에 쓴 글을 중심으로 석 달 만에 책을 썼다. 대단하다. 하지만 그만큼의 시간을 이미 쏟아부은 결과다.

처음에는 책을 써서 내 명함을 반짝이게 하고 싶었는데 글을 쓰다 보니 생각이 달라졌다. 요즘은 그냥 한 사람에게라도 나의 책 한 구절이 위로와 격려가 되고 삶의 희망을 주게 된다면 그게 가장 큰 기쁨이다. 유명해지고 싶다는 마음도 내려놓았고 책이 많이 팔리기를 바라는 마음도 내렸다. 책을 쓰면서 나를 되돌아보게 되어 감사하다. 또 관련 서적들을 계속 읽으며 많은 공부를 하게 된 것이 큰 소득이다.

책을 쓴다 해서 갑자기 유명인사가 되는 것도 아니고 단군 이래 최고 불황이라는 시기에 책이 엄청나게 많이 팔릴 것 같지도 않지만, 포기하지 않고 늦은 나이에도 스스로 자가발전(自家發電) 형 격려를 하며 천천히 뚜벅이 걸음으로 전진하는 내가 참 멋있다.

무한도전을 매우 좋아하며 열심히 챙겨보았다. 각자의 개성이 살아 있고 실험적인 다양한 내용들이 시선을 붙잡았다. 특히 재미있게 본 게 상당히 위험할 법한 봅슬레이나 레슬링 같은 운동선수 경험이나 긴장감 넘치는 추적자 등 새로운 도전들이었다. 그런데 언제부터인가 몇몇 애청자들이 불만을 표시하면 전체 연기자들이 다 나와서 고개를 숙이고 사과를 하곤 했다. 점점 프로그램이 이상해져 갔다. 이 사람 저 사람 말을 다 듣고 보니 이제 독특했던 이미지들이 이도 저도 아니게 변해버렸고 소재는 점점 고갈되어 아쉽게도 폐지되고 말았다.

자기만의 독특함이 큰 장점인데 이걸 버리고 시청자들의 말에 따라 이건 폭력적이니 빼고 저건 차별이니 빼고 나니 이제 재미도 없고, 뜬 금없이 감동 버전이나 아이 돌보기 같은 소재를 들여오니 망할 수밖에 없다. 차라리 그때 밀고 나갔으면 어떻게 되었을까. 처음 시도한 대로 세게 밀고 나갔더라면 지금도 매주 즐겁게 시청할 프로그램인데 몹시 안타깝다. 이처럼 자기의 독특함을 버리고 사공의 말을 다 들어주면 안 된다.

행복을 찾아가는 길도 그렇다. 자신을 사랑하지 않으면 자기가 뭘 해야 행복한지 찾지 못하고 남의 길을 따라간다. 내 길이 아닌데 과연 행복할까? 남의 옷을 입은 듯 어색할 뿐이다. 나는 나의 길을 가야 한다. 내가 좋아하는 일이 아니라 부모님이 원하시는 일이니까 선택하면 사달이 난다. 나를 먼저 사랑해야 한다. 내가 무엇을 좋아하는지, 내가 어떤 일에 행복해하는지, 내가 연구형인지, 활동형인지 자신을 알아가는 게 매우 중요하다.

요즘처럼 취업이 힘든 것을 보면 이런 생각이 든다. 그럴 바에야 학창 시절에 좋아하는 거라도 찾아 했더라면 행복하기나 하지, 16년이나 되는 긴긴 학창 시절 동안 하기 싫은 공부에 매달려 남들 따라 흘러왔는데 죽도 밥도 아니게 되니 참 안타깝다. 부모 말을 착실하게 잘 듣고 망한 케이스도 많다. 자기 자신을 돌아보지 않고 뭘 좋아하는지 관심도 없이 그저 주위 사람들이 하는 대로 흘러온 까닭에 지금도 뭘 해야 행복한지도 모른다. 그냥 열심히 스펙 쌓기만 한다. 자기 방치의 결과이다.

나는 인도에 가서 명상을 하다가 내가 춤을 좋아한다는 걸 뒤늦게 알게 되어 놀랐다. 춤은 흉내조차 싫어했는데 어느 날 100바퀴를 빙빙 도는 명상 춤을 추고 있는 것이었다. 외모나 몸매가 무용선생님 같다라는 말을 들은 적이 있지만 춤은 날라리들의 불장난처럼 여겼다. 내가 무엇을 좋아하는지 여러 가지 시도를 해보는 게 좋다.

연애도 그렇다. 사랑에 매달린 연인이 그렇듯이 그 사람이 나를 인정할 때는 급 행복해지고 그 사람이 잠시 나를 외면하는가 싶으면 급 우울해진다. 그 행복이 오래가지도 않는다. 나의 모든 관심과 심경을 어디에다 두는가? 남인가, 나인가? 일인가, 나인가?

모든 기준을 나에게 두어야 비로소 행복이 시작된다. 초점이 나에게 있으면 조화로움이 빛난다. 이런 마음으로 연애를 하면 매우 편안한 연애를 할 수 있다. 그런데 연애란 것이 원래 상대에게 내 마음을 빼앗긴 상태가 되기 때문에 자주 불안한 마음이 된다. 이때 마음이 시키는 대로 하기보다는 '지금 불안하구나… 마음아. 미안해, 사랑해.' 하며 내 마음으로 돌아와야 한다. 그러면 중심이 잡힌다.

한때 잡지사에 다니면서 글을 쓰고 사람들의 박수를 받을 때면 난 이렇게 말했다. 칭찬은 감사하지만 선생님도 글을 쓰세요! 선생님만의 고유한 방식, 고유한 표현법과 이야기들을 좋아하는 팬들이 반드시 있을 테니까요! 정말이지 많은 분들이 자기 색깔로 글을 썼으면 좋겠다.

꽃들을 보면 제각기 다른 빛깔과 모양과 향기를 갖고 있다. 어느 누구를 더 아름답다고 하랴! 나는 장미의 향을 좋아하지만 작은 민들레의 생명력에 감탄하고 키다리 해바라기의 씨앗 박힌 큰 얼굴도 좋아한다. 제각기 다른 모습이기에 점수를 매길 수 없다. 그냥 그대로 사랑스럽다.

이렇게 모든 존재들은 각자의 빛깔로 빛난다. 누가 뭐라 하든지 내자리에서 나의 길을 행복하게 걸어가는 것이 가장 멋진 삶이다. 밖에는 화려한 그 무엇들이 있는 듯해도 거기 휩쓸리지 않고 내 모습 이대로 저절로 성장하고 꽃 피고 열매 맺을 것을 안다.

밖의 시선이나 남의 인정보다 내 특별함에 귀 기울일 때 몇 십 배더 행복을 느낀다. 주위 사람들의 말에 일희일비하고 흔들리기보다는내가 나를 사랑하고 내 숨소리를 듣고 내 몸의 상태에 마음의 닻을 내리면 몸과 마음이 안정된다. 이 조화로움이 먼저이다. 자기 몸과 마음과 대화하면서 자신과 소통하는 길이 행복에 다가가는 지름길이다.

07

지나간 과거와 작별하라

"나는 오십 대가 된 어느 봄날, 내 마음을 바라봤습니다. 문득 세 가지를 깨달았습니다. 이 세 가지를 깨닫는 순간 나는 내가 어떻게 살아야 행복해지는가를 알게 되었습니다.

첫째는 내가 상상하는 것만큼 사람들은 나에게 그렇게 관심이 없다는 사실입니다. 보통 사람들은 제각기 자기 생각만 하기에도 바쁩니다. 남 걱정이나 비판도 사실 알고 보면 잠시 하는 짓입니다. 그렇다면 내 삶의 많은 시간을 남의 눈에 비친 내 모습을 걱정하면서 살 필요가 있을까요?

둘째는 이 세상 모든 사람들이 나를 좋아해줄 필요가 없다는 것을 깨달았습니다. 내가 이 세상 사람들을 다 좋아하지 않는데 어떻게 이 세상 모든 사람들이 나를 좋아해 줄 수 있을까요? 그런데 우리는 누군가가 나를 싫어한다는 사실에 얼마나 가슴 아파하며 살고 있나요?

모두가 나를 좋아해 줄 필요가 없습니다. 그건 지나친 욕심입니다. 누군가가 나를 싫어한다면 자연의 이치인가 보다 하고 그냥 넘어가면 됩니다.

셋째는 남을 위한다면서 하는 거의 모든 행위들은 사실 나를 위한 것이었다는 깨달음입니다. 내 가족이 잘되기를 바라는 기도도 아주 솔직한 마음으로 들여다보면 가족이 있어서 따뜻한 나를 위한 것이고 부모님이 돌아가셔서 우는 것도 결국 외롭게 된 내 처지가 슬퍼서 우는 것입니다.

이처럼 우리는 부처님이 아닌 이상 자기중심의 관점에서 벗어나기란 쉽지 않습니다. 그러니 제발 다른 사람에게 크게 피해를 주는 일이 아니라면 남 눈치 그만 보고 내가 정말로 하고 싶은 것을 하고 사십시오. 생각만 너무 하지 말고 그냥 해버리십시오. 왜냐하면 내가 먼저 행복해야 세상도 행복한 것이고 그래야 또 내가 세상을 행복하게 만들 수 있기 때문입니다. 우리 인생 너무 어렵게 살지 맙시다.〞(혜민 스님의 〈멈추면 보이는 것들〉 중에서)

지난날 나 역시 사람들에게 잘 보이려고 그 사람이 듣고 싶은 말을 해 주면서 그 대가로 원만한 인간관계라는 보상을 원했다. 그게 100% 성공하지 않는다 해도 그렇게 해야 왠지 마음이 편했다. 그런데 그 관계는 오래가지 못했다.

"아무래도 우리 이러면 안 될 것 같아."

"맞아요." (속으로는 어? 뭐가 이래서는 안 된다는 거지?)

"그러니까 우리 주장을 강하게 전달해 보면 어때?" (우리 주장을 일방적으로 전달한다고?)

"아, 그러죠 뭐!" (아이, 싫은데 왜 말이 이렇게 나오지?)

좋은 관계를 위해 그렇게 겉도는 대화를 하며 애를 썼다면 이제는 나 자신에게 잘 보이기 위해 에너지를 사용하려 한다. 화끈하게 표현되지 못한 내 속의 에너지는 이상하게 뭉쳐져 내 안에서 아파하고 있다. 남의 뒷담화를 하며 거기 동의해 달라는 사람들의 눈치를 보며 살다가 어느 날부터인가 나는 괴로워서 자리를 피했다. 사람들의 이런 이중성을 볼 때 속으로 진저리를 쳤다. 앞에 있을 때는 웃다가 분명히 내가 없을 때 내 말을 할 걸 알기 때문이다.

이제까지 다른 사람의 눈치를 보고 살았다면 이제는 나 위주로 한번 살아보리라. 남에게 피해를 주지 않는 것이라면 그 무엇이든 시도해 보리라. 난 생각이 다르다고 하리라. 그건 이렇고 저렇고 하니 아닌 것 같다고 표현하리라. '좋은 게 좋은 거지, 뭐' 하면서 상황마다 대충 동의하며 살았던 걸 이제는 그만두리라. 시원하게 말할 수 있는 용기를 가지리라.

지나간 과거와 작별하고 오늘부터 새로운 삶을 시작하는 것, 이렇게 새 출발을 할 수 있다는 것, 자기에게 다시 기회를 준다는 것이 얼마나 멋진 일인가? 나는 전과 다르게 말하고 행동하고 전과 다르게 생각할 것이다.

자꾸만 생각나는 아쉬운 일들도 내가 당한 힘든 일들도 이제는 던져버릴 테다. 누구라도 며칠씩, 몇 달씩 나를 버리고 간 연인이나 나에게 큰돈을 사기를 친 인간도. 붙잡고 있어봐야 아무 소용이 없다.

너무나 억울한 일이지만 그 사람이 오히려 나의 은인인지도 모른다. 그 사람이 나를 깨우치게 한 것인지도 모른다. 그 사람이나 그 사건이 주는 메시지는 아마 이런 것일 게다.

'넌 연인과 오랫동안 행복을 누릴 자격이 없다고 생각하잖아, 넌 자기가 그만한 돈을 가질 자격이 없다고 스스로 제한하고 있잖아. 그러니까 사기꾼이 와서 딱 그만큼 덜어가는 거지.'

'돈을 사용하여 자기 행복을 가꿀 생각을 하지 않으니까 돈으로 자기의 행복을 가꿀 사람에게 돈이 떠나버리는 거야.' 이렇게 생각하기로 했다.

그런데 반전이 있다!

"돈을 가져가거나 내 무언가를 갖고 가는 도둑은 내 것과 함께 내 업장(어두운 생각의 덩어리)까지 가져가 버리니 마음이 아주 가벼워질 것이다. 내 속에서 나를 꽉 붙들고 있는 내 무거운 신념(행복을 누릴 자격이 없다)까지 상대가 가져가 주니 내 앞날은 무척 밝을 것이다. 상대는 내 돈을 얻었다고 땡잡았다고 좋아할지 모르지만 내 어두운 무의식이 담긴 걸 가져감으로써 고통을 당할 게 뻔하다. 공짜는 없다. 돈과 함께 어두운 에너지를 흠뻑 뒤집어쓸 게다. 이게 보이지 않는 세계의 비밀이다." 이렇게 불교식의 업장 논리로 정리하니 마음이 한결 가뿐해진다. 행복하려면 우선 내 마음이 편해야 하니 생각도 그쪽으로 한다.

지난날 나는 좋은 걸 받을 자격이 없다 하고 무시했다면 이제는 나는 자격이 충분하다고 말하리라.

"나는 성공할 자격이 있는 사람이야."

"나는 사랑하는 이과 함께 오랫동안 행복할 자격이 있는 사람이야."

"내가 원하는 걸 다 가질 자격이 있는 사람이야."

"나는 돈을 가질 자격이 충분한 사람이야."

마음 바탕에 '나는 괜찮은 사람이다.'라는 신념을 깔아두어야 온갖 좋은 일들이 자기 자신에게 일어난다. 어린 시절 부모가 아이에게 했던 무의식적인 폭언들, 그것은 하늘 같은 부모가 자식의 운명에 평생 쥐여주는 위험한 주문이자 예언이다. 세상 분별이 안 되는 아이가 느끼는 고통스러운 감정들은 세포 깊숙이 박혀서 그 선언대로 평생 살아간다.

"너 같은 것이 뭘 잘하겠니?"

"그래가지고 시집이나 가겠니?

"도대체 커서 뭐가 되려고 그러니?"

그냥 이건 이렇게 하면 돼 하고 친절하게 가르치면 될 것을 마구 폭언을 해서 아이의 인생에 제대로 저주를 건다. 부모는 아이의 하느님이다. 하느님의 말씀은 100% 효력이 있다. 어떤 생각도 내가 만들면 된다. 나는 못났다, 나는 못났다 100번을 말하면 정말 못난이가 된다. 나는 멋지다, 나는 멋지다 100번 이상 말하면 정말 멋진 사람이 된다. 아주 간단하다. 아무리 괴롭다 해도, 아무리 힘들다 해도, 아무리 슬프다 해도, 이걸 만들어내는 건 바로 나이다. 부모나 선생의 저주도 내가 받아들였기에 내 것이 되었다면 이제는 나에게 행복을 주는 확언으로 새 인생을 만들자. 과거를 곱씹는 버전 대신 행복의 확언을 시작하자.

(비록 내게 아픈 과거가 있다 해도) 오늘부터 나는 행복할 거야.

(비록 내게 이혼한 과거가 있다 해도) 오늘부터 나는 행복할 거야.

(비록 내게 슬픈 운명이 많았다 해도) 오늘부터 다시 행복해질 거야.

(내게 어떤 일이 있더라도) 나는 행복할 거야.

08

혼자 있는 시간을 즐겨라

'고독 연습'이란 책을 보았다. 혼자 있는 시간을 즐길 수 있고 고독할 수 있는 사람이 그 어떤 만남도 행복으로 이끌 수 있다는 내용이다. 거기에 남녀의 만남이 독립성을 기준으로 분류되어 있었다.

1. 의지하는 남자와 의지하는 여자의 만남

2. 의지하는 남자와 독립한 여자의 만남

3. 독립한 남자와 의지하는 여자의 만남

4. 독립한 남자와 독립한 여자의 만남

이 만남의 결과를 요약해 보자면 다음과 같을 것이다.

첫 번째 의지하는 남녀의 만남은 말할 것도 없이 아무런 대책이 없다.

두 번째 독립한 여자와 의지하는 남자의 만남에서는 독립한 여자가 무척 힘들어진다.

세 번째 독립한 남자와 의지하는 여자의 만남에서는 독립한 남자가 무척 힘들어진다.

네 번째 독립한 남자와 독립한 여자의 만남은 서로 행복한 관계의 준비가 되었다.

첫 번째 의지하는 남자와 의지하는 여자의 만남이란 누군가에게 내 인생을 의지해야 되는 어린아이들 같은 형태이다. 둘 다 아이들 같다. 마치 초등학교 아이들처럼 갈 길을 안내해 주고, 내가 할 일을 말해 주고, 내가 잘한 건지 못한 건지 평가해 주는 상대가 있어야 하는 수준이다. 내 생활을 일일이 지시해 주기를 바라고, 잘못되면 지시자에게 그 책임을 떠넘기면 되니 아주 마음 편하게 살 수 있다. 그 지시자가 어려서는 부모나 가족일 수도 있고 커서는 이성 친구나 직장동료일 수도 있다.

이렇게 외부의 요구에 나를 맞추며 살아가는 게 편하기는 하다. 묻지도 따지지도 않고 무조건 아무 생각 없이 그냥 옳소! 하면 되니까 말이다. 이런 식으로 살다 보면 문제가 생겨도 스스로 해결할 생각을 안 한다. 누군가가 해 주겠지, 똑똑한 누군가가 해결하겠지, 누군가가 이 문제를 정리해 주겠지 하면서 내 문제를 누군가에게 의지하는 게 습관이 되어 자율적인 인생을 살아갈 수가 없다.

한 마리의 양이 돌진하면 그 양의 뒤를 따라 양 떼는 달린다. 그 끝이 초원인지 절벽인지는 중요하지 않다. 많은 이들이 가는 길이니 무조건 달린다. 생각하지 않고 고민하지 않아도 된다. 그들이 생각하라는 대로 생각하고 그들이 느끼라는 대로 느끼면 안전하다. 그러나 거기 나는 없다. 나의 뚜렷한 색깔을 내기에는 다소 두렵다. 혹시 여기에서 밀려나면 어떡하지? 불안이 따라온다. 물가에 내어놓은 어린아이의 앞날처럼 위태롭다.

나를 이끌어주는 정해진 누군가가 없으면 보통 대중의 의견을 따른다. 그러나 대중을 따르는 것은 소속감과 안정감을 주는 대신에 나만의 독특한 색깔로 살 권리를 빼앗긴다. 그들이 나의 기준이므로 대충 주위 사람들의 눈치를 보면서 살게 된다.

두 번째와 세 번째는 당연히 독립한 쪽이 독립하지 못한 어린애(?)를 데리고 살아야 한다. 어린애를 데리고 살면 일일이 가르쳐 주어야 한다. 의·식·주를 공급해 주고 기분도 맞춰 주고 늘 보살펴야 한다. 감정적 미숙까지도 늘 감싸주어야 하는 대신에 상대는 예쁘거나 멋지거나 장점이 있을 것이다. 사랑에 빠지면 이렇게 된다. 사랑 호르몬의 수명이 2년이라 한다. 그 2년이 지나면 어떻게 될까? 그 어린애를 데리고 사는 어른은 어느 순간 지친 나머지 허탈함을 느끼고 돌아설 것이다.

네 번째 독립한 남자와 독립한 여자는 각각의 존재로 이미 완전하다. 네가 있어야 완전해지는 불완전한 존재가 아니다. 나 혼자 만으로도 충분히 행복한 존재이다. 나 홀로 있어도 행복하고 함께 있어도 행복하다. 마치 고양이와 같다. 고양이는 홀로 있어도 행복하고 함께 하면 더욱 행복한 존재다. 함께 있다가 관계가 끝나 다시 혼자가 되어도 행복하다. 이미 행복한 상태이고 이미 독립했기 때문이나. 감정적으로든 정신적으로든 의지하지 않는다. 독립한 이들에게 다른 존재란 없다. 모두 자기의 확장일 뿐이다. 그러므로 누구도 타인으로 내치지 않는다. 존중과 배려가 배어 있다. 왜냐하면 자기 자신과의 만남이 깊이 이루어졌기 때문이다.

모든 유형이 자기 자신과 만나는 혼자 있는 시간이 중요하지만 특히 1, 2, 3번의 경우에는 자신을 직면하는 시간이 꼭 필요하다. 내가 지금 무슨 일을 하고 있는지 돌이켜 보는 시간이 필요하다. 오늘 하루도 누군가의 지시에 의해서 의존적으로만 살아가고 있지는 않은지 나만의 정산 시간이 필요하다.

중년이 되어 아이들을 잘 키워 취직하고 결혼까지 시키고 나니 이제 자신이 쓸모없게 느껴지는 빈 둥지 증후군은 역할자로서 살아온 결과다. 언제나 누군가의 그 무엇으로 살아가느라 내가 누구인지 돌아볼 겨를이 없다. 아내로 엄마로 직장인으로 주어진 역할만 하면서 끝이 어디인가 생각하지 못하고, 내게 붙여진 이름대로 역할 놀이에 빠져 살아간다. 이 역할이 끝나면 저 역할로, 저 역할이 끝나면 또 다른 역할을 하다 보니 나를 한번 돌아볼 새도 없이 세월은 휙휙 지나간다. 정신을 차리고 보니 벌써 중년이다. 내가 어디쯤 가고 있는지, 잘 가고 있는지, 중심을 잡기 위해서도 홀로 있는 시간이 반드시 필요하다.

하루에 최소한 30분이라도 혼자 있는 고독한 시간을 만들어 보라.

그 시간에 커피 한 잔을 마시면서 그냥 내 숨소리를 한번 들어보아도 좋다. 헉헉대고 살아온 날들에서 잠시 숨을 돌리는 것도 좋다. 우수하거나 열등하거나, 행복이나 불행하다는 평가를 내려놓고 그냥 내 숨소리를 한번 들어보고 내 심장이 뛰는 박동에 귀 기울여 보는 시간이면 족하다. 내가 나쁘니 좋으니 하면서 흥분하고 싫어하고 미워하고 좋아했던 모든 일상 속에서 아무런 말없이 묵묵히 나와 함께 해 주었던, 내 심장이 뛰는 소리에 귀를 기울이고, 고동치는 맥박소리를 느껴보라. 세상이 어떻든 간에 살아 있다는 존재의 충만감이 가득 다가올 것이다.

고독 연습은 내공을 쌓는 시간이다. 석가모니 부처님도 6년 고행을 했고 예수 그리스도도 40일 동안 금식하며 아무도 없는 광야에서 홀로 기도했다. 따르던 제자들도 놓아두고 혼자 있는 그 시간 오직 자기 자신의 내면 동굴로 깊이 들어갔다. 자신과 만나는 것이다. 위대한 성자들은 홀로 있는 그 시간에 하느님의 아들이요, 하늘의 뜻을 행하는 자로서 자신을 새롭게 만났다.

우리의 고독 연습은 저 성자들의 위대한 그 무엇이 아니어도 좋다. 그저 있는 그대로 나를 사랑한다고 속삭여주는 것이다. 나를 좋아한다고 말해 주는 것이다. "이러니 사랑할 수 없어, 저러니 사랑할 수 없어." 수많은 아니란 소리가 들릴 때마다 이렇게 말해 주자.

"아니야, 그럼에도 불구하고 나는 나를 사랑해!"

"나는 내가 할 수 있는 만큼만 할 거야."

"평범해도 괜찮아, 대단하지 않아도 괜찮아."

"못나도 괜찮아, 좀 느려도 괜찮아."

"감정조절이 안 돼도 괜찮아. 우울해도 괜찮아, 그래도 널 사랑해."

이렇게 나와 함께 있는 시간은 나의 어떤 모습도 안아주고 받아주는 용서와 화해의 시간이다. 가장 가까운 내가 나를 잘 보살펴 주는 시간은 자신을 깊이 만나는 시간이다. 나 혼자만의 아름다운 치유가 일어나는 행복한 시간이다. 홀로 있는 자기와의 만남의 시간이 행복할 때 비로소 다른 사람과의 진정한 만남이 이루어진다. 혼자 있는 시간은 내가 살아갈 에너지를 만들고 옆 사람에게 나눠줄 사랑을 만드는 위대한 고독이다.

제 3 장

이유가 없는 감정은 없다

화가 나는 데는 이유가 있다

결혼 10년 차 남편인 김 과장은 아내를 볼 때마다 화가 치밀어 오른다. 아내는 자기 의견을 존중해 주지 않는다. 아무리 가계부 쓰는 법을 가르쳐 주고 정리 정돈하는 법을 가르쳐 주어도 지키지 않는다. 힘들게 일하고 퇴근해 어질러진 집안을 보면 화가 나서 나도 모르게 소리를 지르게 된다. 가계부도 쓸 줄 모르고 물건 정리도 못하고 아이들을 엄격하게 키우지 못하는 아내가 답답하기 이를 데 없다.

그런데 반응이 이상하다. 오히려 화내고 소리치는 당신이 싫다며 당당히 대드는 아내와 슬슬 피하기만 하는 아이들을 보면 더욱 울화가 치민다. 솔직히 이렇게 화내는 것조차 너무나 힘들다. 하루 종일 회사에서 일하고 오면 몸이 무겁고 말하기조차 귀찮을 때가 많다. 그런데 푹 쉬고 싶어 들어온 집이 이렇게 엉망이니 아무도 내 마음을 이해해 주지 않는 것 같아 서운하기까지 하다.

화를 내는 것도 하나의 습관이다. 상황 때문이 아니다. 따져보면 화가 치미는 건 자기감정에 말려든 때문이다. 더 불행한 건 내가 상황과 감정에 빠져있다는 것조차 모르고 거기에 질질 끌려가고 있다는 거다. 그러니 화를 내고 소리를 질러야 직성이 풀린다. 결국 나의 감정이 화의 근원이다. 요약하면 김 과장의 분노는 생각 – 판단 – 감정 – 화의 순서로 진행된다.

1. 생각 → 집은 깨끗하게 청소되어 있어야 하고 아내는 아이들을 엄하게 기르고 가계부도 잘 써야 한다.
2. 판단 → 이 여자가 아무것도 안 한 걸 보니 나를 무시하는군, 괘씸하다. 쉴 수도 없고. 내 생각대로 하지도 않고 제멋대로 해? 아내는 남편의 뜻대로 움직여야 돼!
3. 감정 → 화가 솔솔 올라온다.
4. 화의 표현 → 이게 뭐야, 하라는 걸 안 했잖아, 응? 왜 네 멋대로 하는 거야!

이제 아내 편에서 생각해 보자.
1. 생각 → 집은 깨끗하게 청소되어 있어야 하고 아내는 아이들을 엄하게 기르고 가계부도 잘 써야 한다.
   (아내와 합의하지 않은 일방적인 요구이다.)
2. 판단 → 이 여자가 아무것도 안 하는 걸 보니 나를 무시하는군, 괘

씁하다.

(제멋대로 판단이다. 사실 아이들 뒤치다꺼리만도 너무 힘들다. 종일 일해서 지

쳐 있다.)

3. 감정 → 화가 솔솔 올라온다.

(툭하면 화를 낸다.)

4. 화의 표현 → 이게 뭐야, 하라는 걸 안 했잖아, 응? 왜 네 멋대로

하는 거야!

(아내는 시키는 대로 하는 하녀가 아니다. 제발 부드럽게 부탁해라.)

부정적인 감정은 주의 깊게 살펴보아야 한다. 분노의 감정은 더욱

그렇다. 세계적으로 권위 있는 심리치유 전문가이자 〈분노로부터의

자유〉를 쓴 레 카터 박사는 '분노는 존중을 원하는 울부짖음'이라고

했다. 분노란, 상처받은 마음이 '나를 존중해 줘, 나를 이해해 줘, 내가

너무 힘들어.'라고 하는 울부짖음의 다른 표현이다. 그런데 이 울부짖

음을 본인조차 파악하지 못하므로 다른 사람을 괴롭히는 방식으로 분

노를 표출한다. 이 울부짖음을 받아줄만한 사람을 상대로 고통을 처리

하려 한다. 정작 주위 사람에게 화내거나 괴롭힌다고 해서 그 마음이

해결되지 않는다. 상처받은 마음의 치유가 먼저이다.

남편이 진짜 원하는 것이 집안의 청결과 꼼꼼하게 기록된 가계부였

을까? 직장의 스트레스가 너무 커 상처받은 마음을 이해해 주고, 들어

주고, 지지해 주기를 바란 것은 아닐까? 서로 이해하고 보듬어주는 사

랑이 가득한 가정이 아니었을까? 화부터 내면 아내는 속으로 나도 한

사람의 인격체인데 하녀 대하듯 한다고 반발하게 된다. 부당한 분노 앞에 억울해한다.

진짜 내가 바라는 이해와 존중을 얻으려면 어떻게 해야 할까? 분노 뒤에 있는 속마음은 어떤 울음을 울고 있는지, 힘들어하는 내 마음부터 인식하고 안아주어야 한다. 내 마음을 셀프 치유하는 방법은 바로 자기와 대화하기, 즉 알아주기이다.

"마음아, 얼마나 힘들었니? 이렇게 스트레스가 심한데 아무도 알아주지 않으니 얼마나 외롭니? 마음아, 우리 무엇으로 풀까? 친구를 만나서 이야기를 할까? 운동을 하면서 땀을 흘릴까? 이번 주말에 시골로 여행을 잠시 다녀오자. 마음아, 이렇게 힘들게 해서 미안하다. 이렇게 힘든데 몰라줘서 미안하다. 늘 따뜻하게 위로해 주지 못했어, 주위 사람들에게 화만 냈지, 너에게 다가가지 못했어. 이제 힘들지 않도록 내가 직장에서 일에 신경을 쓰고 책잡히지 않도록 할게, 인간관계도 잘할 수 있도록 할게. 아내에게 화내는 건 서로 힘들어질 뿐이네, 이제 마음을 열고 대화하며 풀자."

이렇게 자기 자신을 위로하고 대책도 생각해 보고 하면서 아픈 자기를 알아주면 훨씬 분노의 감정이 부드러워진다. 결국 부드러운 말로 마음을 알아주고 위로해 주고 사랑해 주면 가라앉는다. 내 등의 가려운 부분도 내가 잘 알 듯 내 마음의 쓰린 부분도 내가 가장 잘 위로해 줄 수 있다. 아내나 남이 나를 위로해 줄 때까지 기다리지 않아도 된다.

세상에 가장 소중한 내 마음을 외면한 채 주위 사람들이 알아서 내 마음을 풀어주길 바라기만 하는 게 제일 어리석다. 게다가 남이 풀어주지 않는다고 화내는 걸 알아차리면 부끄럽기까지 하다. 내가 나를 다독이고 내 감정을 안아주면 상대의 고통도 눈에 들어온다. 하루 종일 아이들과 얼마나 시달렸을까? 당신 힘들었지? 이런 마음이 된다.

또 화가 나는 이유는 잘못된 관념으로 상대에게 나의 틀을 강요한 까닭이다. 이 때문에 고통을 주고받는다. 이 대목에서 나는 '신념 치료'를 위한 글을 쓰고 유튜브(이주현의 마음살림방)를 하며 사람들이 고통에서 벗어나도록 돕고 있다. 어떤 신념이 우리를 화나게 할까? 아래 글은 읽기만 해도 가슴이 답답해진다. 자주 사용하는 이 신념들이 분노를 일으킨다.

여자는 이래야 돼, 남자는 이래야 돼.
엄마는 이래야 돼, 아빠는 이래야 돼.
국가는 이래야 돼, 국민은 이래야 돼.
선생은 이래야 돼, 학생은 이래야 돼.
시댁은 이래야 해, 친정은 이래야 해.
남편은 이래야 해, 아내는 이래야 해.
남자 친구는 이래야 돼, 여자 친구는 이래야 돼.

이처럼 화가 나는 데는 이유가 있다. 바로 상대에게 내 관념을 강요하고 상대를 내 뜻대로 바꾸려는 엄청난 욕망이 원인이다.

"너는 이래야 해! 아니 저것이 이렇지 않네, 아 화가 난다. 죽이고 싶다."

"세상은 이래야 해! 그런데 이렇지 않네, 아 화가 난다. 뒤집어엎었으면."

이렇게 생각의 구조가 밖을 향해 있으면 불평불만이 쌓이게 마련이다. 화나게 하는 대상이 아니라 화내고 있는 나 자신에게 돌아와야 한다. 바깥의 세상, 즉 타인을 바꾸어 내 속의 화를 가라앉히는 건 참으로 먼 길이요 거의 불가능하다. 하지만 내 속의 화를 바라보고 나를 다독이는 건 아주 쉽다. 방향만 바꾸면 된다.

나를 먼저 바라보고 내 행복을 먼저 바라보면 분노에서 빨리 벗어나 편안하고 밝은 마음으로 돌아올 수 있다. 화가 나는 이유는 상대를, 세상을, 바깥을 내 뜻대로 해보려는 나의 폭력적인 시선 때문이다. 사랑은 상대의 입장에 선 이해이다. 사랑은 밖으로 달아나는 마음을 붙잡아 안을 고요히 바라봐주는 것이다.

02

말투만 바꿔도 행복해질 수 있다

조선 시대에 선비가 쓴 시만 보고도 그 사람의 운명을 봐주는 유명한 도사가 있었다. 과거 시험을 앞두고 있는 세 명의 선비가 도사를 찾아가 시를 보여주었다.

"해는 져서 어두운데 갈 곳 없는 나그네여, 가는 길이 쓸쓸하구나."

이 시를 본 도사는 초년, 중년, 말년이 다 안 좋다고 했다. (인생 길이를 3등분하여 초년, 중년, 말년이라 했다.)

두 번째 선비의 시는 "해는 져서 어두운데 호롱불 앞에 앉아 책을 읽으니 어느덧 밤 깊어 새벽닭이 우는구나."였다. 이 시에 대해 도사는 초년은 어려우나, 중년에 노력하니 말년은 희망이 있다고 했다.

세 번째 선비의 시는 "밤 깊어 겨울바람 차고도 쌀쌀하나, 닭 울음소리에 깨어나 창을 여니 눈밭에 매화가 피었다."인데 이에 초년은 힘이 드나 중년, 말년은 좋다고 했다. 물론 세 번째 선비만 과거에 합격하였다.

글은 그 사람의 평소 생각이 나타나는 도구이므로 글을 보고도 그 사람의 운명을 예측했다. 글에는 아무래도 그 사람의 생각과 마음의 분위기가 고스란히 녹아 있기 마련이다. 관상도 그렇다. 얼굴만 봐도 그의 운명이 어떠한지 얼굴의 색이나 생김새나 표정에 나타난다. 몸의 형체도 성격을 나타내는 하나의 표현이다. 동글동글한 유형은 대체로 인간관계가 원만하다. 마른 사람들은 다소 예민한 편이다. 근육형 사람은 힘을 과시하는 유형이다. 모두가 나를 표현하고 있다. 평소에 자주 하는 내 생각이 말로, 얼굴로, 몸으로 나타난다.

부자와 가난한 사람도 말에서부터 갈라진다. 가난한 사람은 운명을 믿는다. 가난한 사람은 운명이 있다고 믿는다. 일이 조금 안되면 운명 탓 조상 탓을 한다. 조금 해보고 안 되면 "그럼 그렇지." 한다. 부정적 마인드의 결과다.

부자는 운명에 대해 긍정적 마인드를 갖고 있다. 부자는 내가 하기 나름이라고 생각한다. 부자는 운명을 믿지 않는다. 운명, 돈에 대한 생각과 말의 차이가 빈자와 부자의 현실로 나타난다. 부자들은 보통 사람들과 다른 생각을 가지고 있다. 부자는 "돈은 나랑 같이 즐기는 행복의 동반자다, 친구다."라고 말한다. 돈이 있든 없든 "돈은 친구다. 돈은 나 하기 나름이다."라고 생각하고 말하니 돈이 들으면 좋아할 말이다.

부자는 작은 돈도 소중하게 생각한다. 갑자기 공돈이 생기면 오히려 조심한다. 이 공돈이 나에게 피해가 되지 않을까 조심한다. 돈이 들어오면 잘 나가지 않는다. 경제적 현실에 대해 항상 자녀와 이야기를 한다. "아버지는 이렇게 돈을 모았다, 돈이 얼마나 소중한지 모른다." 돈 많은 사람들은 느긋하다. 돈이 들어오면 '이 돈으로 생산적인 활동을 해야지.'라고 생각한다. 함부로 돈을 안 쓴다. 함부로 부정적인 말을 하지 않는다. 부자는 돈도 소중히 여기고 말도 조심한다. 긍정적인 말로 긍정적인 현실을 만들어간다.

아마도 돈에는 귀가 달려있어 우리가 돈에 대해 어떻게 말하는지를 다 듣고 있나 보다. 나에 대해 나쁜 말을 하는 사람이나 험담하는 사람에게 가기 싫듯이 돈도 자기를 함부로 말하는 사람보다는 사랑하는 사람에게 스스로 간다. 돈에게도 예의를 지켜야 한다. 잘 대해 주어야 한다. 돈을 하나의 인격체로 대해야 돈이 따른다.

낙담하는 언어, 기운 없는 언어, 힘 빠지는 언어 사용을 금지하자. 이렇게 부정적인 언어를 사용하면 할수록 좋은 일이 올 가능성이 멀어진다. 꼭 부정적인 말을 하고 싶으면 과거형으로 말하면 그나마 현재와 미래는 보호할 수 있다.

"나는 힘들어."가 아니라 "나는 힘들었지." 나는 "나는 느림보야."가 아니라 "나는 느림보였지."라고 과거형으로 말하면 현재와 미래에 새로운 가능성의 여지는 남겨둔다. "우리 집은 가난해."라고 하지 말고 "우리 집은 가난했지."로 말하는 게 긍정에 가깝다. 과거는 그랬지만 지금부터 돈을 모으기로 하면 되니까.

말의 힘은 놀랍다. 평소에 자녀에게 "네가 뭘 하겠니? 되는 일이 없다."라고 하면 우리의 무의식은 이 말을 알아듣고 되는 일이 없는 환경을 창조해 낸다고 한다. 그러니 자녀가 잘못했을 때에도 "이 잘될 놈아, 공부 좀 해라."라고 말해야 한다. 말은 놀라운 힘을 발휘한다. 〈슬렁슬렁 풍요노트〉란 책에는 소원을 이루는 비법으로 종이에 적어보라고 한다. 만약 월 천만 원씩 벌고 싶다고 원한다면 종이에다 '월 천 만 원씩 벌기, 기한 2025년 4월 30일' 이렇게 두 줄로 적으라고 한다. 종이에 적는 것은 말하는 것과 같다. 이 우주에다가 자기의 소원을 주문하는 것과 같다. 말이란 그 사람의 운명을 만드는 주문이다.

언젠가 부자 되기 카페 모임에서도 그렇게 해 봤다. 제일 먼저 목표를 정했다. 카페 회원들 모두 목표 금액과 기한 날짜를 적어서 지갑에 넣었다. 덧붙여 문방구에서 파는 가짜 종이돈을 사서 지갑에 넣도록 나눠주었다. 나도 문방구 돈에다 기한 날짜를 써 붙였다. 그리고 잊어버렸다. 그 가짜 돈이 내 지갑에 그대로 있다는 걸 알게 된 것은 새 지갑이 생겨서 내용물을 다 털어냈을 때였다. 놀랍게도 3년 만에 그 종이돈만큼 이루어진 것이다! 오, 적은 돈이 아닌데 그게 이루어지다니 놀랐다. 그 순간 다음 목표를 정해서 해야 하는데 안 한 걸 후회한다. 요즈음 다시 생각이 나서 벽에 목표를 적은 금액과 날짜를 다시 써 붙였다. 곧 이루어지리라 믿어본다.

말로 글로 공표를 하면 운명을 만드는 신은 알아듣는다. 벽에 붙은 글자를 볼 때마다 나의 무의식은 이를 인식하고 이 소원을 이루는 길로 인도할 것이다. 운명은 만들기 나름이다. 내가 만들어야 한다. "새해 복 많이 받으세요."가 아니라 "새해 복 많이 만드세요."가 맞다. 이세상에 공짜는 없다. 이 세상에 성공한 사람들은 운이 좋아서가 아니다. 운이 좋을 수밖에 없도록 스스로 만든 것이다. 안 되는 걸 되게 만드는 게 성공한 사람들의 운명이다. 삼재 해에 조심한다고 하는데 삼재 해에 잘 된 사람들도 많다. 이를 '복삼재'라고 한다.

삼재에 일이 잘 안되면 제일 먼저 말을 바꾸어야 한다. '난 무슨 일을 해도 잘 돼, 내가 하는 일이 잘 되도록 노력할 거야, 난 잘할 수 있어! 나는 운이 좋은 사람이야!' 이렇게 말하는 게 매우 중요하다. 혹시 삼재가 겁이 나면 공부를 하면 된다. 무슨 공부이든 자기 공부에 몰두한다. 삼재에 당할 고통이 재물이나 건강이나 명예에 나쁜 일이 생긴다는 건데 이것이 다 공부로 액땜이 된다. 알아서 고통을 당해버리니까 내게 고통을 주려고 오던 것이 지나간다.

〈몸과 마음을 살리는 기적의 상상치유〉의 저자 이유미 작가는 이렇게 말한다. 환자들에게는 고통스러운 경험의 장면이 있게 마련이다. 그 고통이 쌓이고 쌓여 내 병을 만들었다면 이제는 지우면 된다. 상상의 지우개를 이용하여 지우는 것이다. 그리고 그 자리에 긍정의 말을 세팅하는 것이다.

1. 고통스러운 당시의 장면을 지우개로 싹 지운다. 그리고 말한다.
2. "누구나 살면서 행복이나 불행을 겪습니다. 나는 행복한 삶을 선택합니다."

3. 자신의 소망을 이룬 행복한 모습을 상상한다.

4. 가족과 서로 축하하고 사랑의 말을 나누는 모습을 상상하고, 그 감정을 생생히 느낀다.

"고마워, 건강을 되찾게 해 주어서."

"축하해요, 건강을 회복하신 것을!"

5. 그리고 말한다. "충만한 평화와 행복에 감사합니다!"

나에게 축복의 말을 들려주고, 내 주위 사람들에게도 용기를 주고 격려해 주는 말을 해 주자. 아침마다 눈을 뜨면 두 팔로 가슴을 쓰다듬으면서 '사랑해, 오늘도 사랑해'라고 말해 주자. '사랑해'라는 말을 들은 온몸의 세포는 신이 나서 즐겁게 제 할 일을 해낸다. 사랑의 말은 나를 살리고 내 주위 사람들을 살리고 운명을 살리는 힘이요 기적이다.

03

상처를 바꾸면 행복해질 수 있다

회사원 5년 차인 수민은 벌써 두 번이나 직장을 옮겼다. 직장을 옮길 때마다 고민이다. 선입견이라고 할까, 직장을 옮길 때마다 여기도 상사가 지독할 것 같다는 예상이 그대로 맞아떨어진다. 이번에도 직장을 옮기고 첫 출근 날 만난 상사의 인상이 아주 괴팍해 보였다. 이럴 줄 알았으면 여길 지원하지 말았어야 하는데 앞날이 깜깜하다. 지옥 같은 몇 년이 기다리는 것 같아 한숨이 저절로 나온다. 아니나 다를까 얼마 가지 않아 까다로운 상사 때문에 너무나 지친 나머지 주위의 권유로 상담을 받았다. 상담 결과 놀랍게도, 이 모든 게 상사의 문제가 아닌 자기 자신의 숨겨진 상처 때문이라는 걸 알게 되었다. 상처받은 나의 안경으로 상사를 보니 가는 곳마다 힘이 들었던 것이었다.

대부분 직장인들은 자리를 옮길 때마다 이번 직장은 이러면 좋겠다는 막연한 상상을 한다. "아마도 이러이러할 거야."하는 기대 섞인 예상이 있는가 하면 "저러저러하면 어쩌지?" 하는 불안한 생각도 한다. 이 기본적인 생각은 도대체 어디에서 왔을까? 일단은 그동안 내가 경험했던 여러 직장에서의 경험에서 나온다. 내가 신입이었을 때 정말 친절하게 가르쳐 주신 류 선배님은 지금 생각해도 고맙다. 그런데 옆에 있던 그 동료는 왜 그리 나를 시기하고 질투했을까? 이번에 옮겨가는 직장에서도 그렇게 센 동료를 만나면 어쩌지? 이렇게 지난 경험들을 비추어서 앞으로의 일을 예견하는 게 보통이다. 여기에 어려서부터 지금까지 경험한 자기의 관점이라는 안경이 덧붙여진다. 나쁜 경험이 주는 불안한 환경을 또 만날 것이라고 생각한 대로 새로운 사람들에게 투사한다. 가는 곳마다 마찰이 있는 것은 워낙 오랫동안 사용하던 안경을 내려놓기가 쉽지 않아서이다.

우리의 사고방식은 어린 시절부터 주위 사람들에게서 나도 모르게 습득이 된 거라 뼛속 깊이 박혀 있다. 긍정적이고 자신에게 도움이 되는 경험도 있지만 반대로 늘 힘든 사람만 만나는 이런 사고방식도 있으므로 이를 치료하려면 먼저 내가 가진 사고방식을 찾아내야 한다. 그래서 나에게 유익한 쪽으로 변경하여 업로드하는 것이 좋다.

먼저 생각의 구조를 살펴보자. 우리 생각의 깊은 부분으로 내려가면 무의식과 의식이 있다. 현실을 알아차리고 선택하며 살아가는 의식의 저 아래에는 무의식이라는 영역의 창고가 있다. 이 무의식 창고에는

우리가 어렸을 때부터 경험했던 모든 일들(생각, 느낌, 감정, 인상 깊은 일)
이 그대로 차곡차곡 쌓여 있다. 오랫동안 내가 선택하여 사용하던 습
관적 사고방식이 바로 무의식에 쌓인 경험으로부터 나온 것이다.

그런데 상처받은 경험이 무의식에 많으면 어떻게 될까? 예를 들어
어머니가 어린 시절에 나를 학대했다면 어떨까? 나도 모르게 어머니
를 닮은 여성이 마음에 끌린다. 성격이 닮거나 생김새가 닮은 여자에
게 끌린다. 그녀가 왜 좋아지는 걸까? 나에게 고통을 준 사람과 비슷한
분위기인데 왜 좋을까? 불행하게도 나에게 익숙한 것에 끌리기 때문
이다.

학대받는 경험이 무의식에 강하게 각인되어 오히려 익숙한 불행이
편하다. 오랜 시간 함께한 익숙한 현실을 기대하고 불러들이고 관계를
만든다. 그 여자와 만나다 보면 어느새 그녀는 어머니처럼 행동한다.

상처를 받고 자란 사람들은 이상하게도 상처를 주고받는 사람을 자
기 인생에 끌어들인다. 그렇게 상처를 받고 징징 울면서 그 관계를 또
다시 반복하는 아이러니를 연출한다. 다시 말하자면 상처받고 있는 자
기 자신을 다시 상처를 받도록 스스로 고통스러운 선택을 하는 것이
다. 그만둬! 한다고 금방 벗어나지 못하고 반복하여 경험한다.

엄마의 학대를 받음 → 괴로워함 → 직장에서 여성 상사의 학대를
받음 → 직장을 옮김 → 새 직장의 여성 상사도 학대를 함.

위와 같은 순서로 상처는 반복이 되는데 여기에서 한 가지 놀라운
것은 그 엄마도 다른 자녀에게는 잘해준 경우가 있고 직장의 상사도
다른 이들에게는 잘해준다는 것이다. 그러면 이건 외부 사람들만의 문

제가 아니다. 바로 자기의 사고방식에 문제가 있다.

'우리 엄마는 나를 학대한다.'는 생각을 기준으로 하면 엄마의 여러 가지 행동이 모두 학대로 해석된다. 학대의 증거를 모으자면 끝이 없다. 엄마는 형제를 똑같이 대했을 수 있다. 그런데 원하는 걸 엄마가 제때 해 주지 않은 것에 대해 어린 나는 배신감과 고통, 그리고 슬픔을 느꼈다. 얼마든지 현실을 오역(다르게 해석을 함)하고 그 판단에 따라 자신을 학대받은 아이로 잘못 규정할 수 있다. 심리학자들에 의하면 특히 유년 시절의 감정 회로는 이런 오류로 고정되기 쉽다고 한다.

그러나 상처는 바꾸면 된다. 상처는 나의 잘못된 사고방식으로 주어진 것이므로 얼마든 지 바꿀 수 있다. 아무리 큰 상처도 내가 만든 것이므로 내가 지울 수 있다. 끝까지 남의 탓이라고 하고 어린 시절의 상처라 하면서 돌아가신 부모를 원망해본들 해결이 안 된다. 상처는 부정적인 사고방식의 근원이다. 부정적인 생각들 '엄마는 나빠, 나를 학대했어.'에서 벗어나려면 반대로 규정해 보면 된다.

원래 사고방식
→ 엄마는 나빠, 나를 미워했어, 그 이유는 ( ), ( ), ( ), ( )야.
새로운 사고방식
→ 엄마는 좋아, 나를 사랑했어, 그 이유는 ( ), ( ), ( ), ( )야.

상처는 이렇게 문장으로 나타내 보면 선명해진다. 상처를 오히려 명예로운 훈장으로 바꿀 수 있다. 한 번도 가보지 않은 길에 새 길을 내는 방법은 자주 가보는 것이다. 새로운 사고방식도 새 길을 내는 확언에서 비롯된다. 새 버전이 몸에 익으면 이제 타인을 도울 수 있다.

분노 치유의 한 가지 방법으로 빈 의자 기법이 있다. 빈 의자 기법은 프레드릭 펄스(Frederick S. Perls)의 저서 '형태치료'(1951)에 의해 널리 소개되었다. 이 기법은 상담에서 쓰는 기법인데, 방법은 이렇다. 내담자가 앉아있고, 그를 마주 보는 빈 의자에 갈등을 주고 있는 상대방을 상상으로 의자에 앉혀놓고 대화를 시작한다. 물음에 대답은 내담자가 상대방 의자에 옮겨 앉아 대답을 한다. 이 방법은 대상이 의자이기 때문에 저항감이 적고 보다 자유롭게 내면의 이야기를 할 수 있어 감정적인 응어리를 풀고 서로를 이해하는 데 도움이 된다.

트라우마를 준 대상을 소환하고 대화함으로써 나의 문제를 통찰하게 될 뿐 아니라 객관적으로 상황을 인식하고 상대를 이해하는 힘이 증진된다. 나는 분노가 올라올 때 그 대상을 의자에 앉히고 마구 소리쳤다.

"어떻게 당신이 그럴 수가 있어? 부모가 되어가지고 어린아이를 버려두고 갈 수 있어?"

엄마가 아빠의 전근지로 가면서 오빠와 동생만 데리고 간 것을 원망했던 나는 막 따지고 울고 하면서 마음이 시원해졌다. 그리고 어머니의 사정도 이해하게 되었다. 70년 대 초등학교 교사이던 아빠가 묵던 사택의 방은 매우 비좁았고, 부엌도 제대로 갖추어지지 않은 곳이었다. 걸음마를 겨우 떼던 동생과 말썽쟁이 오빠를 데려간 건 어쩔 수 없는 일이기는 했다. 엄마가 없어 내가 힘들었는지 기억나지 않지만 여름방학 때 돌아오던 모습은 눈에 선하다.

노란 양산과 양장과 양복으로 멋을 낸 엄마 아빠와, 멜빵바지 왕자와 원피스 공주의 눈부신 모습은 생각이 난다. 나는 격자무늬 문살의 한쪽에 붙은 작은 유리창을 통해 이 놀라운 광경을 보고 가슴이 덜컹 내려앉았고 골방에 들어가 소리 죽여 울었다. 그래서일까, 화려한 조건을 갖춘 사람이 내게 다가오면 가슴이 떨렸다. 왠지 갖추지 못한 내 모습이 언제나 마음에 걸렸다. 내 기준에서 공주처럼 갖춘 다음에야 한발 늦게 그를 만나러 갔다.

인생의 행운이 올 때마다 나는 아직 자격이 없다고 말한 나, 뒤돌아보면 아쉬운 순간이 많았지만 이제는 상처를 바꾸어 행운을 맞아들이기에 충분한 사람이라고 스스로에게 말한다. 상처가 치유되니 세상을 바라보는 따스한 시선이라는 큰 선물까지 얻어 행복하다.

지금 상황에서 행복해 지는 법

행복을 쫓아가면 불행해진다.

"행복이요? 행복이라면 음… 돈도 좀 있어야 하고 예쁜 여자 친구도 있고 그리고 음… 여행도 좀 가고 그게 행복 아닌가요?"

이렇게 말한다면 행복은 하나의 과제가 되어 버린다. 이것만 해결되면 행복할 텐데, 이것이 이루어지면 행복할 텐데 이렇게 바라면 끝이 없어진다. 한 가지가 이루어진다 해도 또 다른 걸 원하게 된다. 무엇이 나를 행복하게 해 준다고 생각하면 그것이 없으면 불행해진다. 예쁜 여자 친구가 있어야 되는데 없으면 불행하다. 돈이 많아야 하는데 없으면 불행하다. 이렇게 무엇이 있고 없고를 행복과 불행의 기준으로 삼으면 늘 불행하다. 원함이 없어야 행복하다. 행복이라는 가상적 상태를 규정해놓고 기다리면 불행하다.

"이걸 채우면 행복할 텐데…."

"이길 하면 행복할 텐데…."

"이게 되면 행복할 텐데…."

조건에 의존하게 되면 조건의 노예가 된다. 조건이 안 되면 안 되어 불행하고, 조건이 되면 그 조건이 사라질까 전전긍긍하게 된다. 소원이었던 로또를 맞아 돈이 어마어마하게 많아져도 그 돈이 사라질까 잠을 못 자는 것과 같다. 행복은 조건이 아니다. "난 그것이 없어도 행복하다."라고 하는 사람만이 이 만약(If)의 늪에서 헤어 나올 수 있다. 이 놀이는 끝이 없는 뫼비우스의 띠일 뿐이다. 만약은 산 너머 무지개를 쫓아가는 허무한 행위일 뿐이다.

주말 등산가인 김 부장은 어느 날 깨달았다. 등산을 하면서 '아직도 정상이 멀었구나, 얼마나 더 가야 하나?' 하다가 문득 이런 생각이 들었다. '여기서 쉬면 되는데, 왜 내가 굳이 정상까지 가서 쉬어야 한다고 했지?' 그 순간 걸음을 멈추고 길 옆 바위에 앉아 땀을 닦고 시원한 바람을 온몸에 맞으며 잠시 휴식의 기쁨을 맛보았다.

행복은 지금 여기에 있다. 지금 이 조건에서 행복한 순간을 많이 만들면 된다. 행복에 초점을 두면 남편이 퇴근할 때 사 오는 한 송이 장미에도 아내의 얼굴에 꽃이 핀다. 아이의 조그만 재롱에도 가정에 환한 웃음꽃이 핀다.

지금 상황이 어떻든 행복해지는 방법은 무엇일까?

첫째, 자기 자신을 비난하지 않아야 한다. 자기 자신을 비난하는 게 습관이 된 사람들은 그 무엇을 해도 늘 불만이다. '이건 아니야, 뭔가 부족한데. 네가 그렇지 뭐.'라며 자기를 비난한다. 나를 사랑한다는 것은 내가 뭘 하든 그 결과가 어떻든지 그대로 인정하는 마음이다. 있는 그대로의 나를 받아들이는 것이다.

둘째, 자기 자신을 가혹하게 평가하지 않아야 한다. 즉 내 잘잘못을 평가하거나 판단하지 않는 것이다. 내가 어떤 상황에 있더라도 나름대로의 이유가 있기 마련이다. 나를 사랑하기 어려운 이유는 어떤 기준에 맞지 않아 스스로를 저평가하기 때문이다. 내가 상상하는 높은 기준 때문에 거기에 도달하지 못하는 나를 못마땅하게 여기는 것이다. 내가 비록 잘못이 있어 남의 비판을 받을 지라도 '괜찮아, 실수였어! 다음부터는 잘 하자.'라며 격려해야 한다. 나는 언제나 자신에게 용기를 주고 힘을 주고 격려하며 지원하는 존재여야 한다.

셋째, 뭔가를 더하기해야 한다는 생각에서 벗어나야 한다. 내가 뭔가를 하면 사랑받겠지, 내가 뭔가를 갖게 되면 사랑받겠지, 내가 뭔가를 성취하면 인정받겠지, 이렇게 뭔가를 성취해야 외부로부터 사랑받을 것이라는 생각을 하면 끊임없이 뛰어야 한다. 내가 하나를 성취하면 지시하는 목소리는 짝짝 박수를 쳐 준다. 그리고 잠시 후 다른 목표를 가리킨다. "저걸 해 와!" 이런 일들이 다람쥐 쳇바퀴 돌듯이 반복되지만 웬일인지 마음은 채워지지 않는다.

잠시 멈춰 서자. 그리고 내가 왜 이 일에 목숨을 걸고 있는지 생각해 보자. 일이 끝난 후에 행복해질 거라는 망상은 버리는 게 좋다. 그런 일은 일어나지 않는다. 그러니 지금 당장 행복한 시간을 갖자. 내가 뭔가를 해도 사랑받는 시간은 몹시도 짧다. 그러니 스스로 자신을 사랑하라. 지금 이대로 행복할 수 있다.

넷째, 부족함을 메꾸려고 애쓰지 마라. 우리는 장점과 단점을 갖고 있다. 장점을 찾아 계발하기도 바쁜데 부족한 걸 찾아서 메꾸려 하면 시간만 낭비되기 일쑤이다. 아이들은 장점을 칭찬하면 용기를 얻어 열심히 노력한다. 그런데 단점을 찾아 고쳐주려고 하면 사이만 나빠진다. 부족함은 놓아두고 장점을 돋보이도록 더욱더 발전시키는 게 지금 당장 행복해지는 길이다. 부족함을 메꾸려 하면 부족한 것만 더 보여서 기분만 나빠지고 다운된다.

다섯째, 마음을 편안하게 하는 게 먼저이다. 마음 편하게 살려면 일단 욕심을 내려놓아야 한다. 정직하게 살아야 하고 지나친 욕심을 경계해야 한다. 사기를 당하는 사람들은 대부분 높은 이자나 높은 수익률에 눈이 뒤집혀 투자를 하고 실패를 한다. 또 욕심만 내지 않았으면 지나치게 조건이 좋은 사람과 결혼하여 불행하게 헤어지는 일은 없었을 것이다. 자녀에게도 그렇다. 아이를 좋은 학교 보낸다고 억지 공부를 하게 하면 불행해질 뿐이다. 할 수 있는 만큼 하되 목표를 정하고 어제보다 조금만 나아지면 된다고 해야 아이도 시도할 엄두를 낸다. 너무나 높은 목표를 제시하고 "넌 할 수 있어!" 이러면 얼마나 힘이 들까? 마음 편안하게 살아가는 게 행복이다. 부모는 맹자의 어머니처럼 환경을 만들어줄 뿐이다.

여섯째, 지금 상황에서 행복해지는 것은 초심을 회복하는 것이다.

처음 우리가 살림을 시작할 때 가진 것이 무엇이 있었나 생각해 보라. 지금은 그에 비하면 가진 것이 많다. 남과 비교하여 잘사네 못사네 하는 건 의미가 없다. 남이 가진 걸 헤아리기 전에 내가 받은 은혜를 헤아려보라. 내가 받은 무수한 사랑과 배려와 관심을! 비록 지금 내가 실패했다 해도 나는 얼마나 큰 사랑을 받으며 살아왔던가를 생각한다면 마음은 다시 겸손해지고 감사하게 된다. 가정과 사회를 위해 내가 한 것이 무엇이기에 나는 이렇게 많은 것을 받았나를 돌아보면 정말 감사하게 된다. 빈손으로 태어나서 이제까지 살아온 것만 해도 나는 부자임에 틀림없다.

일곱째, 안 되는 일은 내버려 두자. 행복은 지금 상황에 만족하는 사람이 누리는 하늘의 축복이다. 혹 인간관계가 힘들면 한두 사람쯤 나를 싫어하도록 허락해 주자. 반대로 한두 사람은 아무 이유 없이 나를 좋아해 주지 않는가, 어떻게 모든 사람이 나를 좋아할 수 있겠는가, 일이 복잡하여 너무나 힘들면 잠시 내버려 두자. 내버려 두면 일이 제 갈 길로 간다. 될 일은 되고 안 될 일은 안 된다.

여덟째, 지금 당장 행복해라. 사랑받아야 행복하다면 사실 사랑받는데 무슨 자격이 필요한가. 행복은 나를 사랑하는 것이다. 내가 나와의 관계가 원만하면 혼자 있어도 행복하다. 내가 나와의 관계가 불편하면 어디에 가도 늘 불편하다. 누구와 함께 있으면 더 불편하다. 혹 나는 부족하다, 나는 아니다 생각이 들면 반대로 "나는 충분하다. 나는 할 수 있다." 이렇게 생각을 바꾸는 연습이 필요하다. 부족하다는 '그 목소리'가 들리면 의식적으로 '괜찮아, 행복해도 돼!' 하고 엄마처럼 지지해준다.

행복하려면 의도적으로 자신에게 '이제 행복해도 된다.'고 허용해야한다. 지금 상황에서 행복해지는 법은 행복해지기 위해 무언가를 하지 않는 것이다. 숨소리를 듣는 행복, 커피 한 잔을 들고 창밖을 내다보면서 홀짝이는 순간의 행복처럼 지금 당신이 행복할 수 있는 이유는 아주 소소한 데 있다. 행복은 위대한 데 있지 않다. 아무것도 하지 않아도 추운 겨울날 창가로 들어오는 작은 햇빛 한 줌으로도 무한히 행복감을 느낄 수 있다.

05

감정, 숨기지 않아도 괜찮아

집안일을 해보려고 하면 꼭 일감과 엄마 사이에 딱 들어와 앉아 자기만 쳐다봐 달라고 하는 아기들이다. 엄마가 빨래를 개려고 앉으면 "나를 사랑해 줘, 나를 안아 달라고!" 하며 기어 온다. 아기들은 일을 훼방하려는 것이 아니라 당연히 받아야 할 사랑을 받기 위해 오는 것이다. 그러면 엄마가 일을 할 수 없다. 먼저 아기를 달래주고 안아주고 보살펴주는 게 순서이다. 아기를 안아 토닥여 재우고 나면 이제 한숨 놓고 미룬 일을 할 수 있다.

이처럼 우리가 이전과는 다르게 제대로 열심히 살려고 해봐도 작심삼일이고 잘 되지 않는 이유도 이 아기처럼 안아 달라 재워 달라 보채는 내면의 '감정아이들' 때문이다. 뭔가 한 걸음 자기 발전을 위해 시도하려고 하면 그들이 길을 방해한다. 새로운 인생을 만들고 싶어서 열심히 뛰어가려 하면 이 아이들이 길을 막는다. 일이 잘 되어가다가 막판에 틀어지는 경우도 '감정아이들' 즉 '안 좋은 기운'들이 방해를 해서이다. 괜히 길을 가다가 넘어져 다치는 것도 안 좋은 감정 기운, 즉 '감정아이들'의 장난이다. 마주 보기 괴로운 원치 않는 감정을 꾹꾹 눌러 놓고 숨기며 살아온 탓에 무의식의 영역에 쌓인 감정은 자꾸만 밖으로 튀어나오려 한다.

지인의 아들 중에 매우 지능이 뛰어나 서울대학교를 우수한 성적으로 졸업하고 대기업에 취업한 친구가 있다. 워낙 열정적으로 사는 데다 창의적인 업무 처리로 인정받는 인재다. 그런데 이상하게도 승진 시기가 다가오면 실수를 하여 막판에 이름이 누락돼 모두가 의아하게 생각했다. 주위의 권유로 심리 상담을 한 결과 승진 기피증이 있다는 걸 알게 되었다.

"사람들은 모두 저에게 승진하게 될 거라고 입을 모아 말하지만 저는 왠지 두려웠어요. 내가 승진에 가까이 갈 때마다 나도 모르게 망칠 궁리를 해요."

이 친구에게 유난히 아픈 기억이 있다. 다섯 살 무렵 엄마가 형에게만 사탕을 주고 너는 밥을 다 안 먹었으니까 줄 수 없다고 한 장면이다. 설상가상 밖으로 급히 뛰어나가던 형이 밀치는 바람에 넘어져서 팔까지 부러져 유난히 기억이 선명하다.

그 다섯 살짜리 아이는 이런 생각을 했다. '엄마는 형에게는 주고 나에게는 주지 않을 거야, 나보다 형을 더 사랑하는 게 분명해. 그러니

다른 사람들도 나를 사랑하지 않을 거야, 그들도 내가 나쁜 애라는 걸 알 테니까. 나에게는 뭔가 문제가 많아, 성공하지 못할 거야.' 못 먹은 사탕이 달성 못한 승진이 된 셈이다.

미국 50개 주와 전 세계 90개 나라의 수천 명 고객들에게 스트레스를 제거하는 몸의 메커니즘을 활성화시킴으로써 질병과 증상을 치유하고, 그 기전을 〈힐링코드〉라는 책으로 펴낸 심리치유가 알렉산더 로이드 박사는 이렇게 말한다. '유아기의 트라우마 기억이 암호화되어 있다가 비슷한 환경에서 재발이 된다.'

이처럼 언어와 논리 이전의 사고 기억은 우리의 삶에 정말로 무서운 재앙이 될 수 있다. 그런데 우리는 이런 기억을 수천 개나 갖고 있다고 한다. 우리가 세상에 대해 알기 시작하는 생후 3, 4년 동안 배운 내용은 수천 가지에 달한다. 특히 어린 시절 델타(비교적 느리고 진폭이 큰 유년 시절의 뇌파, 잠재의식에 입력이 잘 되는 뇌파) 상태에서의 불편한 기억은 그 나이 때의 눈과 사고 기억으로 자동 저장되고 그때 느낀 감정은 비슷한 환경에서 활성화된다.

트라우마 기억이 일어나면 이성 뇌가 아닌 감정 뇌 즉 고통에 반응하는 뇌, 스트레스에 작용하는 뇌가 작동한다. 트라우마 기억이 재활성화되면 의식적이고 이성적인 사고가 멈추거나 크게 감소한다. 과거 기억이 만든 믿음 체계 즉 사랑받지 못한다, 성공하지 못한다는 생각이 활성화되는데 이는 사실 자기 보호 프로그램이다.

유년의 아픈 추억뿐만 아니라 어른이 되어서도 생활에서 뭔가 불편한 감정들을 그때그때 시원하게 해소하지 못한 채 방치해 두면, 그 감정은 마음속 지하실에 던져진 채 '언젠가는 나도 자유롭게 해방되는 날이 오겠지.' 하며 하염없이 기다린다. 뭔가 새롭게 살아가려 하면 용케도 그 에너지를 알고 '감정아이들'이 기어 나온다. 먼저 나를 해결하라고 요구한다.

그 아이들은 누군가 자기를 달래주고 안아줘서 제 마음이 환하게 바뀌어 구름처럼 가볍게 되기를 바란다. 아무리 기다려도 이 답답한 감정들을 풀어줄 생각이 없는 주인을 보면 불편한 기운을 내비치며 점점 더 불만이 쌓인다. 그래서 주인공의 삶에 간섭까지 한다. 주인공의 인생에 태클을 거는 것이다.

부정적이고 두려워하며 숨어있는 감정 기운들이 많을수록 점점 더 인생이 힘들어진다. 주위 환경이나 사람들이 내 맘에 안 든다고 불평불만하고, 때로는 일이 잘 안 풀린다고 자기 자신을 맹비난하며, 살아왔던 모든 부정적 생각도 어두운 기운으로 변하게 되어 있다. 이 엉킨 실타래는 술술 풀려나기를 간절히 원하고 있다. 이 기운이 풀려나가면 하는 일도 함께 술술 풀려나간다. 인생이 풀려나가기를 바란다면 먼저 묵은 감정 찌꺼기들을 양지로 드러내고 풀어내야 한다.

살아오면서 켜켜이 쌓인 감정들, 화나는 마음, 서운한 마음, 외로운 마음, 억울한 마음 등 무수한 감정들이 내 깨끗한 본래의 마음자리를 더럽히고 있다. 그 사실조차 모르고 하루 지나면 괜찮겠지, 며칠 지나면 괜찮겠지, 자고 일어나면 괜찮겠지 한다. 우리 옷이 더러워지면 하루 지나면 저절로 깨끗해지는가? 며칠 있으면 그냥 깨끗해지는가? 아니다. 그대로 있다. 우리 마음도 그 어두운 기분들을 잊을 수는 있지만 사라지지는 않는다. 그대로 있다.

기분이 더럽다 해도 나보다 힘 있는 사람에게 함부로 대들지도 못하고 가슴에 멍이 들어도 그냥 내버려 두고 살았다. 내 속에 엉겨 붙어 나에게 무거운 짐이 된 그 감정들을 이제는 풀어내고 씻어내어 자유로운 공간을 만들어야 한다.

감정을 스스로에게 숨기지 않아야, 밖으로 드러내어야 치유의 희망이 보인다. 누구에게나 수많은 감정아이들이 동사(凍死) 직전 상태로 지하실에 갇혀있다. 이 아이를 불러내어 따뜻이 녹여내야 한다. 부정적이며 낮은 감정으로 프로그램되어 있는 한, 우리는 모두 어린아이다. 이제 리프로그램(Reprogram)하면 된다.

'나는 사랑받을 자격이 없어, 나는 성공할 자격이 없어, 난 뭔가 잘못됐어.'라는 감정 프로그램을 찾아낸 다음 반대로 '나는 사랑받을 자격이 충분해, 나는 승진할 자격이 충분해.'라고 인지적인 치유를 먼저 한다. 그다음 감정을 드러내 치유하면 된다.

먼저 내 감정에게 말을 붙인다. 오늘 있었던 일을 사실대로 말한다. 우리가 과거로 가지 않아도 현재는 과거에서 비롯되었기에 현재의 일을 다루면 과거도 자연스레 치유가 된다.

TV를 보던 남편이 예쁜 여주인공과 비교를 한다. "당신은 저렇게 날

씬해 본 적 있어?" 괜한 시비다. 모든 부정적 스트레스를 정화하는 약은 사랑이다. 자기 사랑이다. 셀프 치유다. 먼저 자기에게 말을 건다. 화난 감정에게 말을 붙인다. 누군가 힘들어하면 '괜찮아요?' 하면서 말을 붙이는 것과 같다.

"화난 감정아, 남편이란 인간이 저런 말을 하다니! 참 속상하지?" 하며 내 '감정아이'의 상처에 약을 바르고 싸매준다. 다정하게 말을 붙인다.

"속상하지? 저 인간이 또 시비를 거네. 자기는 키도 작고 배도 나왔으면서 말이야. 아, 정말 나쁜 인간! 그런데 힘든 날 덩달아 때리는 여자가 있었네? 화낸다고 나에게 또 화를 냈지. 화내면 안 된다고 하면서 말이야. 미안해 얼마나 힘들었니? 그동안 알아주지 못해서 미안해. 아픈 맘 몰라줘서 미안해. 기분 나쁘고 힘든 감정도 꾹꾹 누르기만 했어. 그동안 짜증 나고 화나는 마음을 나도 받아주지 못했구나."

이때 폭발하려는 감정이 다이어트가 되고 속이 시원해진다.

감정은 드러내어 안아주면 풀어진다. 일이 안 되고 앞길이 막히는 사람들은 먼저 감정을 바깥으로 드러내어 깨끗이 씻어 정화해야 한다. 운이 막히기 전에 먼저 마음이 막힌다. 이렇게 막힌 속이 청소가 되고 가벼워지면 일은 일사천리로 잘 될 수밖에 없다. 묵은 감정들을 풀어내면 내 안이 시원해지고 신명나는 인생이 창조된다. 무엇보다 새털같이 가벼운 마음으로 변화된다. 감정은 숨기지 않아도 된다. 다만 드러내고 풀어내면 행복해진다.

06
여행하듯 살면 행복해진다

세계여행가 한비야는 직장생활 내내 이렇게 말했다. "나는 서른다 섯에 그만두고 세계 여행을 떠날 거야." 그런 그녀를 보고 주변 사람 들은 설마 그럴까 했지만 그녀는 때가 되자 사표를 내고 해외로 출발 했다. 여행을 하는 동안 경험한 이야기들은 '바람의 딸 지구 반 바퀴를 가다'를 비롯하여 몇 권의 책으로 나오기도 했다. 다년간 돈을 모으고 영어를 배워 준비를 한 그녀는 세계 여행, 한국 오지 여행 그리고 유엔 의 구호활동을 했고 지금은 유학 중이다. 그녀의 인생유전은 꽤 자유 롭다. 늘 새로운 선택을 하고 또다시 새로운 자리를 찾아 떠나는 그녀 의 인생지도는 가벼운 배낭 같은 느낌이다.

우리는 삶에 대한 두려움 때문에 그녀처럼 살기 어렵다. 내 자리를 쉽게 놓고 긴 여행을 떠나지 못하는 것은 불안함 때문이다. 한 발 내딛으면 죽을 것 같은 공포가 새로운 시도를 주저하게 만든다. 그래서 이토록 무거운 삶을 살아가느라 언제나 바쁘고 실속 없이 참고 사는지 모른다. 그렇다면 외부의 상황은 그냥 두고 내 마음만이라도 아주 가볍게 살 수는 없을까? 어차피 외부 상황은 그리 쉽게 바꾸어지지 않는다. 삶에 대한 태도만 여행하듯 바꿔도 정말 가벼워진다.

이렇게 살다가는 직장에 충성하다 끝나는 직순이 인생이 될까 봐 과감하게 인도로 떠났다. 첫 여행 때 가져간 수많은 짐은 정말 짐만 되어 다 버렸다. 먼 여행길에 무겁고 거추장스러운 물건들은 현지인들에게 나눠주고 간단하게 살았다. 현지 조달형 여행이라고나 할까? 문제될 건 없었다. 가는 곳마다 한국 사람들을 만나면 모든 게 해결이 되었다. 교통편부터 관광정보 심지어 미팅 정보까지 주고받았다. 같은 언어를 쓰는 사람을 만난 기쁨이 커서일까? 서로 편의를 봐주고 가능한 도움을 준다. 그렇게 정성껏 대접을 해 주고도 별다른 보상을 바라지 않는다. 친척이나 친구 대하듯 편안하게 기대 없이 만남 자체를 즐긴다.

어차피 지나갈 것이고 다시 못 만날지도 모르는 스쳐가는 인연이어서 그런지 서로가 많은 걸 바라지 않는다. 그냥 같은 한국 사람이라는 이유 하나 만으로 정을 주고받는다. 먹을 것, 입을 것을 챙겨주기도 하며 작은 것 하나를 받아도 감사함을 느낀다. 어차피 내일이면 갈 사람에게 그저 행복한 여행이 되기를 빌어주며 오늘 이 순간을 아무 바람

없이 마음을 나눈다.

여행하듯, 여행에서 만난 사람을 대하듯 이런 자세로 가족이나 친구를 대하면 얼마나 산뜻할까? 남녀 간의 데이트도 그렇다. 오늘, 만남의 즐거움이 끝나 헤어질 때 그 어떤 약속도 하지 않으면 어떨까? 오늘 하루를 한 생으로 보고 이번 생에 너로 인해 이렇게 행복했으니 참 감사하다. 내일 만날 그리움이 남아 있다면 내생에 다시 만나자.

어떤 연인이 말했다. "내일 아침에 일어나 역시 내가 그립다면 내 문을 두드리세요! 그러나 당신의 즐거움이 다른 데 있다면 내 문을 두드리지 않아도 됩니다."

그런데 "넌 나와 결혼했으니 내가 바라는 역할을 잘할 거지? 넌 내 것이니까." 이러면 얼마 지나지 않아 서로의 얼굴을 '안 본 지 오래되는 사이'가 되고 만다.

상대의 눈을 안 본 지 몇 년이 된 가족도 있다. 그냥 아내는 부엌을 자주 왔다 갔다 하는 어떤 물건이다. 남편은 그저 한 달에 한 번씩 월급 갖다 주는 ATM기다. 아이는 그저 내 이루지 못한 소망을 이뤄줄 대타 스몰 인형이다. 이렇게 낡은 관계를 질질 끌고 간다면 그게 무슨 사랑인가? 행복인가? 그냥 주인이 심어준 명령어대로 정해진 일을 하고 정해진 길을 걷고 정해진 행위를 반복하는 로봇이다. 자동인형처럼 기계 같은 삶은 이제 그만 두자. 에고의 집착과 기대를 버리고 하루하루 뜨거운 가슴으로 사랑하며 살자.

지인 중에 시댁과 관계가 힘들어 늘 우울해하는 분이 있었다. 시댁 가족들이 시도 때도 없이 며느리를 구박하기 일쑤라 시어머니 전화벨만 울려도 온 몸이 덜덜 떨린단다. 둘째 아이가 지체장애아로 태어나고 나서는 더욱 심한 언어폭력을 하니 견딜 수가 없었다. 결국 그녀는 시댁과 인연을 끊었다. 어깨를 들썩이며 고개 숙인 그녀에게 위로의 말을 건네며 제안했다.

"이 모든 것이 본인 잘못이 아니다. 너무 심각하게 죄책감을 느끼지 마라, 어차피 지나갈 것이다. 아이 문제도 내 평생 짐이란 생각을 내려놓아라. 가족에게 맡기고 사회에 맡기라. 관련 기관에서 아이 치유와 돌봄을 하고 있으니 시간 맞춰 데리러 가고 오고 이것만 한다고 생각해라. 아이에게 신경을 곤두세우고 살지 마라. 기본적인 것만 관리한다고 생각해라."

그래도 아이 생각만 하면 가슴이 답답하고 평생 이 아이를 어떻게 하느냐며 힘들어한다.

"아이가 집에 없는 동안 마냥 가볍게 지내시라. 아무 문제가 없다. 아이는 사회에서 보살피는 시간이 많으니 그쪽 도움을 받아 기른다고 생각해라, 나머지는 나를 위해 시간을 보내라. 아이는 하늘에다 맡긴다는 마음으로 대해라. 인간이 키우는 게 아니라 하늘이 키우신다. 부모는 잠시 아이를 맡은 관리인일 뿐이다. 잠시 동안만 아이의 보호자로 살아라. 내 의무는 그저 아이의 등하교에 대한 뒷바라지 하는 사람이라고 생각해라"

이 말을 들은 그녀는 마음이 너무나 가벼워져 자기 짐이 십 분지 일로 줄어든 것 같다고 했다. 늘 답답했던 가슴속 응어리가 쑥 내려가는 것 같다고도 했다. 대화중에 벌써 얼굴이 환하게 밝아졌다. 얼마 후 그녀를 봤을 때 얼굴에 빛이 났다. 버킷리스트 1호인 그림을 배우기 시작했는데 아주 즐겁다고 했다. 여행하듯 마음 가볍게 살아가니 얼굴이 점점 밝아지고 몸도 가벼워진 그녀, 환경은 그대로인데 삶은 확연히 달라졌다.

"취업? 되면 좋고 안 돼도 괜찮아. 영어회화를 공부해 두면 뭔가 좋은 일이 생기겠지?"

취업준비생도 이렇게 마음 가볍게 시작하는 게 좋다. 그래야 지치지 않고 끝까지 할 수 있다. "뭐 그냥 해보는 거야, 이왕 뭔가를 해야 한다면 구미가 당기는 것을 해볼까?" 이런 자세가 편안하다. 이런 가벼운 마음으로 도전하는 게 훨씬 정신건강에 좋다. 그리고 그 과정도 가볍다. 새털 같은 옷을 입은 듯 단순하고 경쾌하게 긴 시간을 달려갈 수 있다.

"나는 회사에서 중요한 인물이다. 나는 가족을 위해 힘들어도 참고 직장을 계속 다녀야 한다. 나는 이러이러한 사람이 되어야 한다. 나는 무엇, 무엇을 꼭 해야 한다. 나는 출세해야 한다. 나는 공부를 1등 해야 한다. 나는 멋있는 사람이 되어야 한다. 나는 부자가 되어야 한다. 나는 꼭 취업해야 한다."

정말 답답해지고 무거워지는 말이다. 이중에 어떤 말이 가장 신경이 쓰이나요? 가장 신경 쓰이는 바로 그 추를 목에 걸고 있다. 그 무거운 맷돌을 내려놓으시라. 그렇게 쓸데없이 팽창한 자기 중요성을 목에서 내려놓으면 마음에 한층 여유가 생긴다. 이걸 내려놓아야 제대로 잘 살 수 있다! 나에게 무거운 추가 있다면 아래처럼 문장을 뒤집어 말해 보라.

　※ 나는 가족을 위해 힘들어도 참고 직장을 계속 다녀야 한다.

　→ 나는 가족을 위해 일하지 않아도 되고, 직장을 계속 다니지 않아도 된다.

　읽기만 해도 마음이 시원해진다. 고된 마음이 펴지고 막힌 숨이 잠시나마 쉬어진다. 진짜 쉬는 건 일을 쉬는 게 아니라 마음이 쉬는 것이다. 그제야 비로소 자유를 얻는다. 행복이 무엇인가? 마음 가볍게 여행하듯 사는 자유가 진짜 행복이다.

07

행복한 감정도 연습이 필요하다

가수 김종국은 운동 중독이다. 거의 날마다 살인적인 운동코스를 즐겁게 해낸다. 운동을 하면 근육이 붙는다. 이처럼 감정도 날마다 연습하면 근육이 붙는다. 잘 사용하면 튼튼해지고 사용하지 않으면 퇴화된다. 행복한 감정은 더욱 그렇다. 사람은 누구나 다소 부정적인 생각에 젖어 살기 때문에 행복한 감정도 날마다 운동하듯 의식적으로 연습을 해야 감정 근육이 붙는다. 좋은 감정 근육이 붙으면 마음이 평온해진다. 기뻐진다. 행복해진다. 행복해진 내 얼굴이 환하고 밝아지면 주위 사람도 상쾌해진다. 내가 먼저 행복하니까 하는 일도 당연히 잘 된다.

날마다 훈련하는 김종국처럼 아침마다 눈을 뜨면 거울을 보고 외친다. "나는 세상에서 가장 존귀한 사람이다."

그리고 내 몸과 마음에게 말을 붙인다. "밤새 잘 잤니? 팔아, 다리야,

고마워. 오늘도 우리 멋진 하루를 만들어보자. 늘 내가 활동할 수 있도록 움직여주는 몸아, 너무나 고마워. 밥 맛나게 먹고 좋은 하루를 만들어보자."

직장에서 갑자기 내 일이 아닌 일을 하라고 명령이 떨어졌다. 아니, 왜 내 일도 아닌데 나한테 일을 시키느냐고 반발심이 일어났다. 그러다가 생각이 바뀌었다. '아마 단순하게 끝낼 수 있는 일일 거야, 그리고 그 일을 통해 나한테 유익한 점이 반드시 있을 거야.' 이런 생각을 하자마자 마음이 편해졌다. 소위 '생각 돌리기'이다.

나는 이런 생각을 하는 내가 참 대견하다. 얼마나 오랫동안 이런 연습을 했는지 모른다. 오랫동안 목표 없이 그냥 상황이 흘러가는 대로 살아왔기 때문에 뭐가 옳은 일인지 그른 일인지 판가름이 안 되는 시기가 있었다. 혼란스러웠다. 그래서 어떤 생각이 올라오면 그 생각을 뒤집어 보기를 즐겨한다. '지금 이 생각이 틀릴 수도 있어, 그러면 다른 유익한 점은 무엇이지?' 늘 이렇게 바꾸어 생각해본다. 사실 우리는 자신이 이 일을 하는 것이 어떤 행운으로 연결될지 잘 모른다. 우선은 내 일 외의 일은 안 하는 것이 유리하다 생각한다. 그러나 세상의 일은 모르는 것이다. 이 일이 새로운 기회로 이어질지 누가 아는가 말이다.

생각이 감정을 만든다. 좋은 생각을 하는 것, 이것은 권유가 아닌 강권이다. 아니 의무이다. 자기를 위해서 가족과 사랑하는 이들을 위해 필수적인 과정이다. '좋은 감정을 만드는 좋은 생각하기'는 아무리 강조해도 지나치지 않는 명언이다. 좋은 생각-좋은 감정-행복의 순서로 진행되는 연습이다.

언젠가 TV에서 청와대에 초청된 소녀·소녀 가장들이 나왔다. 그중에 유난히 눈길을 끄는 한 소녀 가장이 있었다. 유독 얼굴이 환하고 밝아서 시선이 갔다. 다들 어려워 힘겨울 텐데 그 얼굴 표정은 '너무 감사해요, 저는 행복해요.'라고 말하고 있었다.

주위 사람들의 작은 도움에도 크게 감사하고, 어려운 생활임에도 자책하거나 환경을 탓하지 않고 열심히 살아가는 게 엿보였다. '나는 참 행운아다.', '주위에 좋은 분들이 많은 데요 뭐' 하며 살아가는 듯 긍정적인 표정이다. 그 모습을 보며 환경이 행복을 좌우하는 게 아니라 어떤 마음을 갖고 살아가느냐가 중요하다는 생각이 들었다. 행복이란 생각하기 나름이다.

언젠가 독서모임에서 '감사일기'를 7년째 쓰고 있다는 분을 만났다. 단지 감사일기를 쓰는 것만으로도 정말 좋은 일이 많이 생긴다고 행복해했다. 3년 더 채워서 10년이 되면 수북이 쌓인 감사 일기장을 들고 TV 방송에도 나가보겠다고 활짝 웃었다. 갓 시집온 새 며느리에게도 감사일기 노트를 선물해 주고 나서 "하루에 한 줄만 써라."라고 부탁을 했는데 몇 달 후에 보니 하루에 세 줄씩 쓰고 있다고 기뻐했다. "어머니, 감사일기를 썼더니 좋은 일이 점점 많아져요."

나도 마음이 동해서 물어보았다.

"그런데 뭐가 그렇게 좋아요?"

"감사일기를 쓰면 기분이 좋아져요. 전에는 사람을 보면 그의 부족한 점에 시선이 갔는데 지금은 이 사람의 좋은 점은 뭐지, 이런 생각이 들어서 참 좋아요." 이분은 감사할 일을 찾다 보니 마음이 감사한 곳에 집중이 되고, 그러다 보니 긍정적인 사고 습관으로 발전했다.

나 또한 자기계발을 위해 가입한 '새벽경영연구소' 카페에서 감사일기를 쓰기 시작했다. 매일 쓰다 보니 어느덧 200회가 되어 카페지기로부터 축하용 커피 쿠폰도 받았다. 단기간 써 본 적은 있지만 7개월을 꾸준히 쓰게 된 것은 처음이다. 저녁마다 하루를 돌아보며 좋은 일을 찾고 감사할 일을 찾다 보니 처음에는 감사할 일이 한두 가지도 찾기 어려웠는데 어느덧 생각이 바뀌어 이제는 10가지 정도는 순식간에 쓸 수 있다.

어느 날은 너무 감사해서 눈물을 흘린 적도 있다. 감사일기를 쓰는 것은 무슨 일에서건 감사할 면을 찾는 '시각 조정'의 효과가 있다. 누구나 평균적인 삶에서는 행복과 고통이 비슷하다. 다만 보는 관점을 다르게 하니 더 행복한 느낌을 받는다. 비가 오면 비 온다고 싫어하고, 미세먼지 끼었다고 불평을 하며 언제나 찡그리면 스스로 불행해진다.

맑고 화창하게 갠 날 파란 하늘을 보면 정말 감사하다. 비 오는 날은 비가 와서 많은 식물들이 싱싱해지니 감사하다. 산천초목들이 물을 마시고 생기를 되찾으니 감사하다. 강의 물고기들이 펄쩍펄쩍 뛰어오르니 감사하다. 이렇게 좋은 쪽으로 늘 생각하다 보니 모든 일이 다 잘될 것 같고 가능성이 많아지고, 스스로에게 희망을 주는 말도 하게 되었다.

"이렇게 감사할 것이 많은 걸 보니 세상은 나를 보살펴 줄 거야"

"이렇게 좋은 일이 많아지는 걸 보니 난 쉽게 성공할 거야."

이 모든 것이 저절로 얻어지는 축복 같다. 단지 저녁마다 몇 줄 적은 것뿐인데 생각의 방향이 강력한 긍정 모드로 자리 잡아가고 있다. 햇빛이 나면 화창해서 좋고, 바람이 불면 시원해서 좋고, 비가 오면 식물이 잘 자라니 좋다고 해 보라. 마음이 가뿐해진다.

나에게 휴가를 주기로 한 지난해 봄, 나는 재미로 시크릿 카페의 글을 읽기 시작했다. 시크릿은 끌어당김의 법칙이라 해서 먼저 소원이 이루어진 것 같이 상상하고 느껴야 된다고 한다. 예를 들어 작가가 소원이라면 이미 유명 작가가 된 것처럼 느끼고 기뻐하고 흐뭇해해야 된다는 것이다. 이를 대입해 보면 행복도 먼저 행복한 감정을 느껴야 행복한 일이 현실로 이뤄진다. 마치 '바람과 함께 사라지다'의 여주인공 비비안 리가 오디션을 앞두고 했던 행동처럼 말이다.

그녀는 자신에게 '나는 여주인공 스칼렛'이라는 암시를 주고 스칼렛처럼 생각하고 말하며 2년을 스칼렛으로 살았다. 그 결과 비비안 리를 오디션에서 본 감독들은 동시에 이렇게 외쳤다고 한다. "바로 스칼렛이 여기 있다!"

행복도 마찬가지다. '먼저' 행복한 감정을 가져야 행복해진다. 오디션에서 합격이 되기도 전에 이미 여주인공으로 살았던 비비안 리처럼 행복하다고 마음을 먹고 살아야 한다. 지금의 상황이나 지금의 조건에 상관없이 말이다. "나는 지금 행복하다."라고 말해야 행복한 쪽으로 생각이 움직인다. "나는 불행하다."라고 말하면 불행한 일들이 떠오른다. 어떤 상황도 해석을 좋게 하면 좋게 느낄 수 있다.

요즈음은 아침마다 '쓰면 이루어진다.' 네이버 카페에 행복일기를 쓴다. 자세히 말하자면 '행복해지는 미래일기'다. 오늘 하루 있을 일이 잘 될 것이라는 미래일기이다. '나는 청소가 된 깨끗한 집에서 정갈한 요리를 먹을 것이다.' 이렇게 행복한 장면을 그려놓으니 즐겁게 청소를 하고 요리를 하게 된다. 미리 행복한 내 일상을 그리기이다.

행복한 감정은 연습에서 온다. 행복한 생각들에서 온다. 행복은 멀리 있지 않다. 아주 가까이에 있다. 좋은 생각을 하면 행복한 감정이 된다.

08

나는 내 행복에 투자한다

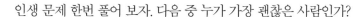

인생 문제 한번 풀어 보자. 다음 중 누가 가장 괜찮은 사람인가?

1. 아내와 어머니가 갈등이 있을 때는 아내 편을 든다.

2. 아들과 딸이 싸울 때는 아들 편을 든다.

3. 아내와 함께 있을 때는 항상 져 준다.

4. 형님이 암에 걸려 편찮으시면 아들 등록금 통장을 깨서 치료비를
   보태준다.

힌트를 준다면 나의 행복이 가장 먼저다. 내가 먼저 행복해야 한다. 내가 없으면 남도 없다. 내가 없으면 이 세상도 없다. 이런 기준 하에 문제를 풀어보자.

먼저 1번을 보자. 아내와 어머니의 갈등에서 아내 편을 드는 게 내 행복에 도움이 될까, 어머니 편을 드는 게 내 행복에 도움이 될까? 갸우뚱 고개를 젓는다면 또 힌트를 드린다. 앞으로 나와 오랜 시간을 함께 보낼 사람은 누구인가? 누가 앞으로 내 인생에 더 도움이 될 사람인가? 따져보면 답이 나온다. 그래도 저울질이 안 된다면 강력 힌트를 드린다. 누구랑 살면 내가 더 행복할까 생각해 보면 된다. 자, 아내 편을 든 사람은 괜찮은 사람일까요?

그러면 2번 문제의 답을 유추해 보자. 아들과 딸이 싸울 때는 아들 편을 든다는 사람은 괜찮은 사람인가? 아들은 내게 어떤 존재인가, 딸은 내게 어떤 존재인가를 보면 된다. 흔히 누구를 더 사랑하느냐고 하는데 선택은 내가 하는 것이 아니다. 자녀들이 선택하는 것이다. 중년이나 노후에 누가 더 나에게 잘할 것인가를 기준으로 보아야 한다. 지금은 어느 한쪽이 좀 더 사랑스러울지 모른다. 그런데 내 감정과 달리 상대가 나를 어떻게 보는가가 중요하다. 아들이 든든하다고 몰아서 주었다가 배신당하는 경우도 있고 딸에게 몰아서 주었는데 매몰차게 돌아서는 경우도 있다. 그러니 따지자면 성격 성향이나 부모를 사랑하는 애정도와 충성도를 반드시 고려해야 하겠다. 사랑스러운 아이에게 주는 게 아니라. 나에게 잘할 아이에게 주는 게 맞다. 아들 편을 든 사람이 잘한 것인지는 그 집 아들의 충성도를 파악해야 답이 나온다.

문제 3이다. 아내와 싸울 때는 항상 져 준다는 게 맞을까? 나에게 밥해 주는 사람이고 나를 보살펴 주는 사람이니까 항상 져주는 것이 맞을까? 물론 나에게 잘해 주는 사람은 맞다. 하지만 평소에 내가 존경받을 만한 생활을 했다면 늘 아내에게 질 필요는 없다. 가정 대소사를 현명하게 처리하는 모습, 자녀에게 한 마디 한 마디 조리 있게 훈계하는 모습, 자기 건강과 진로를 위해 노력하는 모습, 아내를 챙기고 이해해 주는 마음을 보였다면 어떻게 아내가 이기려고 하겠는가? 살아온 삶이 제멋대로이거나 부끄럽거나 몰이해한 시간이 많았다면 그야말로 나이 들면 아내 앞에 말 한 마디를 못한다. 제 앞가림도 못하면서 소리만 치고 살아온 개망나니 인생은 말할 것도 없다. 아내와 싸울 때에는 늘 져준다는 건 아닌 것 같다. 물론 사소한 것은 져 주는 게 현명한 처세술이다.

문제 4번을 보자. 형님이 암에 걸렸으니 아들 등록금을 형님에게 준다면 괜찮은 사람인가? 형님이 아프신데 당연히 동생이 힘이 되어드려야 하는 건 맞다. 그런데 그 돈이 아들 학교 등록금이라면 이야기가 달라진다. 아들은 취업도 해야 하고 결혼도 해야 한다. 등록금을 줘 버리면 아들은 어떻게 학교를 갈까? 알바를 해야 하나? 형님이 가까운가, 아들이 가까운가? 누가 내 행복에 더 기여하겠는가? 암 걸린 형님이 급하다 해서 등록금을 몽땅 줘 버리면 아들은 우울증에 걸릴지도 모른다. 그렇다고 아들 등록금으로 쓰고 형님은 모른다 할 수도 없지 않으냐 할 수 있다. 하지만 순서는 아들, 형님이 맞지 않을까?

내가 행복해질 때 내 배우자도 가족도 행복해질 수 있다. 행복하지 않을 때는 어떤 때인가? 우리 마음이 어떤 상처를 받거나 힘든 일을 겪을 때다. 그때 바쁘다고 해서 또는 시간이 지나면 괜찮아지겠지 하면서 고통에 우는 마음을 억압하고 외면하면 제때 위로받지 못하고 버려진 감정은 눈물을 흘린다. 안에서 곪은 마음을 잘 풀어주지 않고 지내면 마음은 드디어 분노한다.

"내가 얼마나 힘들었는데!"

"얼마나 죽을 것 같았는데 당신은 본체만체했죠?"

"아무리 상사 앞에서는 그렇다 치고 퇴근해서도 내 억울한 마음을 풀어주지 않다니요?"

상처받은 마음은 항변하며 주저앉는다. 지혜로운 사람은 이렇게 마음을 안아준다.

"마음아, 아까는 상사 앞이라 욕도 못하고 참느라 죽을 것 같았지? 이제 실컷 욕 좀 하자, 에이 나쁜 XX 같은 X! 시베리안 허스키!"

"마음아, 정말 그 인간 나쁜 인간이야, 기한을 정해서 일을 줘야지 갑자기 다했느냐고 하면 어쩌라는 거야, 일을 시키려면 일의 순서와 방법을 말해 줬어야지 그냥 잘하라고 하고 화부터 내면 어쩌라는 거야, 그치? 맞아 맞아."

이렇게 가슴에 손을 얹고 답답해하는 마음을 대신해서 조곤조곤 이야기를 한다. 완전히 내 편이 되어서 마음이 풀릴 때까지 이야기를 해준다. 이렇게 나의 압력을 빼서 내 마음의 화기가 가라앉고 편안해지면 내일 그 상사를 만났을 때 괜히 어제 욕한 게 슬그머니 미안해진다. 이렇게 내 마음은 내가 안아주면서 내가 생활에서 행복해지는 게 우선이다.

"누구를 위해서 종은 울리나?"

내 인생은 무엇을 위해서 살아가는지 잠시 멈춰 서서 생각해 보자. 정말 내 행복을 위해 살아가고 있는지, 남들이 가는 길로 무작정 따라가고 있는지 생각해 보자. 생각 없이 그저 잘되면 좋다는 안일한 생각으로 살아가면 아무것도 안 된다. 나 혼자 못난 채로 살면 괜찮은데 내가 행복하지 않으면 내 주위 사람들이 불행해진다.

　행복하려면 제일 먼저 내 마음이 행복해지는 연습이 필요하다. 내 마음이 긴장하고 있는지, 불안한지, 평온한지, 나태한지, 제멋대로 설치는지 마음의 현주소를 체크해 보자. 내 마음이 행복하면 뭘 해도 행복하고, 안 해도 행복하다. 내 마음을 들여다보고 체크하는 사람은 자기 인생도 체크할 줄 안다. 무얼 체크하느냐고 묻는다면 내가 지금 생각하는 것이 어디를 향하고 있는지만 살펴보아도 깜짝 놀란다.

　평소 생각이 하는 요리를 보자. 그 요리 이름은 '어두운 그림 그리기'가 많다. 어제 했던 생각이라는 육수에다 미래 걱정이라는 양념 좀 넣어주고 과거 후회라는 조미료를 섞으면 가슴이 답답한 생각 요리가 완성이 된다. 내 소중한 인생을 그런 잡념 가득한 이상한 요리로 가득 채울 수는 없다. 가능한 밝은 생각, 좋은 생각, 바람직한 그림들을 그리는 것이 좋다. 나는 지금 이대로 행복한 걸까? 행복한 사람은 자기 마음과 하나가 된다. 행복한 사람은 마음의 고통을 스스로 위로할 줄 안다. 그리고 마음이 고통받을 짓을 아예 안 한다. 마음이 행복해지도록 늘 노력한다.

　극적인 예를 들어보자. 귀여운 아이가 아픈데 병원비가 없다면 나쁜 부모다. 그건 사랑이 아니다. 진짜 사랑은 어떤 짓을 해서라도 책임을 진다. 아이를 위해 돈을 번다!

마음이란 아이도 그렇다. 마음의 평화를 위해 노력하는 사람이 진짜 마음의 부모이다. 아무런 노력도 없이 전에 하던 대로 온갖 어두운 생각으로 끌려 다니면서 병들고 힘들어하는 아이를 그냥 두고 보기만 하면 안 된다. 마음이 나를 믿어줄 수 있게 다독여주며 살아가는 게 진짜 내 마음과 하나 되는 길이다. 내 행복이 먼저이니까. 당신의 행복한 미래를 위해 이 순간 무엇을 투자하고 있나요?

09

매일 체크를 통해 행복지수를 올려라

행복은 체크할수록 더 풍성해지고 커진다. 오늘 님의 마음은 해님인가요, 구름인가요, 비바람인가요?

아이들의 행복 증진을 위해 인성교육의 하나로 '내 마음의 날씨'를 운영한 적이 있다. 교실의 환경 구성 판에 세 가지 색깔의 예쁜 대지를 붙이고 각각의 칸에 해님과 구름과 우산을 그려 놓고, '해님은 기분 좋아요, 구름은 보통이에요, 우산은 좀 힘든 마음이에요.'라고 알려주었다.

그리고 아침에 교실에 들어오면 먼저 내 마음의 날씨 란에 자기 이름표를 붙이게 했다. 매일 자기 마음 상태를 붙이면서 내 마음을 스스로 한번 체크해 보게 했다. 해님 칸에 이름을 붙인 아이들에게 물어보았다. "왜 해님에 붙였니?", "예, 아침밥이 맛있어요.", "우리 집 화분에 꽃이 피었어요.", 엄마가 꼭 안아주었어요." 등 나름의 이유를 듣다 보면 나도 기분이 좋아져 입가에 미소를 짓게 된다.

"하루 중 언제라도 기분이 좋아지면 위 칸으로 옮겨 붙여도 돼." 하면 구름 칸 이름표를 해님 칸에 붙이기도 하고 우산 칸 이름표를 구름 칸으로 옮기기도 한다. 기특하게도 아이들은 자기의 감정을 좋은 쪽으로 바꿀 줄 안다. 이렇게 매일매일 자기 마음과 감정을 체크하게 했더니 아이들의 몸과 마음이 밝아져서인지 그 해에는 아파서 결석하는 아이가 없었다. 마음이 밝아지니 몸도 덩달아 건강해진 것일 게다.

지금 내 마음의 행복 점수는 10점 만점에 몇 점일까요? 오늘 내게 행복을 준 일은 어떤 일이 있을까요? 나의 오늘 행복점수는 8점. 이유는 점심때 한식뷔페에서 너무나 맛있는 호박죽을 먹어서이다. 이렇게 매일 기록해 보면 점점 행복도가 높아진다. '행복일기'를 쓰는 습관을 갖게 되면 나의 시선이 행복한 일을 찾게 된다. 대부분의 사람들이 불행한 일들에 시선이 가 있다. 그건 아침저녁으로 보는 텔레비전이나 신문에서 사건·사고들을 접하기 때문이다. 그렇게 경악할만한 악재들로 도배가 된 뉴스를 보는 게 우리의 행복에 얼마나 치명적인지 모른다. 신문과 텔레비전은 줄이고 이제부터라도 행복일기를 써 보자.

〈쓰면 이루어진다〉라는 책을 보면, 5학년짜리 아들과 엄마가 청소를 하다가 책상 뒤편에서 몇 년 전에 작성했던 '소원 메모' 종이를 발견한다. 무심코 2년 전에 적은 소원들이 지금 몇 가지나 이루어졌나 헤아려보니 상당수가 이루어진 걸 깨닫고 모자는 몹시 놀란다. 그래서 나도 한번 적어본다. 그랬더니 오! 된다. 신기했다. 이틀짜리 카드도 되고 한 달 기한 소원도 되고 일 년 소원도 된다. 예를 들어 이틀짜리 카드는 이틀 안에 이루어질 소원 목록을 적는 '미라클 카드'인데 100%는 아니지만 이루어진다. 예를 들면 이렇다.

미라클 카드

기간: 3월 25일 0시~3월 27일 0시(48시간)

1. 뜻밖의 선물
2. 맛난 것 먹기
3. 예쁜 봄옷 생기기
4. 좋은 책 만나기
5. 칭찬받기
6. 친구 만나 즐거운 수다하기

이렇게 기록을 한다. 그리고 48시간 동안 이 소원이 이루어진 문항에 O표를 한다. 2번, 4번, 6번이 이루어졌다. 여기서 1번 뜻밖의 선물은 늘 고정이다. 무슨 선물이 올지 모르니까. 만약 내가 아무것도 안 썼더라면 그냥 별일 없을지도 모른다. 진짜 기록의 위력이 놀랍고 신기하다.

아침에 이부자리에서 눈을 뜨면 제일 먼저 오늘의 행복지수를 정해

본다. 오늘 목표 행복지수는 10점 만점에 8로 할까, 7로 할까 생각해 본다. 행복지수란 아주 행복하다를 10으로 아주 불행하다를 1로 했을 때 내 마음이 행복한 정도를 점수로 매겨 보는 것이다. 단 너무 깊이 생각하지 말고 바로 정해본다.

아침에는 예상 행복지수를 생각해보고 잠들기 전에는 오늘 하루의 행복지수를 체크한다. 그러면 알게 된다. 내가 얼마나 행복한지를! 행복지수를 의식하는 것만으로도 행복을 유지할 수 있는 에너지가 성장한다. 매일 해보면 점점 행복지수가 올라가는 걸 체험하게 된다.

행복노트를 만들어 거기에 행복일기를 적어보면 더 좋다. 기록장 표지에는 '나의 행복일기'라 제목을 쓴 다음, 날마다 적으면 된다. 자기 사랑을 드높이는 방법이기도 하다.

행복지수를 높이는 방법이 더 있다. 먼저 행복은 마음이 행복해져야 하니까 영양가 있는 좋은 것들을 마음에 넣어주어야 한다. 좋은 말, 힘을 주는 말, 용기를 주는 말이 좋다. 책에서 만나는 좋은 글귀도 적어서 자주 들여다보면 마음이 안정된다. 아래는 내가 몇 년 전부터 행복일기에 써서 자주 들여다보고 읽었던 글이다.

1. 반 · 유 · 찬 (반갑고 유쾌한 일들의 찬란한 물결)
2. 스 · 유 · 방 (스스로 내게 유리한 방향으로 흘러간다.)

첫 번째, 반 · 유 · 찬은 반갑고 유쾌한 일까지 읽으면 벌써 반가운 얼굴, 유쾌한 일이 상상된다.

두 번째, 스·유·방은 내가 계획한 일이나 일에 최선을 다하면 스스로 유리한 방향으로 된다는 의미이다.

어느 날 반유찬, 반유찬 하면서 중얼중얼하니까 친구들이 뭔 소리냐고 한다. 그러다가 점점 내 얼굴이 밝아지는 게 신기하다고 한다. 몇 시간 만에 환하게 피어오른다고 놀란다. 스유방은 내 마음이 불안할 때 자주 되새김하는 말이다.

무슨 일이건 스스로 나에게 유리한 방향으로 진행된다고 믿으면 마음이 평온해진다. 나처럼 의심과 불안이 많은 사람에게는 딱 맞다. 내가 모르는 새 저들이 음모를 꾸미지는 않을까 의심이 될 때마다 스·유·방이 안심을 주는 치료제이다. 내가 아는 일이든 내가 모르는 일이든 내게 유리한 방향으로 일이 진행된다고 무조건 믿는다.

내가 자주 하는 생각이 밝은지 살펴보아야 한다. 어두운 생각을 하는 즉시 그에 맞는 주파수를 가진 기운이 몰려든다. 귀신이라는 말을 하면 그 주파수와 비슷한 귀신 기운이 온다. 어둡고 탁하게 고함치는 풍의 음악이 유명해지면 그 노래를 들을 때마다 컴컴한 기운이 사회로 전염이 된다. 밝은 가사와 힘찬 음악이 아닌 퇴폐적이고 허무한 이야기들을 가사로 만들어 부르면 세상도 함께 어두워진다.

독일 작가인 괴테의 책 '젊은 베르테르의 슬픔'이 크게 유명해지자 이 책을 읽은 그 당시 독일 청소년들의 노란 조끼 모방 자살이 유행을 했다. 짝사랑의 아픔에 노란 조끼를 입고 자살을 한 주인공이 멋져 보여 흉내를 냈다. 6, 70년 대 박 대통령이 '잘살아 보자.', '하면 된다.' 모토를 내걸고 국민 전체가 뭉쳐서 수출과 건설에 매진하여 오천 년 가난했던 나라를 부유하게 만든 것은 바로 밝고 힘찬 생각의 결과라고 본다.

행복지수를 매일 체크하면 점점 더 운명이 밝아진다. 힘찬 기운이 솟아난다. 하는 일이 잘되고 좋은 인연이 다가온다. 왜냐하면 내가 밝은 기운을 만들었기 때문이다. 내면이 행복하면 외부도 행복해진다.

행복지수를 확인하는 것만으로도 행복은 유지되고 확장한다. 행복에 관심을 집중하는 것만으로도 행복을 유도하는 경험을 많이 하게 된다. 행복은 내가 만들어가는 인생의 아름다운 작품이자 우리의 진짜 목표다. 행복지수를 자주 체크하는 습관을 만들면 저절로 행복해진다.

제 4 장

감정에 휘둘리지 않는
열 가지 방법

새벽에 일어나 진짜 나를 만나라

나의 새벽은 중학교 2학년 때 시작되었다. 그 당시만 해도 중학교도 시험을 치르고 들어가야 해서 초등 6학년 때 밤늦게 까지 학교에서 공부한 기억이 있다. 억울하게도 바로 아래 학년부터 그 제도가 없어졌다. 밤늦게까지 공부에 시달린 초등시절이 억울해서인지 중학교 1학년 내내 놀았다. 방과 후에 운동장 이 끝에서 저 끝까지 100미터가 훨씬 넘는 긴 고무줄을 매어놓고 친구들과 온종일 고무줄놀이를 했다.

물론 성적은 뚝 떨어졌고 중학교 2학년이 되자 안 되겠다 싶어 정신을 차렸다. 새벽에 일어나면 무조건 바로 학교로 뛰어갔다. 남들보다 1시간 일찍 학교에 가서 공부를 했다. 당연히 성적이 올랐다. 그때 눈뜨면 바로 달리던 시골의 새벽 공기는 참으로 시원했다. 내 목적을 위해 스스로 노력한 최초의 시도였다.

고등학교 시절엔 날마다 새벽기도를 다녔다. 새벽 시골길은 무서웠다. 캄캄한 산길 모퉁이를 돌아가면 상엿집(시신을 실어 나르는 가마가 있는 곳)이 있었고 금방이라도 귀신이 나올 것만 같았다. 그래도 꾸준히 기도하러 갔다. 그때 기도제목은 '우리 가족이 건강하게 해 주세요!' 그 한 마디뿐이었다. 때로는 영수 장로님(교회를 개척하여 세운 장로)의 기도를 흉내 내기도 했다.

"우리나라와 민족이 번영하게 해 주시고 자유통일이 되게 해 주시며…."

조그만 시골교회를 세운 그분은 날마다 새벽종을 치며 성실한 신앙생활의 모범을 보여주셨다. 그 후로 인연 따라 도시의 교회를 다니기도 하고 봉사활동도 했다. 토요일 오후부터 일요일까지 교회 일에 온종일 매달려 살기도 했다.

뒤돌아보면 처음 신앙생활의 시초는 어머니였다. 15명 대식구 가정의 어머니는 고된 시집살이에 지쳐서인지 어느 날 접신이 되셨다. 요샛말로 빙의가 되었다. 밥을 하느라 부엌 아궁이에 불을 때고 있으면 발이 둥둥 뜬다고 했다. 동네 무당에게 갔더니, 이 신은 보통 신이 아니니 굿으로는 어림도 없고 예수 신을 만나야 떨어져 나간다고 했다. 나는 어머니와 함께 교회로 갔다. 조부모님은 그런 며느리를 싫어하셨지만 말리지는 못했다. 어느 날 새벽 기도시간에 어머니는 갑자기 통곡을 했다. 강대상의 십자가 무늬가 갑자기 날아와 어머니 가슴에 훅 들어왔고 한참을 처절하게 울부짖었다. 그 후로 어머니는 정신이 맑아지셨다.

나는 요즘도 마음이 복잡하면 새벽에 일어나 기도하는 방에 앉는다. "이 마음을 온전하게 해 주소서! 감사합니다!" 이 두 마디의 말로 내 기도는 끝이다. 그리고 노트에 적는다. "이 문제가 있습니다. 해결해 주세요, 감사합니다." 이 짧은 기도 문장으로 나는 내 짐을 신에게 떠넘긴다. 그리고 문제가 다 해결이 된 장면을 그리며 마음속으로 "감사합니다. 감사합니다. 정말 감사합니다!" 외친다. 그러면 얼마 안 되어 문제의 답이 떠오른다. 혹은 답이 해결될 만한 실마리가 나타난다. 이렇게 쉽게 문제가 해결이 된다. 어떤 분은 이걸 '최고로 쉬운 명상'이라고 했다.

하지만 일이 잘 안 풀리는 때에도 나는 "감사합니다. 감사합니다. 감사합니다. 정말 감사합니다!" 한다. 그 일이 내 뜻대로 안 된 것이 지나고 나면 얼마나 다행인지 모른다는 사실을 많이 경험한 탓이다.

오래전 내가 타야 했던 열차를 놓쳤기 때문에 대형 사고를 면한 경산·청도 열차 전복사건이 있었다. 친구와 약속을 지키기 위해 그 기차를 꼭 타야 했는데 한 발 늦어서 놓쳐버린 것이다. 발을 동동 구르며 마음을 졸였는데 그 일은 지금 생각해도 가슴이 서늘해진다.

산에 가려서 보지 못한 두 기차가 서로 부딪혀 두 기차는 아코디언처럼 줄어들었고 수많은 사상자가 난 대형 참사였다. 우리는 모른다. 내 앞길에 무엇이 유익한지 모른다. 내게 나쁜 일이라고 생각했던 일이 행운일 수도 있다. 반대로 내가 좋다고 생각한 그것이 사실 나에게 불행을 가져올지도 모른다. 그 일로 인해 난 결과에 대한 집착을 내려놓고 다만 열심히 살아갈 뿐이다. 일이 잘되기를 바라지만 안 되더라도 또 다른 불행을 막아 준 것일지도 모른다고 생각하기 때문이다.

새벽은 선물이다. 새벽은 내 성적을 올려주었고, 어머니의 병을 고쳐주었고, 내 문제들을 해결해 주었다. 요즘은 새벽에 일어나면 먼저 절 수행을 한다. 108배를 하면 정신이 깨어난다. 요즘처럼 코로나바이러스가 마음을 어지럽히려 하면 내 마음을 들여다본다. 지나치게 큰 욕심을 가진 것은 아닌지, 내가 나 자신을 괴롭히고 있는 건 아닌지 내 마음을 본다. 살려고 욕심내기보다는 건강하게 살아온 날들이 감사하기만 하다. 그리고 무엇이든 천천히 하자고 나를 달랜다. 너무 욕심이 많아 질주할 때가 많기 때문이다.

처음에 나는 나를 만나기 위해 책을 읽었다. 책을 읽으며 또 다른 나와 만나고 이해하게 되었다. 하루 한 권씩 읽기로 마음먹고 실천한 지 10개월이 지나간다. 처음에는 심리에 관한 책을 읽다가 부에 관한 책을 읽기 시작했다. 심리와 부자 마인드는 별 상관없는 것이라고 생각했는데 그게 아니었다. 부자가 되는 일도 모두 심리와 관계가 있으며 자기 자신을 어떻게 받아들이는가가 매우 중요하다는 걸 알았다.

부자가 되려면 자신이 부자로 살 자격이 있다고 먼저 믿어야 한다. 나는 부자가 될 자격이 없다거나 부자는 나쁜 사람들이란 의식을 가지고 있으면 부자가 되기는 글렀다! 부와 풍요도 자신에 대해 좋은 이미지를 가진 사람, 편안한 생각을 하는 사람에게 먼저 간다. 돈도 하나의 인격체이다. 돈이 악의 근원이라고 매도하면서 돈을 원수처럼 대한다면 돈이 좋아할까? 돈도 자기를 좋아하는 사람에게 간다. 돈도 사랑이 있는 곳을 용케 알고 찾아간다.

이렇게 새벽에 일어나 책을 읽기 시작하면서 저절로 알게 된 것들이 많다. 나의 감정, 나의 생각, 나의 심리, 나의 정서에 대해 읽으면 읽을수록 나에 대해 이해하게 되었다.

나는 애니어그램 5번이다. 탐구형이며 두뇌형이다. 정보를 얻어야 안심하니 책에 빠지기를 좋아한다. MBTI(16가지로 분류하는 성격유형 검사)는 INTP형이다. 내향, 직관 쪽이다. 그리고 분석형이다. 겉으로는 조용해 보이지만 속으로는 정보를 분석하기 바빠서 다소 차갑게 보인다. 하지만 속은 굉장히 따뜻한 사람이다.

책을 읽다 보니 내가 많이 즐기며 살지 못한 것이 아프다. 마음에 사랑을 키우고 나누기보다 일에 빠져 살았던 게 아쉽다. 앞으로는 사랑을 많이 만들어 나와 내 주위에 사랑을 나눠주며 풍요로운 인간관계를 만들고 싶다.

때로는 책을 덮고 복잡한 세상도 놓아두고 그냥 나만 지켜본다. 그리고 조용한 목소리로 나를 부른다. "주현아, 사랑해, 정말 사랑해.", "지금까지 열심히 사느라 애썼어, 오늘도 부탁해." 갑자기 마음이 따뜻해지는 정적이 흐른다. 이제 나는 사랑의 품 안에서 사랑을 호흡한다. 홀로 힘들었을 가슴을 두 팔로 보듬으면서.

새벽은 나에게 선물이다. 특히 여름 새벽, 창문을 열고 서늘한 공기를 마시며 책을 읽는 시간은 휴가 같은 기분이 든다. 새벽에 기도하며 나를 위로하고 새벽에 책을 읽으며 나를 알아가고 나를 새롭게 키워간다. 새벽에 기대어 나의 미래를 설계하고 하나씩 실행해 간다. 이렇게 새벽은 영광스러운 날들을 미리 그려보며 기뻐하며 나를 만나는 시간 이다.

02

감정, 멈추고 들여다보기

시험 보는 날 학교에 가면 공기가 다르다. 교문에서부터 아이들의 긴장이 그대로 몸에 느껴진다. 뭔가 숨 막히는 분위기다. 가슴이 오그라드는 것 같다. 수능 시험 보는 날은 진짜 춥다. 그런데 가끔 포근한 수능 날이 있다. 시험이 쉽다고 알려진 때는 날씨가 온화하다. 수험생들의 한결 가벼운 마음과 편안한 감정이 날씨로 나타난 것이다.

마음이 날씨를 좌우하듯이 감정의 전염력 또한 대단하다. 시아버지의 잔소리를 들은 시어머니는 부엌에 있는 며느리를 보고 분통을 터뜨리고, 며느리는 옆에 있는 강아지를 발로 걷어찬다. 화의 도미노 현상이다.

하버드 대학의 니컬러스 크리스태키스 교수와 캘리포니아 대학 샌

디에이고 캠퍼스의 제임스 파울러 교수의 '행복 확산 실험'의 결과를 보면 놀랍다. 한 사람이 행복을 느끼면 그 가족이나 만나는 사람들이 행복을 느낄 확률이 14% 정도가 상승하고 이웃이 행복을 느낄 확률은 8%가 상승한다고 한다.

이 실험을 통해 행복한 감정이 주변 사람들에게 전염된다는 사실이 확인됐다. 친구의 친구까지 행복이 확산되는 확률은 5.6%에 달한다고 한다. 이 연구는 또 행복이 당사자에게 국한되지 않으며, 부정적 감정이 긍정적 감정에 비해 전염성이 있다는 점도 증명했다.

이렇듯 우리의 감정은 주위 사람의 자세나 말, 표정뿐만 아니라 생각이나 느낌에도 크게 영향을 준다. 그래서 우리는 가능한 좋은 감정을 유지해야 하며 타인의 안 좋은 감정에 오염되지 않도록 해야 한다. 원래 쾌활하고 긍정적인 사람도 옆에 사람이 한숨을 쉬고 우울해하고 걱정을 계속하면 마음이 어두워진다. 타인의 행위에 내 감정이 휘둘리지 않으려면 부정적인 감정에 휩싸인 사람을 가능한 피해야 한다. 부정적인 말을 하는 사람에게 휘둘릴 필요도 없다. 또 타인에게 나의 부정적 감정을 전달하여 피해를 주지 않으려면 내 감정을 들여다보고 행복 쪽으로 조절해야 한다.

'마지막 잎새'를 쓴 영국의 작가 오 헨리가 어느 날 가게에 간식을 사러 갔다. 점원은 한 마디도 하지 않았다. 얼굴 표정이 뚱했다. 그럼에도 작가는 "감사합니다." 하고 나왔다.

"정말 불친절한 사람이네, 손님에게 저럴 수가 있어?"라며 같이 간 친구가 험담을 했다.

"저 사람은 항상 저런다네." 오 헨리는 별일 아니라는 듯이 담담하게 말했다.

"그럼 자네는 그걸 알면서도 예의 바르게 인사를 했다는 말인가?"

"그 사람 기분에 나까지 휘둘릴 필요는 없지." (〈하버드 감정수업〉 중에서)

얼굴도 예쁘고 몸매도 늘씬한 여배우 모 양은 패션 감각이 뛰어난 남자 친구 때문에 늘 전전긍긍한다. 남자 친구가 워낙 재력가 집안의 자제인데다 안목이 높아 만날 때마다 가장 먼저 그녀의 패션을 지적하기 때문이다. 물론 새 옷도 사 주고 패션 잡지도 보며 감각을 키워주기도 한다. 그런 탓에 상당히 패션 감각이 좋아져 광고와 화보도 찍게 되었다. 그러던 어느 날 촬영장에서 선배 여배우가 지나가면서 "오늘은 신경 안 썼네."라며 툭 던진 한 마디에 그녀는 그 자리에 주저앉아 한참 동안 통곡을 했다.

그동안 남자 친구 때문에 패션에 신경 쓰느라 힘들었던 감정들이 폭발해 버린 것이다. 평소에는 남자 친구 눈치 보기 바빠서 말은 못 하고 자기의 감정을 꾹 누르고만 있었지 자세히 들여다본 적이 없다. 억누른 감정이 밖으로 화산처럼 분출하자 연기고 뭐고 한동안 울었다. 그런 그녀를 스태프들이 달래느라 진땀을 뺐다고 한다. (tv프로그램 〈용감한 기자들〉)

억눌린 감정은 언젠가는 터진다. 외부의 그 무엇이 감정의 한 끝을 건드리면 폭발한다. 남자 친구 앞에서 자기의 불편한 마음을 숨기며 억압했던 마음이 엉뚱한 데서 풀려난 것이다. 감정은 들여다보아야 그 주소를 알 수 있다. 불편한 마음이 올라올 때마다 지금 내 감정은 어떤지 살펴주어야 한다. 그동안의 긴장과 애씀이 꾹꾹 눌려진 채 위로받지 못하고 구겨져 있었으니 얼마나 힘이 들었을까!

감정도 아기처럼 들여다보고 돌봐주어야 한다. 아무리 어른이라도 감정은 아기와 같다. 이 감정아이를 보듬어 주고 안아주며 그래, 얼마나 힘이 드니? 이렇게 위로해 주어야 풀린다. 감정은 들여다봐 주기만 해도 솔솔 풀어진다. 힘들다는 표현도 못하고 얼마나 긴장하고 자기를 억압했으면 통곡을 할까. 울면 감정이 풀어진다. 울음 명상도 있다. 울어보라, 얼마나 속이 시원해지는지 모른다. 묶인 감정이 풀려나니 훨훨 날아갈 것 같다.

공부를 못하는 자녀를 보는 부모는 자기의 생각과 기대에 못 미치는 아이에게 화가 난다. 공부를 잘하는 것이 정상이라는 나의 관점에 부합하지 않는 자녀의 행동에 화가 난 것이다. 다르게 보면 아이가 아기 때 글자를 하나도 모르다가 지금 받아쓰기를 50점 했으면 그만큼 성장한 것이다. 그런데 이 사실을 받아들이지 않고 100점이 아니라고 화를 낸다. 아이가 50점이면 아이의 공부를 도와서 점차 나아지도록 하면 된다. 왜 아이에게 화를 낼까? 내가 아니라 관점이 화를 낸다. "건강하게만 자라다오."라는 애초의 관점이면 50점이든 30점이든 대견하기만 하지 화가 안 난다.

화가 나면 멈추고 들여다보아야 한다. 나의 어떤 생각이 화를 내는 지 살펴보아야 한다. 내 생각, 내 관점을 지키고 보호하기 위해서 화가 난다. 내 관점이 무엇인가, 관점을 바꾸고 감정을 안아주면 화는 풀어 져 연기처럼 사라진다.

남편과 아들 둘을 데리고 사는 직장인 선화 씨는 늘 불만이다. 집에 오면 정말 감정이 폭발하려 한다. 양말을 벗으면 바로 세탁기에 넣어 야 하는데 남편과 아이들은 아무 데나 던진다. 선화 씨는 화의 감정에 시달렸다. 못마땅함이 목구멍까지 올라왔다. 그녀는 남편을 설득하여 습관을 바꿀까 하다가 먼저 자기의 감정을 들여다보고 '정말 저 인간 때문에 힘들었지?' 하며 자기 마음을 알아주었다. 마음이 차분해지자 아이디어가 문득 떠올랐다. 바로 농구공 바스켓을 세탁기 위에 달아놓 고 거기에 골인시키는 방법으로 문제가 해결됐다.

기록해 보면 감정을 더욱더 잘 알게 된다. 저 사람은 이렇게 해야 한 다는 생각이 분노의 원인이다. 만약에 며느리는 시어머니에게 매일 아 침 문안 전화를 해야 한다고 하면 어떨까? 며느리가 전화를 안 하면 시어머닌 화가 날 것이다. 며느리 입장에서는 어떨까? "이렇게 바쁜데 언제 시어머니한테 날마다 문안 전화를 해요?" 할 것이다.

취업 못한 백수 아들이 머리가 허연 늙은 부모에게 용돈 타령을 한 다는 말을 들을 때 화가 나는 건 '성인이 된 자식은 독립해야 한다.'라는 내 관점 때문이다. 내가 화를 내는 게 아니라 나의 관점이, 내 신념 체계가 힘들어한다.

팔십 노모가 육십 아들의 발을 닦아 주는 걸 보고 동네 사람들이 뭐라고 하자 아들이 말했다. "우리 어머니는 이렇게 해야 행복하시대요!" 이럴 수도 있다. 관점이라는 나의 독선을 내려놓으면 분노는 사라지고 힘들어하던 마음이 쉬게 된다.

"그래, 그럴 수도 있지, 어머니가 행복하신데 뭐."

멈추고 들여다보면 나의 고집이나 나의 관점 때문에 와글와글 일어나는 감정이라는 걸 알게 된다. 그래서 감정이 일어날 때 잠시 멈추고 감정의 이름을 붙여 주고 위로해 주면 알았다는 듯이 감정이 슬며시 사라진다. "남편의 행동 때문에 화가 나고 진짜 힘들었지." 이게 들여다보기다. 감정은 멈추고 들여다보기만 해도 스르르 풀어진다.

03

행복은 선택이다

조선 후기 우리가 성군이라 일컫는 정조의 사랑을 듬뿍 받았던 정약용. 실학을 집대성한 실학자이자 가히 천재라 할 만큼 대단한 인물이다. 그가 귀양살이 18년 동안 저술한 책이 500여 권이나 되며 그 주제와 내용도 상당히 방대하다. 위대한 저술도 그렇지만 운명에 대한 그의 태도는 가히 일품이다. 정약용은 유배지에서 나라를 탓하고 운명을 탓하며 시간을 보내지 않았다. 그는 복숭아뼈에 구멍이 세 번이나 날 정도로 양반다리로 책상 앞에 앉아 연구를 계속했다. 출세의 길이 막혔다 해서 죄인으로 떨어졌다 해서 자포자기하며 손 놓고 있지 않았다. 갑작스러운 정조의 죽음으로 시작된 추락에도 굽히지 않았다.

그의 불운에 대한 태도는 아들에게 보내는 편지에 잘 나타나 있다. 관직에 나아갈 수 없더라도 선비의 기상을 유지해야 한다고 썼다. 그는 형조(刑曹)에 기록된 몇 줄의 글로 평가받기를 거부하고 자신의 연구를 책으로 남겨 후세의 평가를 선택했다. 오늘날 교과서에는 정약용을 일컬어 천주교를 믿어 박해받은 죄인이 아니라 조선 후기 실학을 집대성한 대학자로 기록하고 있다. 그의 아들은 훗날 정치에 입문하여 참고 견디며 공부한 빛을 보았다.

사람의 운명도 계절처럼 봄, 여름, 가을, 겨울이 번갈아 순환하고 있다. 내 인생의 겨울에 나는 어떤 삶을 선택하고 어떤 자세로 살아야 할까? 어떤 암울한 시기에도 길은 있다. 비록 바닥에 떨어졌다 해도 다시 일어날 수 있다는 자세로 변함없이 살아간다면 희망은 있다. 정약용은 "항상 심기를 화평하게 해라. 한 번 쓰러졌다 해서 다시 일어설 수 없는 것은 아니다."라고 자녀들에게 권고했다.

인생에도 화사한 벚꽃처럼 활짝 피어나는 시기가 있다. 뭘 해도 인정받고 잘 된다. 그러나 그것도 잠시 겨울이 닥쳐오면 싸늘한 바람이 불고 뭐든 다 막힌다. 앞길이 불투명하다. 이 겨울의 시기에는 무슨 일을 해도 잘 되지 않는다. 해봐야 힘만 들고 결과도 좋지가 않다. 마치 한겨울에 씨앗을 뿌리는 것처럼 다 망한다. 그렇다고 절망해 손 놓고 있으면 안 된다.

겨울에는 쉬면서 자기를 돌아보고 책도 읽고 공부도 하고 관련 기술이나 자격증 준비도 하고 자기 자신을 연마해나가야 한다. 이때의 공부와 준비는 훗날 좋은 계절이 왔을 때 크게 일어날 밑거름이 된다. 불우하다고 좌절하여 아무것도 안 하고 준비를 하지 않으면 봄이 왔을

때 크게 자라날 나무가 없고 다가오는 호시절 가을에 튼실한 열매를
거두기 어렵다.

모하비 사막에서 근무하게 된 남편을 따라 사막의 오두막에서 지내
야 하는 선향 씨는 미칠 것 같았다. 40도를 넘나드는 열기와 밤낮으로
불어대는 모래바람 속에서 살아간다는 게 너무나 힘든 나머지 고국의
아버지한테 편지를 썼다. 아버지의 답장은 이외였다.

"죄수 두 사람이 똑같이 감옥의 창살 밖을 바라보는데 한 사람은 진
흙탕을, 다른 한 사람은 하늘의 별을 보았단다."

그녀는 사막의 토착민들과 사귀고 그들의 삶과 문화에 관심을 가지
고 교류하기 시작했다. 그러자 사막의 저녁놀은 말할 수 없이 아름다
워졌고 생지옥은 활기찬 낙원이 되었다. 왜 그녀의 사막은 오아시스가
되었을까? 마음의 자세를 바꾸고 인생의 별을 발견한 때문이다.

불행이라 여겨지는 조건 속에서도 행복의 별을 찾아낼 수 있다. 나
의 시야를 넓히면 어느덧 문제는 작아지고 사라지고 보이지 않는다.
아무것도 아닌 것이 된다. 환경은 우리를 불행하게 하거나 행복하게
할 수 없다. 환경에 지배되지 않고 환경이 어떠하든 간에 거기서 인생
의 별을 찾는 사람은 어디에서나 기쁨의 길을 걸어간다.

돈 있는 사람이건 가난한 사람이건 문제는 끊임없이 일어난다. 숨을
쉬고 있는 한 문제와 장애물이란 것들이 항상 인생에 찾아온다. 문제
의 크기는 결코 문제가 아니다. 중요한 것은 당신의 크기이다.(《백만장자

문제보다 나를 더 크게 키우면 된다. 문제는 감당할 수 있는 것만 찾아온다. 가능한 것만 찾아온다. 문제가 있다는 것은 나를 키우기 위한 과제이다. 숙제를 풀면 나는 그만큼 성장한다. 나의 크기를 키우는 게 인생살이다.

일본의 유명한 관상가 미즈노 남보쿠는 말한다. 불행이 계속될 때 찾는 개운법은 여러 가지가 있지만 그중에 하나가 식사량을 줄이는 것이다. 젊은 시절, 그는 워낙 형편이 어렵고 불운하여 부둣가에서 뱃사람들의 짐을 하역하는 노동자로 하루하루 살아가는 처지였다. 얼굴은 어찌나 못생겼는지 수행한다고 절에 찾아가니 스님들이 그를 쫓아내며 이렇게 말했다고 한다.

"그런 관상으로 안 된다. 그러니 일 년간 거친 보리와 콩으로 식사를 해라, 그러면 운이 열릴 테니 그때 다시 오라."

그는 일러준 그대로 식사를 하고 일 년 후 다시 그 절에 찾아갔다. 스님들이 그의 얼굴을 보더니 깜짝 놀라 얼굴이 많이 변해 관상이 아주 좋아졌다고 칭찬을 했다. 훗날 그는 관상학의 대가가 되었는데 '좀 부족한 듯 누려야 그 빈자리에 복이 들어온다.'고 주장했다. 또 음식을 먹되 7, 8부만 먹으면 비어지는 2,3부에 복이 쌓인다는 것이다. 반대로 과식을 하면 복이 달아나며, 자기의 분수를 누리되 120% 누리는 건 아주 위험하다고 했다. 왜냐하면 미래에 받을 복을 미리 당겨서 써버리니 빠른 속도로 복이 사라진다.

높은 권력자의 자리에 앉거나 명예로운 자리에 있을 때에도 그 복을 한껏 누리는 것은 아주 위험하다. 사람이 높은 자리에 오르는 건 만인의 도움을 받은 것이고 명예로운 자리에 이르는 것도 만인의 지원으로 올라간 것이므로 겸손하고 조심하지 않으면 어느새 추락하고 만다.

지나친 허영과 사치로 좋은 음식들만 먹고 좋은 옷을 입고 다니면 운이 떨어진다. 겸손하게 모든 좋은 것들을 7, 8부만 누리는 태도라면 그에게는 복이 저축되어 불행은 사라지고 점점 앞길이 열린다. 힘든 일이 계속되는 사람은 어떻게 살아왔는지 되돌아보고 남보쿠의 말처럼 살아보라, 운명이 다시 활짝 펴질 것이다.

인생에서 화와 복은 그물과 같이 서로 교차되어 있다. 그러므로 좋은 일에나 나쁜 일에나, 맑은 날에나 흐린 날에나 항상 변함없이 감사하는 마음으로 살아가야 한다. 복이 왔을 때뿐만 아니라 재난을 당했을 때에도 역시 감사하는 마음을 가지라. 현재 자신이 살아가고 있는, 자신을 살게 해 준 모든 것에 감사하는 마음을 품는 것이 정신을 고양시키고 운명을 밝히는 첫걸음이다.(〈카르마 경영〉 중에서)

'행운이 오면 감사하되, 어쩔 수 없어도 감사한다.' 이 대원칙을 세워두고 늘 이렇게 의식적으로 생각하기로 준비해 놓으면 마음이 안정되고 행복해진다. 그리고 감사 노트를 적으면 감사할 거리가 저절로 찾아진다. 나날이 감사할 일이 넘쳐난다.

행복은 선택이다. 감사로, 행복 쪽으로 해석하기로 한 결정이다. 어떤 경우에도 내 삶을 내려놓지 않고 꼿꼿한 정신으로 내일을 준비하며 미리 감사하기로 마음먹는다. 선택은 세상을 어떻게 해석할지를 결정하는 일이다. 마음의 상처도 일어난 일에 대한 생각 때문이다. 정약용에게 귀양지는 연구실이 되었다. 복잡한 정치에서 물러나고 가족을 떠나 있는 동안의 시간이 그에게는 얼마든지 연구할 수 있는 절호의 찬스로 해석되었다. 이처럼 재난 속에도 행운은 숨어 있다. 어떤 일이든 즐거워할지 슬퍼할지는 선택의 문제이다.

우리의 행복을 위해 세상을 바꿀 필요는 없다. 비결이 있다면 그건 우리의 지각을 바꾸는 데 있다. 행복은 정신적인 연금술이다. 즉 세상을 바라보는 방식의 전환에 달려있다. 행복은 인생의 주인공들만이 결정하는 자발적인 선택이다. 외부 상황이나 조건과 상관없이 인생의 별을 찾아내고자 하는 강인한 결정이다.

04
감정 수첩에 감정 기록하기

아이들과 수업을 하거나 외부 강의를 할 때 처음 만난 객석의 표정은 대부분 밝지가 않다. 먼저 그들의 마음을 열어야 강의가 잘 먹히고 수업이 순조로울 텐데 늘 걱정이다. 그래서 시도한 게 '감정 읽어주기'이다. 먼저 청중의 감정 상태를 한번 부드럽게 짚어 주기만 해도 훨씬 표정이 밝아진다. 마음의 문이 열린다.

'감정 읽어주기'란 아주 간단하다. "지금 기분이 어떠세요?"하고 한번 물어봐 주는 것이다. 사람들은 화가 나고 감정이 상해도 자고 일어나면 괜찮아지겠지 내버려 둔다. 그런데 그냥 내버려 두면 응어리가 남아서 세포에 각인이 된다. 그 찜찜하고 텁텁한 감정의 짐을 마음 한곳에 쟁여두고 돌보지 않으면 그 응어리는 점점 커지고 작은 일에도 자주 화내는 습관이 되어 마침내는 운명을 어두운 쪽으로 끌고 가버린다. 내가 방치한 상처를 누군가가 부드러운 터치로 한번 어루만져주는 것으로도 마음이 열린다.

학생들이 이른 아침 억지로 일어나 잠결에 등교하면 얼굴이 밝지가 않다. 그런데 "지금 기분이 좋은 사람 손들어 봐요.", "지금 기분이 안 좋은 사람 손들어 봐요." 이것만 물어보아도 아이들의 자세가 확 달라진다. 수업 태도가 좋아지고 집중력이 높아진다. 자기 마음을 알아준 것만으로도 아이들의 얼굴이 밝아진다. '감정 읽어주기'를 한 날과 안 한 날의 차이가 크다. 그냥 지나친 날은 뭔가 뻑뻑하다.

감정 상태에 따라 일의 효율성이나 집중력이 좋아지는 걸 보면 감정을 알아주는 것이 매우 중요한 일임을 알 수 있다. 감정을 1에서 10까지의 구간으로 나누고 10을 아주 기분 좋은 상태로, 1을 아주 기분이 안 좋은 상태로 했을 때 지금 감정지수는 얼마인가요?

지금 나의 감정지수는 '9'이다. 새벽에 글을 쓰는 일이 매우 좋은가 보다. 때로 기분이 안 좋을 때는 조용히 나와 대화를 하며 감정지수를 높인다.

"마음아, 지금 기분이 안 좋구나? 미안해, 내가 좀 더 잘할게. 우리 차 한잔할까?" 이렇게만 해도 마음이 가라앉는다. 화가 나서 열이 날 때도 "마음아, 미안해. 열심히 했는데 결과가 안 좋네. 우리 시원한 호수 바람 쐬러 나가자. 기분 좀 나아지게. 이렇게 화가 나는 상황을 만들지 말았어야 하는 건데, 앞으로는 미리미리 준비해서 실망하지 않도록 할게, 좋은 성적이 나오도록 할게."

이렇게 한 마디 해 주고 나면 전보다 훨씬 마음이 가볍고 감정상태가 차분해진다. 이렇게 감정지수를 체크하면서 단순히 알아주는 말 한 마디만으로도 마음이 평온해진다.

베트남의 걷기 명상의 일인자인 틱낫한 스님은 〈화〉라는 책에서 다음과 같이 말했다. "화는 보살핌을 간절히 바라는 아기이다." 아기 다루듯 화를 보살피면 점점 화가 줄어들게 된다. 결국 화라는 감정도 자기를 알아달라고 하는 것이다. 화라는 감정을 하나의 인격체인양 대해주면 효과적이다. 마치 아기를 어르듯이 말이다.

"화나지? 얼마나 힘들었니? 얼마나 고통스러웠니? 얼마나 부아가 치밀고 못마땅했니? 괜찮아, 이제 내가 잘할게, 미안해, 사랑해." 이렇게 조곤조곤 말해 주면서 상처와 아픔을 인정해 주기만 해도 마음을 알아주는 게 된다.

아픈 감정마다 감정에 이름을 붙이고 그 이름을 불러 위로해 준다면 더욱 감정이 풀어진다. "슬픔아, 얼마나 슬프니, 얼마나 아프니? 몰라줘서 미안해, 홀로 울고 있었구나. 이제는 내가 알아줄게."

이렇게 혼잣말로 위로의 마음, 공감의 마음으로 다가가기만 해도 마음은 위안을 받고 평안을 얻는다. 흔히 남이 나를 위로해 주기를 바란다. 때문에 힘든 감정이 올라오면 친구를 만나고 상담을 받곤 한다. 좋은 친구란 이럴 때 잘 들어주고 공감해 주는 친구이다. 최소한 내가 하는 말을 친구가 그냥 되받아주기만 해도 올라온 감정이 많이 해소가 된다.

"나 너무 힘들어 화가 나서 미치겠어, 그 인간 정말 나빠!"

"어휴, 그 인간 정말! 진짜 너무했다!"

"진짜 그 인간 정말, 어떻게 그럴 수가 있니, 그치?"

"응, 진짜 어떻게 그럴 수가 있냐!"

친구나 상담가가 아니더라도 스스로 감정 체크를 하고 알아주기를 하다 보면 마음이 훨씬 편해진다. 고통이 현저히 줄어든다. 때로 공감력이 약한 위로자를 만나면 오히려 더 화가 난다. 잘 알지도 못하면서 "야, 너한테도 문제가 많아." 이럴 때는 위로받기를 포기하고 감정 수첩을 꺼내어 써 보면 자율적인 감정 해소가 된다.

감정 수첩을 이용하여 감정 알아주기를 하면 좋다. 예를 들자면 다음과 같이 할 수 있다.

3월 3일 <감정일기>

"화나는 마음아, 너무너무 화가 나지? 내가 알아줄게, 나한테 내 잘못이라고 말하는 친구 때문에 열 받지? 우리 이제 맛난 것 먹으러 가자. 그리고 다음부터는 절대 그 친구한테 말하지 말자. 마음아, 미안해 앞으로는 화날 일을 안 만들도록 할게, 아휴 정말 나를 화나게 한 그 인간 앞으로 다시는 보지 말자. 나쁜 인간! 종이에다가 욕을 실컷 썼더니 휴~ 이제 좀 화가 가라앉네."

감정 수첩을 기록하다 보면 빠르게 감정이 해소가 된다. 그러고도 마음이 가라앉지 않는다면 거친 욕을 할 수도 있다. 욕은 우리에게 독이 되기도 하고 소화제가 되기도 한다. 아무리 해도 화가 풀리지 않을 때, 욕을 하고 나서 마음이 후련해진다면 해볼 만하다. 욕을 하고 난 후 마음이 어느 정도 정리되고 여유가 생기면 이제 상대의 입장이 보이고 이해가 된다. '아하, 그래서 상대가 그런 행동을 했구나, 그럴 수도 있겠다.' 하고 입체적인 사고를 한다. 드디어 터널 시야에서 빠져나온다. 그리고 나의 경솔한 생각과 행동을 반성하게도 된다. '아, 나도 이런 점은 잘못했구나, 앞으로는 이런 점을 조심해야겠다.'

　감정의 치유는 간단하다. 알아주기이다. 충분히 공감해 주기이다. 그러면 마음이 열려 상대가 이해된다. 요약하면 분노의 감정-말로 알아주기-욕하기-객관화하기이다.

　화 풀기 후 9-4-3-1-0으로 다섯 번째 화가 완전히 풀어지는 경험은 신기했다. 단 한 번이라도 이렇게 내 감정을 충분히 풀어주면 하늘을 날 듯 마음이 가벼워진다. 자기 자신의 감정을 억압만 하고 한 번도 제대로 해소해 주지 못했다면 이제는 감정 수첩으로 내 감정을 알아주고 풀어줌으로써 맑고 시원한 삶을 만들 수 있다.

05
관계에도 다이어트가 필요하다

딸 바보 아빠, 아들 바보 엄마는 아이가 원하는 것을 다 해 주니까 멋진 부모일까? 사랑스럽고 귀여운 내 자식을 위해 부모는 목숨도 바칠 수 있을 것 같다. 그런데 자식 바보의 사랑으로 자기 뜻대로 살던 귀여운 공주와 왕자님이 자라서 학교나 사회로 나가면 어떻게 될까?

"우리 부모님은 나에게 이렇게 해 주었는데, 이 친구들은 왜 내 뜻대로 안 해 주지?"

"우리 아빠같이 나에게 해 주는 사람이 좋아요!"

"우리 엄마같이 나에게 해 주는 사람이 좋아요!"

학교에서 친구들과 만나도, 성장해서 배우자를 선택할 때도 우리 아빠같이 우리 엄마처럼 해 주기를 당연히 기대하니 관계가 잘 될 턱이 없다. 가정에서 자기 위주의 이기적인 태도가 늘 통했는데, 문제없이 사랑받았는데 학교나 사회에서는 그게 잘 안 된다. 정작 아이는 이해할 수 없다. 응석받이가 부모에게 바라는 입장으로 늘 상대에게 자발적인 봉사를 요구하니 따돌림을 받아도 본인은 이해하기 힘들다. 가족의 사랑은 1 : 2나 1 : 3도 되지만 학교나 사회는 아니다. 1 : 1이다. 친구들은 부모가 아니다. 거기에 일방적 배려는 없다. 동등한 인간으로서 만남이다.

연애도 1 : 1의 관계다. 달콤한 연애가 처음 시작될 때는 서로 상대방을 배려하다가 어느 순간이 지나면 한쪽이 받는 역할, 다른 한쪽이 주는 역할로 바뀌기도 하는데 대부분 더 많이 좋아하는 쪽이 더 많이 주며 희생한다. 그러다가 주기만 하는 쪽이 서서히 지친다. 연애 자체가 사랑받기 원하는 마음에서 시작된 것이므로 사랑을 받기 위한 나의 노력이 보상으로 돌아오지 않으면 에너지가 떨어진다. 내가 원하는 것, 내가 받고 싶은 것을 상대에게서 채우지 못한 실망과 원망이 일어난다. 내가 바라는 걸 상대가 다 해 줄 것이라는 기대가 무너지기 때문이다. 관계는 사랑을 주고받기이다.

"그렇게 다 해 주었는데 왜 돌아오는 게 없지?"

인간관계나 연애의 숨은 의도는 '받는 것'에 맞춰져 있다. 겉으로 어떤 행동과 제스처를 하든 간에 파트너에게 자신이 기대하는 역할이 있다. 타인을 내 욕구를 들어주는 대상으로 이용한다. 타인이 그 자신으로 존재하도록 허용하지 않고 나를 채우기 위한 도구로 본다. 이 무리한 주문의 결과 어느 날 관계는 끝이 난다. 양쪽 모두 뭔가를 받으려고 하니 내 행복을 상대에게 의존하던 관계는 깨어진다.

즉 상대의 행복을 배려하지 않고 나를 행복하게 해 달라는 요구로 자기 쪽으로 잡아당기면 어느 날 관계의 줄이 팽팽해지다가 결국 끊어진다. 그리고 서로 상대방 탓을 한다.

"고마워, 월급도 많지 않은데 당신이 살림을 잘해 줘서 맘 편히 회사에서 일할 수 있었어."

"고마워요, 열심히 회사에 다녀준 덕분에 마음 놓고 아이들을 잘 키울 수 있었어요."

이렇게 인간관계는 고마운 마음을 주고받는 것이다. 신뢰의 부부는 은은한 사랑과 도움을 주고받는다. 신혼에는 서로 말할 수 없이 달콤하지만 시간이 지나면 열정이 식고 우정이 남는다. 그때는 가족에게 느끼는 감사한 마음, 고마운 마음이 관계를 뒷받침해 준다.

신혼의 달콤한 기간이 끝나면 즉시 이혼하는 커플들, 아빠같이 엄마같이 모든 걸 감싸줄 줄 모르는 상대에게 놀라 얼른 헤어진다. 그러나 세상 어디에도 그 어린애가 기댈 곳은 없다. 배우자는 부모가 아니다. 고마워할 줄 모르는 사람들의 결론이 이혼율 50%의 이유이다. 인간관계도 다이어트가 필요하다. 좋은 인간관계는 인간관계를 하지 않는 것이다. 인간관계를 잘하려고 애쓰지 말라는 뜻이다. 지나친 애씀은 부자연스럽다. 지나친 친절도 그 의도를 의심받는다. 과거에는 성공 처세술로 생일을 챙기라든가 각종 경조사에 참여하라든가 이런저런 비법들을 전하는 책들이 많았다. 그런데 마음 없이 행하는 이런 요식적인 행위가 얼마나 오래갈까. 오히려 실력을 키우고 자기 일에 전문가가 되어 전체에 도움이 되는 사람이 진짜 인간관계를 잘하는 사람이다. 아부보다 일의 성과를 내는 사람이 이제는 인정받는다. 입에 발린 달콤한 말이나 어설픈 요령으로 출세할 거라 믿는다면 어불성설이다.

좋은 미래를 바라보려면 독서를 하고 시간 관리를 하고 자기 미래를 위해 열심히 살아야 한다. 공부든 직장생활이든 보이지 않는 시간을 잘 준비하는 사람에겐 반드시 기회가 온다.

피해야 할 인간 유형의 첫째가 독립하지 못한 사람들이다. 20대를 지나 30대가 되어도 여전히 부모 등에 빨대를 꽂고 살다가 노후자금까지 탈탈 털어먹는 진상 자식들! 그럼에도 나라 경제를 살려놓은 세대의 나이 든 분들을 '꼰대'라고 비하하여 부른다. 앞서 말했듯 심리적 독립이 안 된 사람들은 결혼해서도 우리 엄마, 우리 아빠를 먼저 찾는다. 배우자는 미칠 노릇이다. 내 가정보다 본가가 더 중요하고, 친정이 우리 살림보다 더 중요하다니!

MBTI 성격유형(성격을 16가지로 나눈 성격유형 검사)에도 피해야 할 유형이 눈에 보인다. '스파크형'이라고 해서 열정적이고 따뜻하며 상상력이 풍부하다. 즉각적이고 유창한 언변 능력도 있다. 타인의 칭찬을 갈구하며 즉각 감사를 표현한다. 진짜 아무 문제가 없어 보인다. 그런데 이 유형이 바로 다른 말로는 '영원한 어린이형'이라고 불릴 만큼 제멋대로라고 한다.

내 기분에 안 맞으면 선생이고 뭐고 함부로 하고 나를 칭찬하면 기고만장한다. 말하자면 심한 '감정 기복 형'이다. 이 유형이 현재 20대 이하 우리 아이들의 70%라고 한다. 핵가족의 꽃인 우리 아이를 귀하다 못해 상전으로 키우다 보니 이렇게 되었는지 모르지만 참으로 한탄할 일이다. 학교 교사들이 스트레스를 받지 않을 수가 없다. 물론 가정에서도 사춘기 때 제 본성을 드러낸다. 남에게 피해 주지 않고 산다는 게 이리도 힘든 것인가? 내 앞길 개척하며 살아가는 사람이 정말 멋지다. 나 하나만 잘 챙기고 열심히 살아가기만 해도 아무 문제가 없다.

인간관계의 처음은 자기와의 관계이다. 자기 스스로에게 함부로 하면서 남에게 더 높은 점수를 받으려고 하는 모든 행동은 가식이다. 자기를 하찮은 사람이라 여기면 상대는 이걸 금방 알아차린다. 사람을 볼 때 3초면 다 본다고 한다. 3초 내에 판단이 끝난다.

"아, 당신은 이런 사람이군요."

그런데 그 3초 내에 무엇을 보는가 하면 그 사람이 자기 자신을 어떻게 생각하고 대접하는가를 본다고 한다. 무의식적으로 본다고 한다. 보인다고 한다. 그러니 누군가에게 사랑받으려 애쓰기 전에 나 스스로나 자신을 사랑해야 한다. 상처를 받고 고통을 당하는 나를 나 스스로위로해야 한다.

그 상처는 버려둔 채로 누군가를 만나서 그 사람이 나를 치료해 주기를 바라는 것이 과연 얼마나 효과가 있을까? 내가 만난 그 사람이 나를 치료해 주고 사랑해 주고 내 문제를 해결해 주리라고 막연히 바라기도 한다.

그런데 그 사람도 나와 똑같이 상처받고 고통받고 누군가 자신을 치료해 주기를 바라는 사람이라면, 이런 두 사람이 만나면 관계가 제대로 될 리가 없다. 관계의 허니문 기간이 끝나면 이제 기대하는 기간이 시작된다. "00를 해 주면 좋겠는데, 00를 해결해 주면 좋겠는데." 그 사람도 나와 똑같이 문제 속에서 허우적대는 사람이라는 사실을 직시해야 한다.

이런 이유로 나와의 관계 즉 내가 나를 보는 시선이 고와져야 한다. 내가 나를 무시하면 상대도 그 속의 소리를 듣고, 그 에너지를 느끼고 똑같이 반응을 한다.

"아이고, 내가 무슨!"

"아이고, 네가 무슨!"

겉으로 어떤 행동을 해도 이렇게 되어버리는 것이다. 그래서 자존감을 세우라고 그렇게 강조하는 것이다. 상대가 그렇게 반응하는 것은 결국 내 마음이 원인인 셈이다.

"나는 할 수 있다. 나의 노력은 헛되지 않다."

"스스로 내 마음을 안아주고 열심히 살아서 스스로 독립하겠다."

"내 마음의 고통은 나와의 대화로 풀 거야."

"나는 나를 믿어, 나는 나를 사랑해!"

이렇게 나와 관계가 좋은 사람이 진짜 다른 사람의 아픔도 이해하고 따뜻한 인간관계를 할 수 있다. 인간관계의 다이어트는 외부로 돌린 시선을 내부로 돌리는 데서 시작한다. 모든 인간관계는 나와의 관계이다. 이때 타인은 또 다른 내가 된다. 나를 먼저 사랑하고 그다음에 또 다른 나인 타인을 받아들이게 된다. '나는 못났어, 나는 안 돼, 나는 할 수 없어.' 이런 생각부터 내려놓고 자기 자신을 있는 그대로 받아들이고 사랑할 수 있어야 그 사랑의 힘으로 타인에게도 진심으로 다가갈 수 있다. 결국 나를 대하는 태도로 남을 대한다. 관계의 다이어트는 먼저 자기 자신에 대한 부정적인 관념을 다이어트하는 게 우선이다.

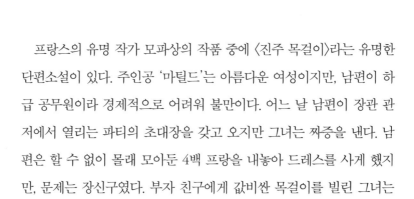

06
쥐고 있는 것을 내려 놔라

프랑스의 유명 작가 모파상의 작품 중에 〈진주 목걸이〉라는 유명한 단편소설이 있다. 주인공 '마틸드'는 아름다운 여성이지만, 남편이 하급 공무원이라 경제적으로 어려워 불만이다. 어느 날 남편이 장관 관저에서 열리는 파티의 초대장을 갖고 오지만 그녀는 짜증을 낸다. 남편은 할 수 없이 몰래 모아둔 4백 프랑을 내놓아 드레스를 사게 했지만, 문제는 장신구였다. 부자 친구에게 값비싼 목걸이를 빌린 그녀는 파티에서 한껏 아름다움을 뽐냈다.

그런데 그만 그 목걸이를 잃어버린다. 파리 시내를 샅샅이 뒤져 똑같은 목걸이를 구하지만, 그 값이 자그마치 3만 6천 프랑, 친구에게 사실을 숨긴 채 전 재산을 털고 빚까지 내 겨우 구입하여 돌려준다. 그녀는 10년 동안 빚을 갚느라 온갖 허드렛일을 하며 죽을 고생을 한다. 겨우 빚을 갚고 한시름 놓던 어느 날, 거리에서 우연히 만난 그 친구 입에서 나온 말은 충격 그 자체였다! "얘! 그건 5백 프랑짜리 싸구려 짝퉁이었어!"

진짜라고 믿었던 가짜 진주 목걸이를 목에 걸고 그녀는 파티에서 한껏 자기의 아름다움을 자랑할 수 있었다. 잠시 동안의 파티에서 부러운 시선을 받은 대가로 10년이나 온갖 고생을 해야 했던 그녀는 무엇을 쥐고 있었기에 그토록 힘든 시간을 보내야만 했을까? 그것은 그녀의 허영심이다.

사치하고 싶고 남에게 과시하고 싶은 욕망 때문에 빌린 진주 목걸이, 그 순간은 얼마나 환희에 차서 파티 장소로 달려갔을까? 파티가 끝난 후 그녀에게 남은 건 잃어버린 목걸이와 금방 지나가버린 짧고도 황홀한 순간, 그리고 기나긴 고생의 시간이었다.

이 이야기를 보면서 난 무엇을 진주 목걸이로 여기고 있는지 나를 다시 돌아보게 되었다. "이걸 목에다 걸면 사람들이 나를 쳐다볼 거야." 하고 그걸 얻기 위해 내가 목표로 하고 있는 허영 채우기 과시용 진주 목걸이는 무엇일까? 소중한 나를 무시하고 그걸 얻기 위해 뛰어가는 진주 목걸이, 자칫하면 그걸 구하려다 마틸드처럼 인생을 망쳐버릴 수도 있다.

나이 들어가면서 느끼는 것이 있다. 외로움이다. 3,40대에는 마냥 말처럼 달렸다. 직장에서 성공하기 위해서라기보다는 그냥 열정이었다.

시간이 지나고 보니 내 주위에 사람이 없다! 무엇이든 다 가능하리라 했던 청춘에는 명예나 돈을 좇았다. 그런데 건강에 이상이 오니까 모든 게 다 놓아졌다. 나이 들어서는 최고로 꼽는 게 건강인데 건강은 마음이 편해야 하고 마음이 편안하려면 무엇보다 욕심을 줄여야 한다. 한꺼번에 해치우려는 일 욕심도 버려야 한다. 마음이 달리는 걸 멈추니 이제 사람이 보이고 내가 눈에 들어온다.

내려놓지 않으면 강제로 쥐고 있던 걸 놓을 수밖에 없는 상황이 되고 만다. 병이 나거나 사고가 나서 멈추게 되기도 한다. 그래서 미친 듯이 달리는 이들을 보면 나는 말한다. "천천히 하세요! 천천히 하는 게 가장 빠르답니다."

실제로 성공은 미친 듯이 하는 것보다 꾸준히 하는 사람에게 온다. 내가 책을 쓰려고 덤볐을 때, 금방 끝내려고 처음에는 밤에 잠도 안 자고 썼다. 그런데 책을 내는 목적이 무엇인가 물어보면서 다시 생각하기로 했다. 단 한 사람이라도 이 책을 읽고 생각에 변화가 있다면, 조금이나마 행복해지는 데 도움이 된다면 그것으로 난 행복하다고 기준을 잡으니 편안하다. 이렇게 책으로 엄청난 성공을 하리라는 욕심을 내려놓자 모든 것이 편안해졌고 천천히 독서하고 사색하면서 글은 점점 더 좋아져 옛날 잡지사 다니던 때처럼 쓰는 그 자체로 좋다.

내 개인의 당연한 행복이나 기본적인 욕망을 채우려 하면 하늘이 벌주는 것이라는 청교도적 관념을 꽉 쥐고 살았다. 때문에 내게 따뜻하게 다가오는 사람들도 밀어내기 일쑤였다. 행복하면 안 돼, 행복하면 병에 걸리고 직장이 떨어지는 벌을 받을까 두려웠다. 그리고 외로운 자신을 깨끗하다고 위로하며 살았다. 이제는 쥐고 있던 관념을 내려놓았다. 얼마든지 행복해도 돼! 다시 행복해질 거야! 자신이 행복해지기에는 자격이 없다는 생각, 부족하다는 생각을 찾아내 내려놓아야 한다.

'난 얼굴이 못났어, 그래서 남친(여친)이 없네.' 그래서 못난 얼굴을 고쳤다. 얼굴은 고쳤는데 남친(여친)이 여전히 없다. 그 이유가 뭘까? 성형을 하면서 속에서는 이런 생각이 깊이 각인이 된다. '내 못난 얼굴 때문에 난 남친(여친)이 없다.' 그러면서 온 몸에, 특히 얼굴에다 새긴다. 성형과 함께. '난 못생겨서 남친(여친)이 없다, 성형을 해야 할 만큼 못생겼다.'

내가 부족하므로 무언가를 해야 한다는 발상은 엄청난 손해의 결과로 온다. '남자 친구가 없더라도 괜찮아, 난 얼굴을 예쁘게 가꿔서 행복할 거야.'라는 마인드가 행복에 가깝다. 취직하는데 스펙이 부족하다는 판단 아래 그걸 메우기 위해 이것저것 쌓아 올린다면 우리 내부 잠재의식에서는 이렇게 받아들인다.

'스펙을 엄청 쌓아 올려야 할 정도로 취직에 부적합한 인물이래, 우리 취업은 아주 어려운 것인가 봐.' 결과적으로 취업이 어려운 것으로 내면에 받아들여지고 직장은 점점 멀어진다. 스펙을 쌓을 때 애초에 어떻게 생각하느냐가 이처럼 중요하다.

'스펙을 쌓으면 좋은 일이 있을 거야, 좀 흥미가 당기는 것부터 해볼까?' 이 정도가 좋다. '이걸 해야 시험에 붙는대.'가 아니라 '이걸 슬슬하다 보면 뭔가는 득이 되겠지.' 이러한 가벼운 마음이 좋다. 심각할수록 더 안 된다. 더 늦어진다. '이왕 될 건데 뭐 구미가 당기는 것부터 하지 뭐.' 이런 식이 좋다.

이처럼 내가 부족하므로 무언가를 해야 한다는 마인드에서 출발한 것은 신통치 않은 결과로 온다. 내가 부족하다는 관점을 꽉 쥐고 그걸 채우기 위해 애쓰는 걸 내려놓아야 한다.

부족은 없다. 다만 그 방면에 관심이 없었던 것뿐이다. 그래서일까, 오히려 취업 현장에서는 스펙과 관계없이 취직이 되는 친구가 많다. 면접관들은 똑같은 스펙에 환멸을 느낀다.

문인협회의 어떤 후배가 말했다. 아직 40대이지만 늙어서 품위 있게 살려면 글을 써야 할 것 같아서 글쟁이 길에 입문한다고. 나이 들면 뭔가 훈장이 필요하다는 뜻이다. 미스코리아 뺨치는 어여쁜 외모와 출중한 지략을 지녀 직장에서도 승진의 선두를 달리는 그녀의 입에서 나온 말이다. 승진과 더불어 은퇴 후에 남들이 인정해줄 만한 멋있는 진주 목걸이를 미리 장만하려는 시도이다. 욕심이 참 많다는 생각과 더불어 그 진주 목걸이 장만하느라 다른 소중한 걸 놓치지는 않을지 걱정이 되었다.

세상에서 얻는 모든 것은 모두 고마운 것들이다. 하지만 나를 내세우기 위한 시도들은 결과를 얻어내기가 쉽지 않다. 마치 진주 목걸이 값을 치르는 10년처럼 내 생명과 열정을 바쳐야만 이룰 수 있는 것들이다. 그새 몸은 늙어가고 우리의 생명력은 시들어간다. 여기에 깊은 고민이 있다. 남들의 박수와 칭찬은 잠시이다. 대중은 변덕이 심하다. 언제 비난으로 돌아설지 모른다. 유행은 변하고 세상의 관심은 늘 바뀐다.

그러니 내게로 돌아와야 한다. 마음은 따스한 사랑으로 채우는 것이지 화려한 진주 목걸이로 채울 수 없다. 사랑은 만들어가는 것이다. 부족한 채로 나를 받아들이고 귀하게 대접하는 것이다. 우리 모두는 신의 사랑스러운 자녀이자 아무것도 하지 않아도 존재 자체만으로 소중하다.

행복한 사람은 자기의 마음을 잘 돌보고 자기 마음에 사랑을 주는 사람이다. 몸과 마음을 잘 보살펴 늘 편안한 사람이 행복하다. 지금의 내가 부족하다는 관점을 꽉 쥐고서 그걸 채우려는 시도와 애씀을 내려놓아야 행복하다.

07

작은 변화에서 크게 축복하라

지금은 겨울이다. 공원의 나무들도 앙상한 가지만 남겨두고 이파리들은 다 사라지고 없다. 하지만 나무줄기에 귀를 대고 들으면 작으나마 물관에 물이 오르내리는 소리가 들린다. 환경보호 수업을 하며 청진기를 나무에 대고 들으면 더욱 잘 들린다. "사르륵! 사르륵!" 겉모습은 비록 볼품이 없지만 속에서는 여전히 생명의 흐름이 계속되고 있다.

새봄이 되어 나무들이 기지개를 켜고 생명을 크게 확장하면 연한 연둣빛 이파리들이 돋아날 것이다. 이렇게 잎이 나기 시작하여 하루하루 성장하면 눈부신 신록이 손을 흔들고 어느 순간 수많은 잎들이 나무를 뒤덮을 것이다. 변화는 늘 이렇게 아주 미세한 곳에서부터 일어난다. 하느님은 미세한 소리 가운데 임하신다는 성서 말씀처럼 말이다.

심리적인 문제도 아주 작은 행동 하나로 치유할 수 있다고 한다. '내가 지금 힘든 것은 어린 시절 부모의 사랑을 받지 못해서이다.'라고 원인을 밝힌다 해도 그때로 돌아갈 수 없다.

부모나 어린 시절의 경험에서 모든 원인을 찾는 '분석 중심'에서 실제 행동의 변화를 투입하는 '해결 중심' 쪽으로 방향을 돌리면 문제 해결은 좀 더 쉬워진다. 즉 전과 다르게 행동해 보는 방법이다. 하나만 다르게 행동해도 달라질 수 있다.

행복하지 않거나 원하는 결과가 나오지 않았을 때 이전과 다르게 행동해 보자. 아주 약간만 다르게 행동해도 결과는 크게 달라진다. 마치 처음 시작은 아주 작은 각도의 차이지만 거리가 멀어질수록 어마어마한 각도로 차이가 벌어지는 것과 같다. 예를 들면 직장 상사 앞에서 혼나고 있을 때면 기분이 가라앉고 몸이 굳는다. 그때 의도적으로 왼쪽으로 살짝 반걸음만 옮기면 기분이 달라진다고 한다. '참 괴롭다.'에서 '당신의 관점에서는 그럴 수도…'가 된다.

우울증 환자 박 양 역시 장소 이동으로 마음이 달라졌다. 늘 침대에 누워 있다가 상담을 가려고 외출하는 날이면 그 자체로 마음이 가벼워진다는 걸 알았다. 그래서 매일같이 외출할 거리를 만들어 밖으로 나가 햇빛을 받고 산책을 하면서 점점 기분이 좋아졌다.

여러 사람 앞에서 업무 발표를 해야 하는 회사원 김 군은 그때마다 당황하고 이마에 땀이 솟아난다. 그래서 행동을 약간 바꾸기로 했다. 사람들 앞에 나서기 전에 심호흡을 몇 번 하고 "괜찮아, 할 수 있는 만큼만 해." 하고 자기에게 말을 걸자 마음이 안정되어 별 무리 없이 끝낼 수가 있었다. 아주 작은 시도로 큰 문제가 해결되었다.

남편과 딸이 늘 말다툼을 해서 괴로운 어떤 부인은 해결중심요법(세계적인 심리학자 빌 오한론이 주장한 작은 행동의 변화로 문제를 해결하는 방법)으로 물총 싸움을 시도했다. 더운 여름날 공원에 나가 물총 싸움을 시작하자 우스꽝스러운 모습에 세 사람 모두 웃음이 터졌다. 시험을 보기 전 마음이 불안해질 때마다 두 손으로 하트 만들기를 해서 평온을 되찾는 학생도 있다. 시어머니 앞에만 서면 가슴이 쿵덕쿵덕하는 며느리는 그때마다 두 엄지발가락에 힘을 주니 좀 가라앉았다. 불안에서 사랑으로 몸으로 주의를 옮기는 작은 행동의 결과이다.

먼저 자신의 문제 행동을 찾아내고 거기에 약간의 '차이'를 대입해 보는 것은 이때까지의 행동 패턴을 깨뜨리는 사랑의 시도이다. 행동방식을 아주 약간 새롭게 시도한다.

다른 무언가를 시작한 것이 좋은 효과로 나타나는 이유는 우리 무의식이 약간의 달라진 행동을 보고 패러다임이 바뀐 걸 인지한 결과다. 즉 이때까지와 '다르게 하기'를 인식한 무의식이 그에 따른 결과를 완전히 다르게 내놓는 거다.

폭식하는 사람은 식사 장소를 다른 곳으로 바꾸거나 접시의 색을 푸른색으로 바꾸어 본다. 푸른색은 식욕을 떨어뜨린다. 충동적으로 과자를 먹는 사람은 과자를 집는 손을 왼손으로 바꿔본다. 과자를 먹되 왼손으로 먹는다. 과거를 곱씹는 자신을 발견하면 즉시 전화기를 들고 친구에게 전화를 한다. 자기도 모르게 아내를 때리는 남편은 때리고 싫은 생각이 일어날 때마다 얼른 베개를 꼭 껴안는다. 말싸움이 시작될 때는 우스꽝스러운 요가 자세를 취하자고 사전에 약속을 한다. 혓바닥을 최대한 입 밖으로 꺼내는 요가 동작을 하면 저절로 풋, 웃음이 나온다. 웃으면 전쟁 끝이다. 이렇게 엉뚱한 행동을 하면서 분노 에너지를 다른 곳으로 돌린다.

작은 시도는 우리를 새롭게 하고 인생에 재미를 더해준다. 우울과 권태를 벗어나는 방법도 아주 작은 변화로 가능하다. 의상의 변화도 마찬가지이다. 똑같은 옷일지라도 스카프 하나만 바꾸면 완전히 다른 느낌이다. 겨울 내내 입던 검정 웃옷에 연분홍 스카프 하나만 둘러도 봄 느낌이 물씬 난다. 겨울 내내 찌개만 먹던 반찬도 새콤달콤하게 연한 봄나물을 무쳐 먹으면 색다른 느낌이 든다.

늘 퉁명스러운 남편이 어느 날 무슨 강의를 듣고 왔는지 용기를 내어 "여봉봉~~"할 때 "뭐예요? 아이, 징그러워." 이러면 다시는 시도를 안 한다. 신혼 때 아내에게 잘 보이려고 이상한 시장 옷을 사 왔을 때도 마찬가지다. "돈만 비싸게 주고, 뭐 이런 이상한 걸 사 와요!"하고 쏘아붙이면 끝이다. 평생 다시는 사 오지 않는다. 크게 칭찬하며 행복해하고 작은 요구를 덧붙여 본다. "여봉! 고마워요, 정말 멋지네요! 참 잘 어울리네요! 색깔이 분홍이면 더 예쁘겠어요!" 하면 된다. 그다음에는 분홍색 옷을 한 바구니 사 올 것이다.

어제와 달리 오늘 내가 새로운 도전을 한 가지 했다면 자축하라. 성공과 실패는 상관없다. 첫걸음마에서 넘어졌다 해도 도전했다는 것이 중요하다. 도전했다는 자체가 성공이다! 새싹이 돋기까지 얼마나 힘들게 땅속에서 "영차, 영차, 어영차!" 땅 밖으로 머리를 내밀어보려고 애를 썼던가!

그 처음의 노력이 얼마나 대견한가, 아무도 알아주지 않고 여전히 깜깜한 땅속이지만 그토록 온 힘을 다해 흙을 밀어내는 새싹의 열정이 아름답다. 이제 머지않아 세상 밖으로 나와 커다란 나무가 되고 그 나뭇가지마다 잎으로 뒤덮이고 소중한 열매까지 열리게 되겠지만, 그 찬란한 영광보다 최초의 한 걸음이 더욱 멋지다. 처음의 변화를, 최초의 한 발자국의 걸음마를 크게 축복하라. 비록 비틀거리더라도 아기가 한 발을 떼었다는 데 부모는 감격하여 박수를 친다.

아기를 기다리다 못해 의학의 힘을 빌려 귀여운 딸을 낳은 부모, 이제 아기의 첫마디를 간절히 기다린다. 몇 개월이 지나 아기의 첫소리 "아~~ 아~~ 바!" 단 한 번의 이상한 발음으로 호출해도 아빠는 감탄에 감탄을 한다. "오늘 우리 아가가 날 아빠라고 불렀어! 나를 아빠라고 불렀다고!"

반복되는 해로운 습관을 고치기 위해 아주 작은 변화를 해냈다면, 그것을 크게 축복하자. 시동이 걸린 자동차는 앞으로 계속 전진할 수 있다. 용기와 힘을 더해 주자. 완벽한 걸음마만을 축하하는 부모는 없다. 걷기를 시도하고 말하기를 시도하는 게 너무 예쁘다. 유튜브를 너무 하고 싶었다. 그런데 강의를 들어도 이해가 되지 않았다. 핸드폰으로 하는 유튜브를 그냥 시작했다. 정말 한심할 정도의 부끄러운 실력이지만 일단 저질렀다. '이주현의 마음살림방'이다. 아직 구독자 수가 많지 않지만 꾸준히 할 작정이다. 시작했다는 것만도 나는 너무 행복하다. 내 생각과 지혜를 나눌 수 있다는 통로 자체가 축복이다.

아주 작은 시도와 소소한 시작이 위대함으로 가는 첫걸음이다. 인생의 계단을 하나씩 올라갈 때 박수가 필요하다. 아름다운 의상도 한 땀한 땀이 모여서 완성된 것처럼 아주 작은 한 걸음이 비록 작다 할지라도 출발했다는 것을 크게 축하하고 크게 반가워하라. 그 작은 잎이 무수히 자라나고 자라나서 위대한 성취의 나무로 이루어질 테니!

08

책을 통해 매일 멘토를 만나라

모 인터넷 카페에서 진행하는 독서 모임, 매일 1시간 이상 한 달간 책을 읽고 난 후 독서후기를 올렸다. 반응이 좋다. '글을 맛깔나게 잘 쓰시네요, 새로운 삶에는 새로운 시도가 필요하다! 참 멋진 말입니다.' 라는 기분 좋은 댓글에 나도 다시 본문을 읽어 본다.

"늘 불안했어요. 앞으로 어떻게 살아가야 할지, 무엇을 하며 나의 미래를 가꾸어야 할지 막막하고 어찌할 바를 모르고 그랬어요. 세상은 빠르게 변화해 가는데 난 늘 제자리에 있는 것 같고 아무 준비 없이 맞는 나의 미래를 그리는 게 끔찍했어요.

이제 나는 나의 길을 만들어갈 수 있어요. 나의 자동차가 달려갈 길을 만들고 그 길 위를 멋지게 달려갈 거예요. 하루하루 읽는 책이 나 자신을 조금씩 단련할 수 있게 해 줍니다. 나쁜 습관 고치기도 책에서 배웠어요. 청소하는 걸 죽어라 싫어하는데 습관 만들기 기초를 만들어 결국 해냈어요. 집이 반들반들합니다. '청소력'이란 책을 보았어요. 청소를 해야 운이 열리고 복이 들어온대요. 반짝반짝하게 닦고 쓸고 하면서 내 인생도 반짝반짝 빛나도록 내 삶을 만들어 가야지요.

덧붙여 좋은 생각하는 습관도 만들어 나가고 있어요. 부정적 생각의 늪을 건너는 방법을 참 많이도 연습했어요. 트랜서핑 책과 자기 계발서들은 매일 책이 닳도록 읽고 또 읽었어요. 독서의 도움으로 늘 생각을 밝게 하려는 시도가 효력을 나타내고 있어요. 또 과식하던 습관을 좋은 음식으로 조금씩 먹는 습관으로 바꾸었어요. 머리가 맑아지고 살 것 같더군요! 물론 살도 빠지고요.

책은 참 보물 같은 존재이지요. 누군가 나에게 잔소리를 하면 참 듣기 싫을 텐데 책에서 하는 말들은 나에게 좋게 들려요. 고함치지 않고 소곤소곤 부드럽게 '이렇게 하면 너에게 이익이 되거든' 하고 귀띔을 해 주니 받아들이기도 좋아요. 위대한 성인으로부터 성공한 기업가, 각계 전문가, 소시민들의 노하우와 이야기들을 만나니 좋아요. 책을 읽고 끝내는 게 아니라 아웃풋을 해서 나에게 변화를 가져오는 실천으로 내 삶이 변하니 정말 다행입니다. 새로운 삶을 살려면 새로운 시도를 해야 합니다. 그중에 책 읽기가 최고입니다."

2년 전부터 독서모임에 가입을 하고 책을 읽었다. 어떻게 하면 멋진 나를 만들 수 있을까 고민하다가 책을 읽기로 했다. 혼자서는 도저히 되지 않을 것 같아서 회원제로 진행되는 '김태진 새벽경영연구소'의 아웃풋 독서모임에 가입을 했다. 하루에 1시간 책을 읽고 녹음해서 단체 카톡방에 올리면 되는 간단한 미션이다.

"과연 게으른 내가 이걸 해낼 수 있을까? 좋아, 상금이 있다니 열심히 해 보자."

스스로를 설득하면서 시작, 처음 3주를 성공하여 상금을 받아냈다. 상금이라는 당근이 확실한 동기부여가 되어 또 3주를 성공했고 조금 더 높은 상금을 받았다. 이렇게 동, 은, 금메달을 향해서 열심히 읽었다. 가장 먼저 나타난 효과는 책을 상당히 빨리 읽게 된 것이었다. 한 시간에 120페이지 읽던 것을 150페이지를 읽게 되고 점점 속도가 빨라졌다. 하루 한 권을 무리 없이 읽게 된 건 세 달째부터였던 것 같다. 갈수록 책이 재미있어지니 하루에 한 권도 싫증 나지 않고 읽게 되었다. 작년 12월부터 지금까지 6개월간 독서량을 헤아려 보니 거의 150권 정도를 읽어버렸다!

"앗, 이럴 때 사람들은 어떻게 하지?"

"이럴 때는 어떻게 인간관계를 하지?"

살면서 만나는 애매모호하고 불분명한 일들이 책을 읽으면서 해결되어갔다. 사고력도 길러졌다. 사건마다 그 이면이 어떻게 전개되었을까 입체적으로 생각해 보는 힘이 길러졌다.

프랑스의 사상가이자 수필가인 미셸 몽테뉴는 이렇게 말했다. '우울한 생각이 밀려올 때 책에 달려가는 것처럼 도움이 되는 일은 없다. 책은 마음의 구름을 지워준다.'

이처럼 책은 읽을수록 내 마음의 아픔이 치유가 된다. 치유에 도움이 된 책으로는 자기 사랑에 대한 책과 생각을 밝게 하는 책들이다. 예를 들면 '나에게 더 잘해주고 싶다', '나는 왜 내 편이 아닌가', '감정 청소', '나는 왜 나를 사랑하지 못하는 걸까', '나를 치유하는 생각' 이런 책들은 제목부터 자기 자신을 더 많이 사랑하라고 하는 책들이다. 그만큼 나 자신의 감정과 마음의 아픔을 외면하고 살았다는 것을 알게 해 주었다. 요즈음에는 정말 자기 위로가 되는 책들이 쏟아져 나온다. 그만큼 우리 사회가 정신적으로 힘들어진 것은 아닌가 걱정이 되기도 한다.

청춘 시절, 나는 왜 그런지 늘 초조하고 힘들었다. 겉으로 보기에는 아무 이상이 없었다. 대학 졸업하고 한 반년 쉬다가 학교에 들어갔다. 좋은 직장이었다. 그럼에도 마음이 안정이 안 되었다. 결혼하면 안정이 될까, 돈이 많으면 안정이 될까, 선진국에 가서 살면 안정이 될까 온갖 고민을 했다.

학생 때는 학교만 졸업하면 모든 것이 해결될 줄 알았는데 그게 아니었다. 젊은 나이에 음악으로 크게 성공한 정명화와 정경화 자매 같은 음악가들과 비교하며 마음이 힘들었다. 어린 시절부터 노력에 노력을 더한 천재들의 인생과 그럭저럭 살았던 소시민인 나의 인생을 비교하는 자체가 말이 안 된다. 그들이 명예와 부를 얻기까지 10년 이상 한 분야에서 밤낮없이 노력했고 많은 것을 희생한 것에 대해서는 미처 따져보지 못했다. 그저 부러움에 비교를 하며 괴로워했다. 나도 저들처럼 내 존재를 드러내고 싶었다. 내가 가장 잘하는 걸로 내가 가장 행복한 걸로 사람들에게 도움이 되고 싶었다. 그러나 오랫동안 나는 내가 뭘 잘하는지 도무지 알 수가 없었다. 나는 뭘 해야 빛이 날까? 난 뭘 해야 행복해질까?

일본에서 세금을 가장 많이 낸다는 대부호 사이토 히토리는 〈부자의 운〉이라는 책에서 말한다. '행복을 찾기 힘든 사람은 어떻게 하면 좋으냐고요? 책을 읽어 보세요. 책에는 모든 힌트가 있습니다. 세상의 수많은 책들은 이럴 때 정말 큰 도움이 됩니다. 열심히 여러 종류의 책을 읽으면 자신에게 딱 들어맞는 진정한 행복이 어떤 건지 분명히 알게 될 겁니다.'

내가 늘 궁금했던 행복에 대해 그는 먼저 책을 읽어보라고 한다. 그 말대로 나 역시 책을 읽으며 내가 나에게 무슨 짓을 했는지 하나하나 알게 되었다. 이제는 내가 왜 그렇게 비교하고 초조해했는지 그 이유를 안다. '내가 나를 외면해서'였다! 남의 시선이 나에게 어떤 점수를 매기고 있는가에 연연하다 보니 늘 나를 제치고 남 위주로 일했다. 남이 뭐라 할까, 남이 나를 어떻게 볼까? 늘 그것이 과제가 되니 정작 관심에서 밀려나 사랑받지 못한 내 안의 나는 음지에서 신음했고 항상 불안해했다.

"내가, 바로 내가 가장 가까운 나에게 무슨 짓을 한 거지?"

나는 한겨울 길가에 쓰러진 노숙자같이 마음이 메말라 있었다. 그 노숙자가 길에 지나가는 사람을 보고 혼잣말을 한다. '저 사람은 나를 몇 점을 주고 있지?' 참으로 기가 막힐 노릇이었다. 노숙자 신세에서 빨리 벗어나고 자기를 보살피려 노력해야 할 텐데 엉뚱한 생각에 빠져있었다. 책 속에서 난 보았다. 그리고 만났다! 자기 자신을 외면하고 남들처럼 살지 못한다고 자기를 구박하고 자기를 비난하고 자기를 버리고서는, 아프다고 슬프다고 울고 있는 텅 빈 내 마음을!

이제 밖을 바라보던 눈길을 돌려 꾀죄죄한 옷으로 처참한 모습인 자신에게 눈길을 보낸다. 늦게나마 돌아온 탕자를 대하듯이 나는 나에게 따뜻한 물로 씻기고 가장 좋은 옷으로 갈아 입혀주고 가장 상석에 앉혀 정중한 대접을 한다.

내 마음이 미친 듯 밖으로 떠돌다가 집에 돌아와 보니 거기에 따스한 난로가 있고 뜨거운 수프가 차려져 있다! 나는 드디어 집으로 돌아온 것이었다. 결혼이나 돈이나 선진국이 아니라도 마음은 행복에 차 있다. 고향이 여기에 있다.

책을 읽으며 나는 내가 어떤 상태에 있는지 알아차렸다. 내 마음의 현주소를 알게 되었다. 그리고 나의 영원한 파트너인 내 안의 나를 만나 포옹했다. 책 속에서 위로와 격려와 지지를 받으며 고통 속의 나를 건져냈다. 루이스 헤이의 '나를 치유하는 생각'이란 책에서 본 단 한 줄의 말이 지금 이 순간, 가슴에 커다란 울림이 되어 행복의 문을 열어주고 있다.

"나는 나 자신을 온 마음을 다해 사랑합니다."

09

관점을 바꾸면 비로소 행복해진다

내가 좋아하는 여배우 김혜수를 보면 정말 감탄을 하게 된다. 40대 후반인데도 여전히 미모를 유지하고 건강미를 뽐내고 있다. 나이가 들어도 자기 관리나 연기나 흠잡을 데 없이 멋진 배우다. 단, 언젠가 사극 드라마에 나온 장희빈 역할을 보고 놀랐다. 카메라 각도가 그랬는지 입이 튀어나온 얼굴의 옆 라인이 꽤 눈에 거슬렸다. 사극에는 단아한 고전미가 돋보여야 하는데 안타까웠다. 그 후 영화나 드라마에서 김혜수가 나오면 나도 모르게 조마조마했다. '또 입이 이상하게 나오면 어쩌지?' 이 배우의 수많은 장점을 두고 유독 그 하나에 집착을 하니 한동안 마음이 불편했다.

일상에서도 단점에만 시선을 두어 불편할 때가 있다. 김 여사의 남편은 성실하게 직장생활을 하고 대인관계도 원만하다. 그런데 술을 자주 마시고 늦게 들어오는 걸 김 여사는 힘들어 한다. 반대로 조 여사는 남편이 시계가 6시 땡 하자마자 바로 퇴근하여 집에 돌아오니까 숨이 막힌다. 친구도 좀 만나고 운동도 좀 가고 그러면 좋겠는데 쉬는 날도 옆에 꼭 붙어 있으니 답답하다. 아무리 말해도 듣지 않는 남편을 뜯어 고치려고 하면 할수록 갈등만 깊어진다.

내 생각대로 남을 고치려는 인간 개조 프로젝트는 늘 실패로 끝이 난다. 가까운 가족일수록 더 어렵다. 그러면 어떻게 해야 맘에 안 드는 장면을 행복으로 바꿀 수 있을까? 상황분석을 백날 해봐도 안 되고 상대를 바꾸는 것도 안 되면, 이제 그 상황을 내게 유리한 쪽으로 '해석'을 해 보면 어떨까? 즉 그 상황은 그대로 두고 그 상황에서 유익한 점이 무엇인가를 찾아보는 것이다. 장점을 찾아 충분히 활용하고 나머지는 눈감는 것이다. 영국의 성직자 토머스 풀러(Thomas Fuller)는, '결혼 전에는 두 눈을 크게 뜨고 보라. 그러나 결혼 후에는 한쪽 눈을 감고 보라.'고 했다. 한쪽 눈으로 그들을 보자.

남편이 집에 안 들어오는 빈 시간
→ 나를 위한 취미생활에 쓸 수 있어서 좋다.
바로 집에 오는 남편
→ 바람도 안 피고 성실해서 참 좋다.
돈 못 버는 남편
→ 부처님 가운데 토막처럼 사람이 좋다.

공부 못하는 자식

→ 인성이 좋아 친구들과 잘 지내서 다행이다.

20대 후반 나는 암에 걸려 죽을 뻔했다. 병원 생활이 길어지자 집안의 돈도 다 떨어지고 정말이지 식구들 볼 면목도 없고 해서 어느 날 용기를 내어 옷가방 하나만 달랑 들고 가출을 했다. 물론 큰 수술은 다 끝나고 매달 관리 차원의 치료만 남았을 때였다. 막상 집을 나오니 갈 곳이 없어 도시 변두리에 있는 어느 교회 사무실에서 일을 도우며 숙식을 해결했다. 마음이 참 편안했다. 청소하고 커피 타고 잡일을 하면서 지냈다. 가진 돈이 떨어지자 매점 아가씨의 소개로 새벽 세차 알바를 시작했다. 걸핏하면 영하로 내려가는 그 추운 날, 한파를 무릅쓰고 차의 먼지를 쓸고 닦았다.

아이러니하게도 그때 나는 행복하다는 생각이 들기 시작했다. 먹고 잠잘 곳이 있고 이렇게 용돈을 벌 수도 있다니, 병원도 약도 끊었는데 오히려 좋아지고 있는 나의 건강에도 감사했다. 새벽에 눈을 뜨면 잠시 새로운 희망의 태양을 가슴에 안았다. 건강과 행복을 되찾으리라 믿어졌다. 마음이 훈훈해졌다.

"나는 왜 이리 복이 많지? 아무 걱정 없이 여기 사람들과 가족처럼 살 수 있다니!"

교회가 성장하여 날마다 사람들이 오가니 사무실 일은 점점 바빠지고 나는 내가 환자라는 걸 다 잊었다. 그렇게 한 1년을 지내니 정말로 이제 병원에 갈 필요가 없게 되었다. 몸도 좋아졌고 마음도 단순해졌다. 모든 욕심이 사라졌다. 그저 잠잘 곳 한 군데와 먹을 것 해결로 만족했다. 욕심이라고 해야 용돈 조금뿐인데 그것도 내 힘으로 해결할 수 있어 좋았다. 그 후 사람들이 서로 다투는 걸 보면 이런 생각이 들었다.

'그래, 난 내 생명에 지장 없는 일은 다 패스할 수 있어. 난 세상에서 가장 행복한 사람이다! 하느님이 나를 살려주셨으니 이제는 나도 사랑을 주며 살아야지.'

치유 이전과 이후의 사고방식이 완전히 바뀌었다. 그 풋풋한 20대를 병원에서 독한 항암제 맞으며 먹는 대로 다 토하며 지내야 했던 건 큰 불행이다. 그럼에도 그로 인해 나는 내 인생의 관점을 바꾸고 사고방식이 달라졌다. 그 고통의 시간 속에서 나는 큰 공부를 했다. 생명을 주시는 한 순간마다 숨 쉬는 것만으로도 감사할 줄 아는 사람이 되었다.

모든 나쁜 일에는 좋은 점이 숨어 있다. 모든 불행 속에서도 진주를 찾을 수 있다. 이 일로 일어나는 모든 일마다 '이래야 한다, 내 뜻대로 되어야 해.'라는 고집을 버리게 되었다. 내 고집을 놓고 일들이 흘러가도록 허용한다. 내 뜻대로 안 되는 게 오히려 더 좋은 일일 수 있기 때문이다. 고통 속에도 '불행으로 보이는 축복'이 숨어있기에 나는 어떤 일이 닥쳐와도 그 축복을 헤아리며 감사할 수 있게 되었다.

한때 내가 종교에 깊이 몰두한다고 어떤 분이 나를 나무라셨다.
"왜 그렇게 살아요? 직장 끝나면 종교단체에 가 있고, 연애도 안 해요?"

"예수도 석가도 다 자기 좋으라고 그렇게 살았어요. 자기 행복하려고 그렇게 살았다고요!"

"네에? 자기 좋다니요?"

"지금 그렇게 자기 행복을 놓아두고 종교에 몰두하는 거요. 하느님이 안 좋아하거든요?"

"아, 네에…"

그다음 말이 무서워 자리를 피했지만 위대한 성자들도 자기 행복의 길을 살았다는 충고가 한동안 내 마음에 남았다. 아마 지나친 열정으로 자기를 꾸밀 줄도 모르고 입술은 바싹 타들어간 채 성마른 얼굴로 열심히 전도를 다니는 모습이 안쓰러워 보인 모양이다. 생각 끝에 깨닫게 된 것이 내가 먼저 행복해야 한다는 것이다. 내가 행복하면 얼굴이 밝아지고 일이 잘 풀리고 그러면 저절로 전도가 된다. 부모님이 내 행복을 바라듯 하느님도 내가 행복하길 바란다는 생각에 미치자 마음이 기쁘고 평온해졌다.

나의 행복으로 관점을 바꾸자. 외부세계를 뜯어고쳐 행복해지려고 하지 말자. 내 행복을 만들고 찾으면 된다. 내 행복은 나의 과제요 나의 책임이다. 스스로 나를 돌보고 내 마음을 돌보면 된다! 그 사람이 남편이니 나를 행복하게 만들어 주어야 한다는 생각을 놓아버리자. '저 사람은 이랬으면 좋겠는데', '알아서 내 행복을 챙겨주면 얼마나 좋을까.'라는 생각도 내려놓자. 상대방도 그런 생각으로 나에게 기대하고 실망하고 있는 중인지 모른다.

둘도 없이 소중한 내 인생의 기쁨과 풍요를 하나하나 내 손으로 만들자. 내 중요한 생일날을 잊어버리는 남자를 비난하기보다는 한 달 전부터 노래를 불러라. "이번 생일에는 OOO 가방을 받고 싶어요." 이렇게 말이다.

반대로 내가 남편이나 애인의 행복을 책임져야 한다는 생각도 버리자. 그보다 먼저 내가 행복해지면 자연히 주위 사람들에게 그 행복이 전염이 된다. 그 어떤 상황도 내가 만족하는 쪽으로 관점을 바꾸어 생각하면 행복해진다.

눈이 내리면 거리에서는 그 눈을 청소하느라 바쁘다. 그러나 높은 곳에서 내려다보면 하얀 눈이 쌓인 모습은 참으로 아름답고 고요한 축복의 광경이다. '세상의 모든 것을 깨끗이 정화해 주는구나.' 이렇게 관점을 바꾸면 비로소 행복해진다.

산책하며 내 감정과 데이트하기

내가 좋아하는 운동은 배드민턴이다. 기초 배우는 몇 개월이 지나고 코트에서 경기를 하면서 실력도 조금씩 늘어나니 정말 재미있다. 그런데 문제는 날아오는 공을 막아내기 위해 이리저리 달리면서 무릎과 발목에 무리가 오기 시작한 것이다. 어쩔 수 없이 원래 하던 걷기로 종목을 바꿨다. 걷기 운동은 주변에 호수가 있어 좋아하는 동료와 함께 호수 주변을 한 바퀴 돌아오면 기분이 상쾌해진다. 혼자 산책하는 것도 좋다. 마음이 우울하거나 화가 날 때 시원한 물과 푸른 자연을 바라보며 걷다 보면 마음도 넓어지는 듯 발걸음이 가벼워진다.

오래전 일이다. 아는 언니가 갑자기 아이들을 데리고 도시로 이사를 왔다. 무작정 올라온 듯해 놀랐다. 사연인즉 택시운전을 하던 남편이 교통사고로 갑자기 유명을 달리했는데 시어른들이 너 때문에 우리 아들이 죽었다고 몇 달째 며느리를 심하게 구박한다는 것이다. 그 악담과 저주를 견디다 못해 아이들을 데리고 무작정 올라왔다. 무지막지한 사람들은 피했지만 밤마다 잠을 이루지 못하고 서성거리며 꼴딱 지새우곤 했다. 남편을 잃은 슬픔도 감당하기 어려운데 분노의 화살까지 온몸에 맞은 그녀, 화를 억누르면서 공포에 시달렸을 언니가 안타까워 나는 자주 밖으로 불러냈다.

"언니, 나와요. 우리 산에 가자."

"응, 그런데 기운이 없어."

무작정 손을 잡고 뒷산으로 천천히 걸어 올라갔다. 산에는 마침 산수유 노란 꽃이 피어나 있었다. 처음엔 땅만 쳐다보고 걷던 언니는, 노란 꽃송이를 손바닥으로 쓸어보며 "너도 긴 겨울 잘 넘기고 이렇게 꽃을 피웠구나, 애썼다. 애썼어. 그 매서운 추위를 어찌 이겼니? 참 대견해." 하며 눈물을 흘렸다.

정상에 올라 아래를 내려다보니 집들이 성냥갑처럼 작게 보인다. "언니, 집들이 저렇게 작아 보이네. 에구 자동차도 장난감이네? 사람들도 개미 같다. 저렇게 조그만 주제에 뭐 그리 서로 잘났다고 싸우고 사는지, 사는 게 참 그렇다 그치?" 그러자 언니는 피식 웃으며 세상 도통한 스님처럼 말했다. "그러게 별 것 아닌 걸 갖고 서로 상처 주고 미워하고 하지."

그 시어른도 아들이 죽은 아픔을 어찌할 수 없어 며느리를 못살게 굴어서라도 멍든 가슴을 풀어보려 한 건 아닐까? 불행한 일을 당하면 누구나 이렇게 정신이 조금 나간다. 상황 판단이 안 되고 분풀이할 대상을 찾는다. 그런다고 해결될 일이 아님을 알지만 받아들이기 어려운 현실 앞에서 그렇게라도 해야 헛헛한 마음이 채워질 것이라 착각했을 것이다.

걸으면서 오늘 있었던 일을 생각한다. 내가 실수로 전결을 했다고 상사가 나를 불렀다. 어떻게 네 맘대로 전결을 했느냐며 차고 딱딱한 음성으로 '내려오세요!' 한다. '큰일이네, 어떡하지?' 바로 내려갔다. 전에 뭘 어떻게 했네 안 했네 하시며 지난 일까지 들춰낸다. 그게 다 밤새 책 읽고 원고 쓰느라 정신이 아른아른해서 일어난 일이다. 방학이니 그리할 수 있다. 그런데 갑작스레 온 공문을 처리하러 뛰어오다 보니 사달이 났다. 그래서 대놓고 말했다. 전부터 나를 고깝게 생각하신다는 것을 나도 알고 있다. 그런데 내가 가끔 일찍 조퇴하는 게 후배들의 본이 안 된다고 그렇게 하지 말라고 하시는데 몸이 아프니 그럴 수밖에 없다. 사실은 내가 주위 분들에게 피해 주지 않으려는 마음에 오전 두세 시간이라도 억지로 나와서 수업하고 조퇴한 것이다. 미안한 마음이 들었는지 사과를 하신다. 물론 나도 제 잘못이 많다고 죄송하다고 고개를 숙였다. 자주 찾아뵙고 대화를 하겠다고 말씀드리니 서로 마음이 가라앉는다.

이렇게 무슨 문제가 생길 때면 어렸을 때 아슬아슬했던 일들이 가장 먼저 생각이 난다. '그땐 죽을 것 같았지만 지금 생각하면 아무것도 아니잖아. 지금 이 일도 지나고 나면 아무것도 아닌 일이 될 거야.' 이렇게 마음을 두면 지금의 걱정도 좀 내려간다.

난 특정 지역 출신들이 많은 곳에 가면 괜히 마음이 힘들어진다. 그들과 다른 지역이라 차별당할까 미리 벽을 치고 슬슬 피한다. 이런 생각도 하나의 편견이다. 그런데 너무나 친절하고 착한 그 지역 천사를 한 분 발견한 덕분에 치우친 판단도 다 놓아버렸다.

'사람은 생각의 감옥에 갇혀 있다. 여기서 벗어나는 것이 고통에서 벗어나는 것이다.'라고 세계적인 물리학자 아인슈타인이 말했다. 생각을 꽉 잡고 그 생각에서 송송 솟아나는 감정으로 힘들 때 어떻게 하면 감정의 고통에서 해방될까?

화가 날 때는 거울 속의 화나는 자신의 모습을 가만히 들여다보면 화가 사라진다. 내가 감정과 거리를 두기 때문이다. 감정과 나와의 거리가 생겨 공간이 생긴다. 공간을 멀리하여 100미터 상공에서 나를 바라보면 화가 빨리 사라진다. 1000미터 상공에서 나를 바라보면 더 빨리 화가 가라앉는다. 시간의 거리를 넓혀주어도 화가 빠르게 수그러든다. 5년 후에는 이 상황을 어떻게 볼까? 10년 뒤에는 이 상황을 어떻게 볼까? 100년 후에는? 그러면 화가 존재하지 않는다. 이렇게 시간상 공간상 거리를 늘릴수록 내 공간이 커지고 나 자신이 커진다. 시야를 넓혀 내 공간이 커질수록 창의성, 지혜, 에너지가 쏟아져 나온다. (《왓칭 2》의 저자 김상운의 유튜브)

고민이 있을 때는 넓은 하늘을 바라보며 시야를 넓혀 보세요. 산책을 하면서 공간을 계속 넓히세요. 시야를 넓히기만 하면 새로운 현실로 들어간다. 감정이 청소될 뿐만 아니라 무한 능력이 발휘되기 시작한다. 아이디어가 갑자기 떠오른다. 해결책이 생각이 난다. 지혜가 생긴다. 죽음의 경험을 해 본 어떤 여인은 '죽음 이후의 무한 공간이 자기 자신으로 느껴질 뿐만 아니라 한없는 사랑과 평화 그 어떤 고통도 없는 고요한 에너지에 둘러싸여 있었다.'라고 한다. 마치 고향에 돌아온 느낌 속에서 사랑하는 가족들의 모습이 영화처럼 선명하게 보였다고 한다.

내가 확장된다는 것은 사랑으로 가슴이 가득 채워지는 경험이다. 크나큰 우주의 수많은 별들 가운데에 모퉁이 별 지구, 그중에서도 가장 작은 존재로서의 우리들이다. 내 존재라고 해 봐야 무한한 우주에서 볼 때는 점 하나의 크기조차 안 된다. 이 끝없는 공간 속에서 육체라는 작은 그릇을 자기라고 믿고 개인으로서 100년도 안 되는 인생을 살아가며 온갖 감정을 환경오염 에너지로 분출을 한다.

문제가 생기면 그 문제에서 한 걸음 물러나라. 문제에 코를 박고 있으면 아무 해결책도 안 보인다. 문제와 내가 달라붙어 있고 감정과 내가 하나로 얽혀 있으면 어떻게 할 수가 없다. 거리두기와 시간과 공간을 넓히는 것으로 감정은 쉬이 사라진다.

좁아터진 분노의 한 생각을 고집스럽게 쥐고 괴로워하다가 높은 산 위에 올라가서 아래를 내려다본다. 집과 사람들은 마치 작은 미니어처 같아 보인다. 위에서 내려다보면 너무나 작은 존재들이 서로 자기가 옳다고 아웅다웅 싸우는 모양새다. 이렇게 산 위에서 저 아래 풍경을 보듯이 마음을 들여다보면 생각이 사라지고 텅 빈 공간이 생긴다. 공간을 확장하면 좁은 장소에 갇힌 내가 풀려난다. 이렇게 감정에서 벗어나는 길은 마음을 들여다보기이다.

제 5 장

감정의 주인으로 살아가라

감정의 주인으로 살아가라

언젠가 여건이 허락하면 시골집을 하나 얻어서 사람 마음을 푹 삶아줄 정도로 뜨거운 온돌방과 아늑한 쉼과 위로가 넘치는 휴양 리조트를 운영하고 싶다. 그 집에 오는 사람은 누구든 몸도 마음도 푹 녹아버리게 되는 그런 집 말이다. 음식도 시골에서 쉽게 구할 수 있는 시래기부터 온갖 좋은 것들을 넣어 푹 고아 만든 구수한 수프를 비롯하여 각종 영양가 있는 별미로 먹여주고 싶다.

변덕쟁이 세상인심에 이리저리 치이고 상처받은 사람들이 찾아와서 푹 쉬어 냉기 가득한 심신에 온기를 듬뿍 채워주고 싶다. 여기저기 부딪치며 흠진 마음의 흉터를 지워주고 아물어 새 살이 나오도록 상한 감정을 풀어내어 주고 싶다. 정말 오래 가둬놓은 골방의 아이같이 삐뚤어져 상한 감정도 다 녹여주고 싶다. 그리고 감정이 어디서 온 것인지도 알려주고 싶다. 다시는 감정의 노예가 되어 힘들게 살지 않도록 말이다.

우리 동네 음식점 사장인 김 씨의 어여쁜 딸에게 멋진 남자 친구가 있다. 데이트를 하고 달콤한 말들을 나누고 즐거운 비명을 지르던 딸이 어느 날, 울상이 되어서 축 늘어져 있다. "아니 왜 그래?" 아빠의 말에 아무 말도 못 하고 한참을 흐느끼다 겨우 말한다.

"응, 걔한테 여자 친구가 생겼단 말이야. 흑흑"

"이를 어째. 자, 울지 말고. 여자 친구가 생겼다고? 그게 사실이니?"

"몰라, 어떤 예쁜 여자애랑 커피숍에 있는 걸 봤어."

"음, 그만 울고 전화를 해 봐."

"싫어, 내가 왜 전화를 해."

"이 바보야, 확인해 봐야 될 것 아니야?"

겨우 울음을 진정하고 전화를 연결해 보니 "왜 어제 커피숍에 나오지 않았느냐, 사촌 여동생이 마침 외국에서 돌아와서 잠시 소개해 주려고 했었는데."라고 한다. 지레짐작으로 온종일 슬픔의 눈물을 빼고 전화기도 꺼놓고 힘들어한 것은 '미확인'에 있었다. 그러니 내 판단을 의심해야 한다. 지레 오판한 탓에 슬픈 감정으로 도배된 마음만 힘들었다.

내 판단을 따라가면 안 된다. 하루에도 오만 가지 생각을 하는데 그 생각을 붙들어 감정으로 옮기면 큰일 난다. 감정은 어리석은 생각에서 나오기 때문이다. 부정적인 감정은 단순히 부정적인 판단에서 올라오기 때문이다. 나의 어리석은 판단 전에 "아, 내가 틀릴 수 있다." 의심해 봐야 한다.

지나가는 지인이 내 인사를 안 받아줄 때, '어 저게 인사를 안 받네? 나를 무시하나?'라고 판단하면 화가 난다. 나를 화나게 한 범인은 그 사람이 아니라 그 사람의 행동을 보고 '나를 무시하는군.'이라고 생각한 '나의 판단'이 범인이다. 그렇게 결론을 낸 내 '두뇌의 오판'이 분노의 직접적 원인이다. 실제는 그 사람이 급한 일로 빨리 가느라 나를 못 알아봤을 수도 있다.

확인되지 않은 상황을 무조건 '나를 무시해서'라고 해석해 버리면 화날 일이 굉장히 많아진다. 분노 기제는 이렇다.

어떤 사람의 행동 → 내 두뇌의 성급한 판단 → 부정 감정이 일어남 → 그 사람을 욕함

모른다! 우리는 남의 속을 모른다. 그 사람이 어떤 사람인지 자세하게 알려면 그와 24시간 같이 살아봐야 한다. 직장에서 잠시 본 인상은 이미지에 불과하다. 실제가 아닌 내가 받아들인 이미지다. 누가 '그 사람 잘 알아요?' 하면 '나는 잘 몰라요.'라고 해야 맞다. 내가 아는 그 사람은 나의 틀 안에서 판단된 이미지에 불과하다.

정확하게 그 사람이 어떤 사람인 지는 3년을 같이 지내도 잘 알 수 없다. 내가 안다고 해도 사실은 내가 만든 이미지이다. 그 이미지에 속아서 화내고 슬퍼하며 울고 웃는다 생각하면 얼마나 허망한 노릇인가. 이 이미지 놀음에서 벗어나려면 이미지 너머 실제를 보기 위한 연습이

필요해진다. 다면적인 인간의 모습 중 겨우 몇 가지 면을 보고 '이런 사람이네.'라고 정하는 건 어불성설이다.

오해의 늪에 빠진 우리는 진실은 외면하고 안개 같은 가짜 인식으로 스스로 고통에 빠진다. 대부분의 경우 우리는 A를 A로 정확하게 보지 않고 A1로 흐릿하게 본다. 이렇게 인식에 오류가 있다는 걸 인정하기만 해도 감정은 급격하게 줄어든다. 생각을 조심해야 한다. 생각 판단은 틀린다! 여자의 직관도 틀릴 때가 많다.

가만히 앉아서 생각을 구경해보면, 영화 보듯이 보다 보면 그냥 지나가는 구름 같은 것이 생각이다.

'그 여자는 나빠!'

→ '설마 그럴 리가, 아니야, 난 잘 몰라.' 이러면 마음이 편해진다.

'내가 저 여자를 미워하고 있는 중이구나.'

→ 내 생각 두뇌가 이렇게 판단을 하네.

'슬픔이 막 올라오는구나.'

→ 내 생각 누뇌가 슬프다고 판단을 하네.

이러면 문제가 없어진다. '객관적 서술'을 하면 생각이나 감정은 객체가 된다. 우는 것도 슬픈 감정 하나를 꽉 붙잡고 반복 재생 중인 탓이다. 감정의 수도꼭지를 탁 터뜨리는 생각 하나가 떠오르면 눈물이 흐른다. 그 장면을 재생할 때마다 흑흑 눈물이 나온다. 가만히 두면 그냥 지나가는 것을 내가 붙들고 자꾸 동영상을 리플레이하고 있다.

미숙한 감정 기계가 가슴속에 하나씩 있다고 생각하면 어떨까? 별것 아닌 일로 오해하고 미워하고 화내고 슬퍼하는 단순한 아이 같은 감정 기계 말이다. 오작동 잘하는 기계음이 말한다.

"뚜뚜! 아, 저 인간이 당신을 싫어합니다. 당신도 미워해야죠? 싫으시죠?"

이 말에 한 번이라도 "아닐 수 있어, 내 판단이 틀릴 수도 있어." 이렇게 생각해 본 적이 있나요?

자기를 사랑하는 사람은 잘 분노하지 않는다. 감정 기계의 장난임을 알고, 그 기계가 내 틀에 맞지 않는다고 고집을 부리고 있는 것일 뿐임을 초연하게 볼 줄 알기 때문이다. 감정의 노예가 되지 마라. 감정이 올라오는 대로 다 반응하면 감정이 하라는 대로 굴종하는 감정의 노예가 된다.

감정이라는 이름의 손님을 너무 환영할 필요는 없다. 그저 왔으면 "왔습니까? 네, 있을 만큼 있다 가세요."라고 무심히 대하는 태도가 그에 휩쓸리지 않는 주인의 자세이다. "또 화가 나니? 아이고, 의미 없다."라고 말해보라. 점점 분노는 에너지를 잃게 된다. 분노도 내가 만들고 내가 키운다. 붙잡지만 않으면 힘을 잃고 사라진다.

이제 감정의 주인이 되어 감정과 나 사이에 거리를 둘 필요가 있다. 이 '거리두기'는 맑은 유리잔처럼 명료한 존재가 되게 한다. 오고 가는 부정적 감정에 흔들리지 않고, 단지 두뇌작용에 불과한 감정이라 자각하여 쉽게 반응하던 습관을 완전히 버리면 마음이 담담해진다. 그때서야 감정의 노예였던 자리에 원래 있던 행복이 자연스럽게 드러난다. 마치 새벽안개가 걷히고 눈부신 태양이 동쪽 하늘에 떠오르듯이.

02
감정을 다스리면 인생이 달라진다

하버드대학에서 심장질환자 1,600명을 대상으로 한 조사에 따르면 피조사자 중 상당수가 매우 심한 정도의 초조와 우울감에 시달리고 있다고 한다. 심한 우울증 탓에 그들의 심장은 일반인보다 더 쇠약해졌고, 그럴수록 점점 더 우울해지는 악순환이 계속되었다. 그들은 결국 우울 감정의 노예처럼 되는 '감정화 단계'까지 갔다.

이른바 감정화 단계(필자가 이름을 붙임)란 어떤 감정에 빠지면 감정이 일어나는 대로 감정이 시키는 대로 행동하는 걸 말한다. 즉 감정이 오르면 쉽게 흥분하거나 바로 화를 낸다. 기분이 불안하거나 당황할 때 그 감정이 이끌어가는 대로 행동을 한다. 결과를 생각하지 않고 하는 이런 충동적 성향은 파괴력이 매우 크기 때문에 인생을 망치는 지름길이다.

'인생 뭐 있어, 한 몫 잡아야지.' 인생의 마지막 한탕을 위해 부잣집의 높은 담을 뛰어넘은 정 씨는 뭔가를 보고 깜짝 놀랐다. 교도소에서 갓 나온 그는 이번 한 번이면 다시는 이런 짓을 하지 않으리라 생각하고 담을 넘었는데 다들 직장에 나갔을 것이란 예상과 달리 어여쁜 아가씨가 소파에 누워 쉬고 있었다.

놀란 눈으로 뛰쳐나가는 그녀를 보고 당황하여 붙잡아 입을 막고 몸을 묶었다. 값나가는 물건들을 준비해 간 가방에 쓸어 담고 나가려는 찰나 이번에는 외출에서 돌아온 그녀의 동생과 맞닥뜨렸다. 동생도 구석으로 몰아넣고 결박했다. 그런데 문제는 이 동생이 아우성을 치면서 고래고래 소리를 질러대는 것이다. 쌍욕을 하는 건 물론이고 "네 얼굴 다 봤으니 신고하겠다. 꼭 경찰이 너를 잡아가도록 하겠다."라고 악을 썼다. 당황한 그는 분노와 불안에 휩싸여 그만 이성을 잃고 감정을 제어하지 못해 칼로 마구 찔러댔다.

불안 감정에 휩쓸린 순간 그만 감정화되어버린다. 자기 자신은 사라지고 그 자리에 불안이란 존재가 주인이 되어 권력을 마구 흔든다. 감정이 몰아치면 아무것도 눈에 보이지 않는 사람으로 변한다. 감정이 왕이 되어 제 맘대로 휘두르면 감정이 이성을 누르니 정상적인 사고를 할 수 없다. 그 결과 입에서 나오는 대로 아무 말이나 뱉어 상대방에게 상처를 주기도 하며 심각한 위법행위도 쉽게 저지른다. 감정화가 나 대신 행동을 하니 결과는 뻔하다. 더구나 감정은 이제 무의식적으로 일어난다. 자기도 모르는 사이에 무서운 감정의 황톳물에 휩쓸린다.

우리 안에는 과거의 감정들이 만들어 놓은 모순된 감정들과 유아적인 감정들이 켜켜이 쌓여있다. 이해할 수 없는 분노나 열등감 같은 유치한 감정들이다. 이런 감정들은 격렬하고 통제하기 어렵다. 무의식에서 진행되기 때문에 이해하기도 어렵다. 그러나 엄연한 현실이다. 실제 현실이 아닌 타인의 눈에 보이지 않는 심리적 현실일 뿐이지만 대인관계나 정신세계에 구체적인 영향력을 행사한다. (〈30년 만의 휴식〉 중에서)

엄마가 기저귀를 갈아주고 우유를 타러 주방에 가는 그 순간에 아기는 "좀 더 같이 있어주지, 나를 버리네?" 이런 생각을 미숙한 자기 두뇌에 새긴다. 묘하게도 이 경험은 평생 계속되고 이렇게 만들어진 감정이 성인이 된 연후에도 인간관계에 적용된다.

"오늘은 너무 바쁘네." 잠시 바쁜 일과를 정리하고 만나려는 연인을 보고, "이 사람이 나를 버리려고 그러는가?" 의심한다. 이렇게 내면세계가 진행된다.

이러한 기제를 볼 때 우리의 감정이나 생각이 들끓을 때는 어떤 일을 결정하면 안 된다. 잘못된 결정을 하기 쉽기 때문이다. 기본적으로 감정이 끓을 때는 자기 생각대로 하면 안 된다. 일종의 미친 뇌의 작용 혹은 원시 뇌가 작용하기 때문이다.

인류의 기원 시기에 네안데르탈인은 너무나 허약했고 무서운 동물들의 위협과 굶주림에 시달려 늘 불안했다. 모든 환경이 내 안전을 보장할 수 없기에 항상 신경을 곤두세우고 모든 상황을 의심했다. 살기 위해서였다. 긍정적으로 사물과 환경을 본다는 것은 불가능했다. 그때의 기억이 파충류 뇌라는 '간뇌'에 새겨져 있어 인류는 늘 의심하고 불안한 쪽으로 사고하는 습관이 있다.

때로 분노나 불안처럼 여러 부정적 감정이 올 때마다 "아, 내 원시 뇌가 발동하는구나." 이렇게 무심히 보는 연습도 도움이 된다. 명상가들은 '알아차림'이 먼저라고 말한다. 미친 듯이 돌아가는 잡념의 세계를 하늘의 구름 지나가듯 유유히 흘러가는 강물 바라보듯 하라고 한다.

어떤 이유로든 미친 뇌의 작용이라고 정리할 수만 있어도 인생의 불행은 많이 사라진다. 우리가 걱정하는 것의 90%는 일어나지 않는다고 〈9할〉이란 책의 저자 마스노 순묘는 말한다. '걱정하는 일의 90%는 일어나지 않는다. 현실로 나타나는 10%도 아주 사소한 문제들이다.'

그러니까 원시 뇌의 속삭임에 속지 말아야 한다. 원시 뇌의 불안을 이해하고 그 걱정이 어디서 온 건지 알 수는 있지만 거기에 지배되어서 일을 그르칠 수는 없다.

도를 닦는 사람들은 묵언을 자주 한다. 내 속에서 '저 사람은 나쁜 사람이니 죽여도 돼.'라고 말한다고 해서 바로 행동으로 옮기지 않는다.

'내 속에서 미친 생각을 하는구나.'

'내 속에서 저 사람을 죽이고 싶다고 하는구나.'

'내 속에서 저 사람이 좋다고 하는구나.'

이러고 만다. 왜냐하면 오늘은 이 사람이 좋다고 하다가 내일은 또

이 사람이 나쁘다고 할 걸 아니까 그런다. 속에서 일어나는 생각이나 감정은 변덕이 죽 끓듯 한다. 변하고 변한다.

감정에 끌려가는 노예에서 탈출하기 위해 이렇게 감정을 다스리면 좋은 결과가 보장된다. 감정 소모에 쓰던 에너지를 온전히 자기계발에 쓸 수 있다. 그것이 무엇이든 간에 '나는 이 일을 하게 되어 기쁘다.'라고 좋은 감정을 많이 만들어 사용해보라, 미운 사람이 보일 때면 이렇게 생각해 보라.

'이 무한한 우주의 한 행성인 지구별의 수십억 인간 중에 한 사람이 나를 미워한다고 해서 그게 뭐 대수인가? 일상 속에 일어나는 이런 소소한 일들을 자신을 해방시키는 기회로 활용하라.' (《상처받지 않는 영혼》 중에서)

03

나는 오늘 더 행복하다

언젠가 미래가 궁금한 나는 사주팔자를 보러 갔다가 깜짝 놀랐다. '억세게도 파란만장한 인생'이라는 사주쟁이의 말에 가슴이 철렁 내려 앉았다. 아니 좋은 사주를 타고 나도 살기 힘든데 '억세게도 파란만장한 인생'이라니!

"임진일이니 대단히 큰물입니다. 어지간한 사람과는 화합이 잘 되지 않아요. 고집도 세고요."

충격 속에서 아무리 생각해도 그 말을 받아들이고 싶지 않았다. 그래서 재해석해 보았다.

"사주? 그건 진정한 나와는 상관없는 하나의 기호에 불과한 것이야. 바르고 성실하게 살아가면 얼마든지 좋은 일이 많을 거야. 큰물이라고? 마음의 폭이 넓다는 것이네!" 담대하게 내가 선택한 삶의 해석대로 살아가기로 결정했다.

삶은 우리가 대하는 태도에 따라 다르게 펼쳐진다. 파도가 아무리 높다 한들 그보다 더 높은 하늘로 비행기를 타고 날아가는 사람에게는 아무런 위협이 되지 않는다. 파도보다 더 크게 나를 키우면 무서울 것이 없다. 정해진 것이 있을 수는 있다. 부모에게 받은 유전자가 있고 가정의 분위기도 있고 가훈도 있다. 그로부터 좋은 영향을 받는 것들은 감사히 받아두자. 혹 나쁜 습관이 있다 해도 불평하지 말자. 정해진 게 있고 유전적인 게 있다면 그것을 최소화하기로 정해보자. 하늘로 날아올라 뛰어넘자. 이렇게 생각하니 마음이 편했다.

내가 선택한 삶으로 살아가리라 결정하면 많은 부분이 그쪽으로 방향이 바뀐다. 도미노처럼 내려오는 유전적인 악습도 내 차례에서 멈춰 새롭게 만들어 나가겠다 마음을 세우면 새로운 습관 창조도 가능하다. 인간이 동물과 다른 점이 바로 이것이다. 그리고 70%이상 90%까지도 나의 노력과 도전하는 용기로 바꿀 수 있다.

총기난사로 기네스북에 오른 우범곤과 스티브 잡스의 사주가 같다고 한다. 두 사람 모두 큰 에너지를 가진 것만은 틀림없으나 심상을 어떻게 갖느냐에 따라 삶이 확연히 달라진다.

아무리 사주가 좋아도 노력이 뒷받침되지 않으면 꽃 피우기 힘든 것처럼 아무리 나쁜 예언도 내가 밝고 힘차게 살자고 애쓰면 많은 부분이 상쇄된다. 화합이 잘 안 된다는 말에 일부러 사람들에게 다가가고, 마음을 알아주고 친절하게 대하는 연습을 했다. 이런 노력이 빛을 발해서 어느 곳에 가든 처음에는 조용히 지내다가 점차 앞으로 나서게 되어 리더의 경험도 많이 했다. 그 무엇이든 우리가 하고자 하면 그쪽으로 에너지를 쓰게 마련이고 그 결과는 의도한 방향으로 나타난다.

6.25 전쟁 당시 가난한 살림 때문에 쌍둥이 자매 중 한 아이를 미국으로 입양했던 가족의 이야기도 그렇다. 쌍둥이 언니는 미국 가정에 입양되어 교수가 되었지만 동생은 한국에서 고등학교만 겨우 졸업했다. 유전자가 아닌 본인의 선택이 그만큼 중요함을 보여준다.

평생 술주정뱅이인 아빠를 둔 형제의 경우, 한 형제는 "난 아빠처럼 안 살 거야."하고 술은 일절 입에 대지 않을 뿐만 아니라 열심히 공부해서 인생을 개척한다. 또 다른 형제는 환경에 따라 본 대로 아빠와 똑같이 술에 빠져 살아간다. 어떤 환경이든 인생에 대한 태도가 행복을 만들어가듯이 우리 삶의 운명은 우리가 마음먹는 대로 달라진다. 행운의 운명은 태도와 해석에 따라 얼마든지 재창조된다. 운명은 내가 만들어가는 것이다!

고등학교 아이들을 두 편으로 나누어 도미노 탑을 쌓게 했다. 도미노 탑을 쌓다 보면 조금만 잘못되어도 줄줄이 쓰러진다. 그렇게 무너질 때 아이들의 반응이 서로 달랐다. "뭐야? 좀 잘해!" 서로를 비난하는 팀과 "괜찮아, 괜찮아. 다시 하자." 하면서 서로를 격려하는 두 팀의 결과는 역시 격려하는 팀이 더 빨리 도미노 탑 쌓기를 완성했다. (EBS 다큐 프라임)

우리가 어떤 말을 하느냐가 결과에 매우 크게 영향을 미친다. "대충 그렇겠지 뭐." 하고 시작하는 일은 대충 그렇게 되거나 그보다 못한 결과로 끝이 난다. "뭔가 잘 될 것 같은데?" 하는 일은 과정도 결과도 좋아진다. 그 어떤 부정적인 말도 힘이 나는 쪽으로 바꾸는 것, 나에게 기분 좋은 쪽으로 방향을 확 틀어버리는 것은 나와 내 인연들의 운명을 밝히고 행복해지게 만드는 지름길이다.

지독한 시어머니를 만나 모진 시집살이를 한 황 여사는 의외로 고운 얼굴을 가지고 있다. 마치 손에 물 하나 닿지 않는 귀부인 같은 용모이다. 은은한 미소에는 자비로운 마음까지 비춰 보인다. 어떻게 된 일일까? 집안에 일이 생기면 모든 잘못을 며느리에게 돌리곤 하는 시어머니였는데 말이다.

"너 때문에 집안이 어지럽다. 네가 들어오고 나서 우리 집안에 우환이 끊이지 않는다. 친정에 가 있는 게 좋겠다."

처음에 황 여사는 시어머니의 폭언 앞에서 속절없이 눈물만 흘렸다. 시아버지가 중병에 걸린 것도, 아이를 낳지 못하는 것도 다 며느리의 흠이 되었다. 그러다가 안 되겠다 싶어 주위 사람들에게 조언을 구했다. 어떤 이는 이혼하라 했고 어떤 이는 친정에 가 있으라고도 했다. 황 여사의 마음을 움직인 건 동네 할머니의 평범한 조언이었다.

"그냥 내 할 일만 하세요. 그리고 시어머니가 어떤 말을 해도 웃는 얼굴로, 네 어머니 제가 잘못했지요? 하세요. 그러면 점점 사이가 좋아질 거요."

이혼하거나 친정집에 갈 수는 없다 생각한 그녀는 믿을 수 없었지만 그 말대로 해 보았다. 처음에는 반항심이 일어나고 가식적으로 웃는 자신이 너무 싫었다. 그런데 시간이 지나자 그 말이 술술 나왔다. 정말 숨소리만 들어도 싫어지는 시어머니였는데 갈수록 투정하는 아이처럼 보이기 시작했다. 시어머니의 홀로 산 인생도 가엾게 보였다. '아들 하나 잘 키우려고 억세게 살다 보니 저러시는구나.' 하고 생각을 바꾸니 맛있는 음식과 재미난 이야기도 해드리게 되었다. 시어머니는 이런 그녀를 점차 의지했다. 속마음까지 풀어 보여주셨다. 이제 시어머니는 그녀가 하자는 대로 다 하신다고 한다.

나를 힘들게 하는 사람이 있으면 그 사람을 엄지손가락만큼 작아졌다 생각해 보라. 거인이 된 나는 그 작은 존재를 너그럽게 본다. 그 사람의 힘들었던 인생을 생각하고 그 사람을 마음으로 안아주고 그 사람을 품어 본다. 그 사람도 그저 행복하게 살기를 원하는 연약한 존재일 뿐이다. 큰 소리를 치거나 화를 잘 내는 사람일수록 속내는 연약하다. 너무 약하니까 세상을 사느라고 힘들어 큰소리를 치면서 속으로는 "나 힘들어! 알아줘!" 호소하는 거다.

'나는 세상을 다 안을 수 있는 큰 존재다.'라고 할 때 나를 힘들게 하는 상대나 상황은 아주 작은 문제로 축소된다. '아, 이분도 힘들어서 이렇게 반응하는구나.' '아, 이분도 행복하지 못해서 이런 말을 하는구나.' 이렇게 담담히 바라보게 된다. 모든 존재는 행복하려고 세상에 태어났다. 행복하지 못해서 투정을 하는 것에 불과하다는 것을 인식하면 막내 동생을 바라보는 심정으로 상대를 보게 된다.

　인간관계는 기대 없이 사랑으로 대해 주기로 마음먹고 다가가 보면 상대는 서서히 변한다. 어떤 관계든 상대의 반응에 지나치게 개의치 않는 게 좋다. 즉 나 할 도리를 다하면 되는 것이다. 나는 사랑을 크게 키우는 걸 목표로 살아간다. 크게 봐서 인생은 살 만하고 배울 게 많다. 맑은 날에는 기쁨을, 비 오는 날에는 어떻게 대처할지 지혜를 배운다. 내가 선택한 삶은 큰물답게 사람들을 포용하고 힘든 마음을 깨끗이 씻어주는 일이라 해석했다. 어지간한 일에는 화내지 않는 것도 큰물의 장점이라 마음먹었다. 생각의 방향을 이렇게 한 번 더 바꾸고 나니 직장에서 수 백 명의 사람들을 지휘하는 큰 프로젝트를 운용하는 일을 맡아도 두렵지 않았다.

　내 마음을 더 크게 키워 나와 남에게 유익한 일을 하리라는 목표가 뚜렷하고 그 길을 바르게 걸어가기 위해, 행동하는 사랑의 심상(心想)으로 살기에 나는 오늘 더 행복하다.

아무 조건 없이 나를 사랑하라

아무 조건 없이 자신을 사랑해 본적 있나요? 있는 그대로 가슴 깊이 나 자신을 사랑한다고 말해 본 적이 있나요?

"취업을 하면 나를 사랑할 거야. 직장도 없는데 사랑은 무슨!" 이렇게 생각하지는 않나요? "합격하면 나를 사랑할 거야, 살이 빠지면 나를 사랑할 거야, 성형을 해서 얼굴이 예쁘게 되면 사랑할 거야, 돈을 벌면 사랑할 거야, 연애를 하면 사랑할 거야." 이러지는 않나요? 뭔가를 이루면, 뭔가가 되면 사랑할 거라고 자신을 밀치고 있지는 않나요? 아마 당신은 자기 자신을 사랑하는 데에도 여러 조건들을 내걸겠죠?

"엄마, 이번에 학부모 총회 때 학교에 안 오는 거지?" 얼굴 한쪽에 커다란 화상 흉터가 있어 늘 머리카락으로 가리고 다니는 엄마 얼굴이 윤희는 부끄러웠다. 저런 흉한 얼굴로 어떻게 학교에 오려고 할까? 선생님이나 친구들이 엄마의 얼굴을 보고 놀리지는 않을까 전전긍긍하던 윤희는 어느 날 이모로부터 처음 듣는 이야기를 들었다.

"윤희야, 엄마가 많이 아파. 엄마가 말이야, 아무래도 큰 병인 것 같아. 엄마가 사실은 너 어릴 때 화재로 얼굴도 다쳤었지만, 그것 때문에 우울증이 생겼는데 그게 점점 더 심해져서 입원하셨단다. 사실 그 사고 때 무섭게 번지는 불 속에서 널 안고 나왔는데, 그때 생사의 고비를 넘은 충격으로 이맘때만 되면 몸과 마음이 많이 힘들어진단다."

"네? 그럼 엄마가 나 때문에! 엄마!"

윤희는 엄마의 희생으로 자기가 지금 멀쩡하게 살아가고 있다는 걸 알고 너무나 죄송하고 미안해서 어쩔 줄 몰랐다. 그동안 그 얼굴로 어떻게 학교에 오려고 하느냐고 맹비난했던 자신의 가시 같은 말들이 떠올라 가슴을 치며 눈물을 흘렸다. 그 흉터야말로 엄마의 사랑과 희생의 증거였다. 그럼에도 딸에게 비난만 받는 엄마는 오히려 자신을 비하하고 심한 우울증을 앓았다.

얼굴에 흉터가 없다면 사랑할 거야, 얼굴이 완벽하면 사랑할 거야, 이렇게 조건을 걸기 시작하면 그 조건이 가시가 되어 서로에게 상처를 주고 만다. 있는 그대로 오케이라고 해야 한다. 있는 그대로 받아들이고 사랑하면 함께 개선책을 찾아 더 나은 모습으로 바꾸는 노력을 할 수 있다. 수술도 하고 여러 가지 방법을 찾을 수 있다.

이처럼 조건의 눈으로 자신을 바라보면 어떻게 될까? 늘 불만이 쌓이게 된다. 모델이나 배우들처럼 조각 얼굴도 아니고 그렇다고 어마어마한 스펙이 있는 것도 아니니까 당연히 나를 미워해도 되는 것일까? 나를 미워하고 나를 못마땅하게 생각하면 기분이 나빠지고 에너지가 쳐지고 우울해지고 죽을 맛이 된다. 살맛 나게 살아 보려면 먼저 있는 그대로의 나를 인정하고 있는 그대로의 나를 받아들여야 한다. 이게 진짜 사랑이다. 못난 내 얼굴을 인정하고 사랑하고 못생긴 내 몸을 인정하고 사랑해야 한다. 조건이 완벽해도 거기 사랑이 없으면 죽은 인생이 된다. 인정하고 사랑하면 개선의 의욕도 생기고 차츰 변화된다.

중년 부인이 "나의 처진 엉덩이를 사랑합니다. 내 얼굴의 주름을 사랑합니다."라고 말할 수 있다면 아무 문제가 없다. 처진 엉덩이와 아무런 마찰 없이 편안하다. 처진 엉덩이를 올리기 위한 요가를 할 수는 있다. 그러나 문제 삼지는 않는다. 주름 시술도 할 수 있다.

내가 남의 시선에 맞춰 나를 괴롭힌다면 슬프지 않은가. 못생긴 내 몸을 나까지 못났다고 하면 나는 어디에 가서 위로를 받을까. 내가 내치는 나는 더 위축되고 더 슬프고 더 아프고 피눈물이 나도록 더 서럽다. 내가 나를 싫어하면 남도 그걸 눈치채고 나를 싫어한다. 그러면 또 다시 자신을 비난한다.

"사랑합니다. 사랑합니다." 하고 언제 한번 가슴 절절하게 자기 자신에게 말해 본 적이 있나요? 사랑한다고 말을 해보려니 속에서 '어떤 목소리'가 발목을 잡는다.

"어떻게 널 사랑하니? ○도 아니고 ○○도 아니고 ○○도 아닌데?

그리고 너 오늘 그거 안 했지?" 추궁이 들어온다. 오래된 생각의 습관이다.

선생님이나 부모가, 사회가 높은 평가기준으로 나에게 주입해 놓은 그놈 목소리가 늘 따라다니면서, '넌 아니야, 아니거든! 넌 모자라, 넌 부족해, 넌 안 돼, 자격미달이야!'라고 한다. 그 부족한 걸 채우려고 발에 땀나도록 뛰어도 한참 부족하다. 아마도 죽을 때까지 달려도 그 하늘같이 높은 요구에 부응하기는 어려울 것이다.

나를 사랑한다는 그들이 나에게 가르친 대로 힘껏 살았는데, 오늘의 난 그저 모든 게 불만족스럽다. 왜 나는 이렇게 부족하지? 못난 구석만 잔뜩 넘친다. 아무리 뛰어도 나를 인정하지 않는 그 목소리는 내 속에 심어진 악성 칩과 같다. 나를 파괴하고 내 귀함과 내 아름다움을 폄하하고 내 보물을 훔쳐가는 도둑과 같다.

그 목소리들은 나의 편이 아니다. 내 것이 아니다. 밖에서 내게 들어온 걸 무심코 받아들인 것이다. 마치 평생 빚에 시달리는 빚쟁이처럼 우리는 그놈 목소리에 시달리며 자기가 왕족이었던 것을 잊어버리고 죄인처럼 산다. 이제 그 목소리는 참고만 하자. 내 삶은 내가 결정하자. '착한 사람 역할'이라는 올바른 마약(?)에 마취되어서, 일생을 남의 어릿광대 노릇으로 속절없이 인생의 소중한 날들을 날려 버린다면 죽는 순간 얼마나 후회할까.

아무도 없는 무인도에 가서 살았으면 좋겠다고 인천에 사는 초등생 네 명이 작은 배를 타고 사라진 일이 있었다. 우여곡절 끝에 아이들을 데려와 물으니 자유롭게 살고 싶었다고 한다. 부모나 선생의 간섭이 지긋지긋해서 아무도 없는 데 가서 살아보려고 했단다. 아이들도 자유를 좋아하는데 하물며 성인들이야 어떻겠는가! 남의 목소리에서 해방되어야 독립적 행복이 시작된다.

나를 사랑하는 것은 간단하다. 있는 그대로의 나에게 명예를 회복시켜 주는 것이다. 그놈 목소리 말고 내 속에서 진정 원하는 '내 목소리' 그것을 찾아야 한다. 아니 먼저 자기 자신을 돌봐야 한다. 남 돌보느라고 방치했던 나, 그놈 목소리가 가리키는 그것을 하느라고 외면했던 나의 버려진 상처를 보듬고 나의 아픔을 싸매어야 한다. 내 상처는 곪아 터지도록 내버려 두고 남의 말대로 따르며 사는, 가련한 굴종의 삶에서 벗어나야 한다. 제 상한 가슴은 버려둔 채 오늘도 주인의 말씀대로 살아가는 미련한 짓은 이제 끝을 내자.

내가 어떨 때 행복한지, 내가 무엇을 좋아하는지, 내가 바라는 일이 무엇인지 하나씩 나를 알아가며 나의 길을 찾아 홀로 당당히 가야 한다. 내가 나를 잘 보살펴 줌으로써 잃어버린 나를 찾으면 그때서야 내가 할 일을 알게 된다. 부모가 원한다 해서 사회가 요구한다 해서 나에게 맞지 않는 일을 해서 성공한들 행복하겠는가! 만족하겠는가! 백수라도 좋다. 조건 없이 나를 사랑해야 한다. 그러면 가느다란 빛이 보인다. 내려놓고 조용히 침묵의 시간을 갖다 보면 마음의 소리가 들린다. 뭔가 하고 싶다는 의욕과 함께.

이게 진짜 아무 조건 없는 사랑이다.

05
진심이 가장 멀리 간다

　90년대 하이틴 배우로 유명했던 '채시라'는 여성 팬은 물론 남성 팬들도 많았다. 팬들은 드라마며 여러 활동에 몰두하고 있는 그녀가 과연 누구랑 결혼할 것인지 자못 궁금해했다. 그런 그녀가 어느 날 결혼 발표를 했다. 상대는 '김태욱'이라고 당시 탑 가수였던 부산 남자였다.

　"수많은 구혼자들 중에 왜 김태욱을 선택했느냐?" 기자들이 묻자, 인간미라고 대답했다. 두 사람은 모 라디오 프로그램에서 진행자와 게스트로 만났는데 이 남자의 접근법은 남달랐다. "얼마나 힘이 드느냐, 늦게까지 고생한다, 밥은 먹었느냐?" 이렇게 진심으로 다가갔다. 그게 다였다! 정말 돈 많은 재벌가의 자제부터 권력층 집안의 자제에 이르기까지 화려한 옵션을 지닌 쟁쟁한 남자들의 놀라운 선물과 은밀한 유혹을 다 뿌리치고 진짜 마음을 주는 한 사람을 선택한 채시라. 그녀는 이십 년이 다 되어가는 지금도 아이들을 키우며 행복한 가정을 꾸려가고 있다. 화려한 옵션보다 진심을 선택한 결과다.

최근에 '티슈 인맥'이라는 제목의 칼럼을 신문에서 보았다. 티슈 인맥이란 말만 들어도 가슴이 덜컹 내려앉는다. 티슈 인맥, 그러니까 겉으로만 친한 척하는 것이지 속까지 친하지는 않은 관계를 말한다. 일회용 티슈처럼 가볍게 한 번 쓰고 바로 버려지는 관계, 그냥 단순하게 필요에 의해서 만나고 필요가 충족되면 헤어지는 사이다. 깊이 친할 필요를 느끼지 못하는 것이다. 직장이나 사회에서 잠시 스쳐 지나가며 '일로 만난 사이'일 수도 있다.

칼럼 옆에 덧붙여진 그림을 보니 사각 티슈에서 뽑혀 나와 구겨진 채 버려지는 티슈에 김○○, 이○○, 박○○ 라는 이름이 얼핏 보였다. 명함을 버리는 게 아니라 티슈처럼 그 사람이 통째로 버려지고 있다. 더 이상 필요 없는 존재처럼, 날개 없는 새처럼 추락당해 허접하게 대우받는 이름들을 보니 존재의 가벼움에 가슴이 헛헛해진다.

'나에게도 저렇게 휴지 버리듯 나를 대하는 사람들이 있겠지.' 복잡한 현대의 자화상이다. 사람이 귀하고 사람이 소중해야 하는데 이렇게 먼지만도 못하게 취급받아서는 안 되는데. 진심 없이 스쳐가는 관계는 바람처럼 공허하다.

옛날, 아주 친한 두 사람이 있었다. 한 친구가 죄를 지어 감옥에 갇혔는데 아버지가 위독하다는 소식을 듣고도 갈 수 없는 자기 처지를 괴로워하며 어쩔 줄 몰라했다.

"늙으신 아버지를 한 번만 뵙고 오게 해 주세요. 한 달만 말미를 주세요." 간수장에게 간청을 하니 "믿을 수 없다. 정 그러면 너 대신 다른 사람을 붙잡아 놓아야 한다."고 한다.

이때 친구가 선뜻 나서서 "예, 제가 대신 감옥에 있겠습니다." 하고 친구를 보냈다. 그런데 한 달이 다 되어가는 데도 고향에 간 친구는 소식이 없다. 간수장은 "네 친구가 돌아오지 않으니 네가 대신 벌을 받아야 한다."라고 독촉을 한다. "내 친구는 약속을 지키는 사람입니다 꼭 돌아올 겁니다." 하며 믿음을 보였다.

형 집행의 날, 이제 잠시 후에 형이 집행된다. 그럼에도 온다는 친구는 소식이 없다. 담담히 눈을 감고 있는 그때 문 밖이 떠들썩해졌다. 그 친구가 거지꼴이 다 되어서 뛰어오고 있다!

"멈추세요, 제가 왔어요, 친구를 살려 주세요. 제가 죽겠습니다! 오는 길에 홍수를 만나 길이 끊기는 바람에 길을 돌아 돌아오느라 시간이 많이 걸렸어요!" 두 사람은 부둥켜안고 뜨거운 눈물을 흘렸다. 이 일을 전해 들은 왕은 우정에 감동하여 죄수의 형을 감해 주었다.

이 두 사람의 신뢰와 우정은 끝까지 의심하지 않는 기다림과 약속을 지키는 진심을 보여준다. 진정한 친구를 가진 사람은 부자이다. 신뢰할 수 있는 진심이 담긴 사람 하나를 얻은 사람은 천하를 얻은 것과 같다. 진심이 진짜 재산이다.

나이가 들면서 외모에 자신이 없어지기 시작하니 내가 만나는 상담 친구처럼 같은 또래들이 편해진다. 그동안은 사람을 볼 때 외모가 예쁘다, 목소리가 곱네, 하는 일은 뭔가? 이러면서 사람을 평가나 하고 살았다. 그러다 보니 늘 진정으로 그 사람을 만나지 못했다. 마주 보고 있어도 겉으로만 만났다. 밖으로 보이는 이미지에 가려 그 사람의 진실한 면을 보지 못했다. 이제 뒤늦게 마음이 따뜻한 사람이 좋아지는 게 철이 든 걸까? 마주하는 그 사람 기분을 배려하고 말도 조심하고 표정도 조심한다. 그리고 모나지 않은 좋은 관계를 유지하려고 애를 쓴다. 그리고 나를 받아들여 친구로 대접하는 분들에게 고맙고 감사하다. 껍데기가 아니라 내면을 알아봐 주는 주위 분들에게 사랑과 축복을 보내드린다. 그리고 죽는 날까지 안과 밖 모두 건강 미인으로 나를 가꾸어 그분들의 사랑에 보답하고 싶다.

한때 불운했던 시기에 직장 잃고 사람 잃고 건강도 잃으면서 망해보니 사람들 인심도 다 드러났다. 내가 가진 것 하나 없이, 돈 한 푼 없이 병까지 달고 나타나니 누가 좋아하겠는가. 오랜 병에 효자 없다고 같은 동기간에도 꺼려했다. 어떻게 그런 지경까지 갔는지 젊은 날 시련의 시간, 그 시절엔 지나가는 동네 어른들의 작은 위로 한 마디에도 눈물이 났다.

병고를 이겨내고 밖으로 나와 보니 작은 그릇 하나에도 마음이 담긴 걸 느낀다. 더구나 온갖 정성으로 가득한 물건은 가슴으로 그 정성이 다가온다. 만든 사람의 정성과 에너지가 나를 둘러싸기 때문이다. 높은 기준이 무너지니 어린 제자들이 삐뚤삐뚤 써서 주는 감사편지처럼 어설픈 정성에도 마음이 뭉클해지고 눈물이 핑 돈다.

세월호 사건으로 전 국민이 가슴 아파할 때 상처받은 이들의 심리 치유를 위해 수많은 심리치유 전문가들이 현장에 나섰지만 이내 거의 사라졌다. 대신 집에 앉아 있을 수가 없어서 무작정 왔다는 자원 활동가들의 숫자는 날이 갈수록 늘어났다. 그들은 "내가 할 수 있는 게 아무것도 없다."며 울면서 무슨 일이든 했다. 피해자들을 위해 음식을 만들고 설거지를 하고 청소를 했으며 한없이 무기력하게 느껴지는 자신의 슬픔과 분노, 무력감을 호소하면서도 유가족들 손을 잡고 함께 울었다. 그들의 이러한 태도는 피해자들에게 실질적인 도움을 준다. 그들의 행동과 눈빛은 트라우마가 생긴 이후 세상과 사람을 통째로 불신하게 된 피해자들에게 '당신은 혼자가 아니다.'라는 느낌을 갖게 한다. 결정적인 위로다. 《당신이 옳다》 중에서)

오래 두어도 변하지 않는 명품 같은 사랑으로 남을 수 있는 건 진실한 마음뿐이다. 모든 것은 변하고 사라진다. 남는 것은 진실과 정성이다. 그 마음만이 내 가슴속에서 오래도록 남는다. 온 정성으로 대해 주셨던 순간들만이 금빛으로 빛난다.

06

나는 오늘도 행복을 선택한다

길에 오가는 사람들을 붙잡고 행복하냐고 물으면 바로 예스라 답하는 사람은 거의 없다. 행복하기에는 뭔가 부족하다는 얼굴로 뭐 그런 말도 안 되는 걸 묻느냐는 듯이 빤히 쳐다본다. 질문을 바꾸어서 "지금 이 순간은 괜찮죠, 아무 일 없죠?" 그러면 미소를 띠고 고개를 끄덕인다. 그러니까 지금은 괜찮지만 행복하지는 않다는 말인데, 다른 말로 풀어보자면 행복이라고 말하기에는 뭔가가 더 있어야 한다는 뜻이다.

그 뭔가는 돈이 되기도 하고, 애인이 되기도 하고, 좋은 직업이 되기도 하고, 여행이 되기도 하고, 인기가 되기도 한다. 그런데 원하는 그걸 가졌다 해도 또 다른 원함이 나타나서 마음을 잡아끄는 게 문제다. 예를 들면 100만 원을 벌면 200만 원을 벌고 싶고, 200만 원을 벌면 300만 원을 벌고 싶고, 1억을 벌면 2억을 벌고 싶고, 2억을 벌면 3억을 벌고 싶고 이렇게 끝이 없다. 원함이 채워진다고 마음이 만족하는 법은 없다. 끝없는 다람쥐 쳇바퀴를 돌뿐이다. 죽을 때까지 뛰어도 그야말로 무저갱(끝이 없이 아주 깊은 구덩이) 같은 게 욕망이다. 욕망 채우기와 행복은 아무 상관관계가 없다.

 잘 아는 여사님 중에 개·지·랄인 분이 있다. 물론 그 개·지·랄은 저속어가 아니고 '개성 있고 지성미 있고 발랄하다.'는 말의 줄임말이다. 나이가 꽤 되었는데도 다소 철딱서니 없어 보일 정도로 매우 명랑하고 늘 기분이 좋아 보여서 그분을 보면 이 말이 딱 맞다 느껴진다.
 "요즈음 어떠세요?" 인사를 하면, "나야 뭐 항상 재미있지."라고 한다. 하루는 비도 오고 후텁지근한 여름날이라 "날이 좀 그러네요." 했더니 "딱 좋아요." 한다. "아니 뭐가 딱 좋아요? 후텁지근한데…", "추운 겨울보다 훨씬 낫지, 비가 오니까 시원하고 좋은데 뭐." 늘 이런 식이다.
 어느 날은 함께 차를 마시고 동네 산책을 하는데 어느 건물 모퉁이 금이 간 시멘트 사이에 끼어 피어있는 채송화 한 송이를 보고 감탄을 한다. "어머 애 좀 봐! 어쩜 여기에서도 꽃을 피웠네." 개·지·랄 여사님은 이렇게 늘 행복하다. 언젠가는 한적한 호숫가에서 네잎클로버를 따서 기뻐하는 나에게 "아, 너무 예쁘네, 근데 세 잎도 예쁘지 않아? 네잎클로버가 행운을 가져다준다면 세잎클로버는 행복의 상징이래." 한다.
 여사님은 계절이 바뀌면 동대문에 가서 옷감을 끊어와 손수 바느질을 해 옷을 만들어 입는다. 그 모든 과정을 몹시 행복해하고 만족해한다. 옷을 디자인하고 시장에 가서 옷감을 떠 오고 마름질하고 바느질을 하는 모든 순간이 즐겁다 못해 신이 난다. 디자인도 단순하면서도 멋지다. 정작 여사님이 사는 곳은 초라한 반 지하 방 한 칸인데 겉으로 보기에는 부잣집 마나님이다. 스스로 만든 멋진 옷과 모자를 쓰고 왕후라도 된 양 늘 행복한 얼굴이다. 건강은 물론이고 늘 바쁘게 여기저기 뛰어다닌다. 오라는 데도 많고 갈 데도 많다. 단전호흡 단체에 관여해서 활동도 하며 언제나 '나는 행운아야.'라고 말한다.

어떤 이가 로또를 맞아야 행복해진다고 해서 로또 맞은 사람들의 삶을 추적한 다큐멘터리를 찾아보니 열에 아홉은 이혼하고 망하고 본래 하던 일로 되돌아갔다. 돈이 다는 아니다. 물론 돈이 있으면 고민의 85% 정도는 해결이 되는 것 같다. 하지만 돈으로 안 되는 것도 많다. 미국의 작가이자 신학자인 피터 리브스(Peter Lives)는 돈으로 살 수 없는 것을 아래와 같이 열거했다.

> 돈으로 사람(person)을 살 수는 있으나, 그 사람의 마음(spirit)을 살 수는 없다.
> 돈으로 호화로운 집(house)을 살 수는 있어도, 행복한 가정(home)은 살 수 없다.
> 돈으로 최고로 좋은 침대(bed)는 살 수 있어도, 최상의 달콤한 잠(sleep)은 살 수 없다.

돈으로 시계(clock)는 살 수 있어도, 흐르는 시간(time)은 살 수 없다.

돈으로 책(book)은 살 수 있어도, 삶의 지혜(wisdom)는 살 수 없다.

돈으로 지위(position)는 살 수 있어도, 가슴에서 우러나오는 존경(respect)은 살 수 없다.

돈으로 약(medicine)은 살 수 있어도, 평생 건강(health)은 살 수 없다.

돈은 어디까지나 생활의 수단이지 인생에서 가장 가치 있고 진정으로 원하는 것을 살 수는 없다. 행복은 물질이 아니라 마음에서 온다. 행복은 흥분할 만한 어떤 것이 아니라 고요하고 평안한 마음의 상태이다. 욕망의 마음을 조금만 조절할 수 있다면 불가능한 것도 아닐 것이다. 때로 마음은 연약하여 작은 일도 크게 확대해서 고통스러운 상상을 하고 두려움에 떨기도 한다.

언젠가 아이들이 복도에서 장애가 있는 친구를 때려서 병원에 입원하는 사태가 일어난 적이 있었다. 요즈음 같으면 학교폭력위원회를 열어서 그 규정대로 처리하면 될 일이겠지만 그 당시만 해도 가해자 피해자가 만나서 서로 해결하기도 한 시절이었다. 학교 측은 최선을 다해서 피해자 부모에게 사과하고 병원에도 위문을 갔다. 담임이었던 나는 마음이 몹시 괴로웠다. 아무리 출근 전이고, 담임 부재중에 있었던 일이라 해도 양심상 책임을 면할 수는 없다고 생각되니 너무나 두렵고 떨렸다. 그 와중에 가해자 측 부모들의 사과가 불충분하다고 생각했는지 격노한 피해자 학부모는, 그 화풀이를 담임인 나에게 했다. 신문에 내겠다, 방송에 내겠다고 하면서 협박 아닌 협박을 했다. 경험이 부족한 나는 금방 감옥에 갈 것 같은 심정이 되었고, 너무나 죄스럽고 불안하고 가슴이 두근두근하다 못해 심장이 쿵덕쿵덕거렸다. 방학이면 한 달씩 참가했던 위빠사나(자기감정과 생각, 몸의 움직임을 세세히 지켜보고 알아차리는 수행) 수련도 아무 효력이 없었다. 집에서 새벽마다 틈틈이 하는 명상수련도 아무런 도움이 되지 못했다. 그냥 불안이 가중된 상태가 되어 죽을 것만 같았다. 그때 절실히 깨달은 것은 제발 마음 좀 편하게 살았으면 하는 생각뿐이었다. 그 무엇보다 내 마음의 평화가 얼마나 중요한 것인가 그때 알게 되었다. 결국 정성으로 병원에서 아이와 놀아주고 대화하고 애쓰는 내 모습에 마음이 풀어지셨는지 그 학부모는 이런 말로 마무리를 했다.

"아이들을 징계해봐야 다른 학교로 전학 가면 그만이고, 담임에게 책임을 지운다고 해 봐야 이웃 학교로 보내는 것으로 마무리되더군요. 우리 아이를 앞으로도 그렇게 정성으로 보살펴 주시길 바랍니다."

고통의 날이 너무나 긴 시간으로 느껴질 때 나는 아침마다 잠자리에서 눈을 뜨면 이렇게 나 자신에게 속삭여 주었다. "사랑해. 사랑해, 언제나 너를 사랑해, 언제까지나 같이 할게, 걱정하지 마, 난 항상 네 편이야."

그리고 모든 일이 다 해결되어서 그 아이도 건강해지고 아이들도 다시 서로 화해하는 장면을 수도 없이 그렸다. '이 일로 인해서 나도 엄청나게 성장할 거야.'라고 스스로 마음을 다독이며 몇 달간의 긴 우울의 터널을 빠져나왔다.

부처님은 세상에서 가장 얻기 힘든 것이 있다면 그것은 바로 '마음의 행복'이라 하셨다. 마음은 늘 이리저리 헤매 다니고 온갖 욕망에 시달리고 별별 걱정과 염려로 고통을 받는다.

원숭이처럼 날뛰는 마음에 끌려가지 않으려고 나는 오늘 행복을 선택한다. 부정적인 생각이 떠오르면 얼른 바꾸어 본다. "아이고, 내 팔자야."라고 말하기 전에 내가 바라는 장면, 원하는 장면, 해결된 장면을 그리며 미리 행복해한다. 미리 감사한다. 이렇게 연습하다 보면 밝은 방향으로 마음이 바뀌고 이 전환점이 진짜 현실에서 해결의 길을 열어준다.

행복은 관점을 바꾸는 일이다. 하얀 백지에 점 하나를 찍어 두고 여기 무엇이 있느냐 물으면 모두 점이 있다고 말한다. 하얀색이 99% 이상이고 검은색은 1%도 안 되는데 왜 사람들은 그 점만 바라볼까?

"커다란 하얀 종이 위에 아주 작은 점 하나가 있어." 이 말이 옳은 관점이다. 좁은 터널 시야로 점을 보는 것보다 전체를 보면 불행은 아주 작아지고 하얀 행복은 어마어마하게 커진다. 사실 점 하나쯤 그냥 무시해도 된다.

내 시선에 따라 내 생각에 따라 내 말에 따라 행복이 좌우된다.

"나는 지금 행복하다. 나는 오늘 행복을 선택한다. 나는 왜 이렇게 마음이 행복하지?"라고 말해 보라! 그러면 지금 당장 행복할 수많은 이유들이 줄을 설 것이다.

감정에 행복의 열쇠가 숨어있다

감정은 어디에서 생기는가? 바로 생각이다. 기분 나쁜 생각을 하면 감정이 사나워진다. '내 인생이 망한 건 부모를 잘못 만나서이다.' 이런 생각을 하면 기분이 정말 나빠진다. '재수 없게 이런 부모를 만났다니 복도 지지리도 없다.' 이렇게 부정적인 생각을 할수록 점점 더 기분이 나빠지고 불행한 감정이 창조된다.

언젠가 유명 강사의 출판기념회에 간 적이 있다. 그분의 강연을 듣고 나서 가장 기억에 남은 말은 바로 '얼마나 좋은 일이 오려고'였다. 20대 취업도 어렵고 미래가 불투명한 그때 강사는 책을 읽기 시작했고 거기서 자기 길을 발견했다. 바로 강사로서 살아가기였다. 그때부터 늘 강의연습을 하고 책을 쓰면서 인생이 무엇인가를 절실하게 깨달왔다고 한다. 그의 강의에서 가장 빛나는 것은 현실의 역경에서 어두운 감정에 빠져 허우적대지 않고 '얼마나 좋은 일이 오려고 지금 내가 이렇게 힘들까.'하며 오르막이 길면 내리막도 길다는 생각으로 책을 읽고 피나는 노력을 하며 반드시 올 봄을 준비했다는 것이다.

나쁜 감정은 병이 아니다. 빠르게 흘러가는 복잡한 세상에서 제대로 내 존재가 대접받지 못하고 '나'란 존재가 점점 안개처럼 희미해질 때 '나 여기 있다.'고 외치는 몸부림이 감정이다. 슬픔이나 무기력, 분노, 외로움 같은 감정은 날씨와 비슷하다. 감정은 병이 아니라 그때 그때 한 생각에 따라 나오는 결과물이다. 한없이 작아지는 내 존재의 내면을 알려주는 신호이다. 내 모든 감정은 지금 내 인생이 어떠한가를 알려주는 나침반이다. 지금 내가 어떤 생각을 붙잡고 있는지 알려준다. 예를 들면 우울은 도저히 넘을 수 없는 커다란 벽을 느끼는 감정이다. 그 벽이 있다고 생각하는 게 문제이다. 똑같은 상황에서도 이 벽 한번 넘어가 볼까? 이렇게 도전하는 사람도 있다. 언제나 생각이 범인이다.

어떠한 환경도 100% 나쁜 환경은 없다. 좋아 보이는 환경도 다 좋은 게 아니다. 만약에 아무도 나를 간섭하지 않고 돈도 풍부하면 어떻게 될까? 남자는 자동차와 여자, 도박으로 뛰어간다. 여자는 명품 가방과 화려한 물건들을 산다. 허영에 팔리면 내면의 성장은 끝이다. 어떤 환경에서도 어떤 감정에서도 우리는 배울 수 있다. 그리고 넘어설 수 있다. 어두운 감정에 울면서도 새 봄을 만들어 갈 때 인생이 더욱 발전한다.

감정에 붙들려 있어도 좋다. 다만 너무 오랫동안 포로생활을 할 필요는 없다. 포로에서 해방되는 의식은 바로 해결 불가능한 문제는 없다는 마인드이다. 어떤 문제도 어떤 감정도 다 해결할 수 있다. 문제는 넘어가라고 있는 것이다. 감정은 풀라고 오는 것이다. 그러니 우울하다고 주눅 들 필요는 없다. 화가 많다고 좌절할 필요도 없다.

부정적인 감정은 반드시 나쁜 존재인가 하면 그렇지 않다. 풍요로운 자원으로 사용할 수 있다. 불안은 미래가 안전하길 바라는 마음이어서 미래를 훌륭하게 대비하고 준비하게 한다. 화는 열정적으로 살아가게 한다. 분노가 많은 사람은 그 분노의 에너지를 자기계발의 에너지로 활용하면 엄청난 성장을 이룬다. 열등감은 자신을 업그레이드하게 하는 힘이 된다. 자기계발의 기폭제가 된다.

그러니 감정을 밀어낼 필요가 없다. 부정적인 감정도 사랑스럽게 들여다보고 민낯으로 만나도 된다. "그래, 나를 도우려고 네가 온 거니? 고맙다. 나를 도와주어 내가 발전하는 에너지가 되어준다니!" 우리에게 나쁜 것은 더 이상 없다.

감정이 나를 덮칠 때 '아하, 내가 지금 이런 감정을 붙잡고 힘들어하는구나.' 하고 현재의 내 마음 상태를 인지해야 한다. 그 생각을 계속할 것이냐 아니면 밝은 생각, 힘찬 생각으로 돌리느냐는 내가 선택할 수 있다. 새들이 나무에 날아와 앉는 것은 막을 수 있지만 그 새들을 쫓아낼 수는 없다. 내 머리에 들어온 감정이란 새는 쉽게 쫓아낼 수 없다. 그렇기 때문에 이 감정을 안아주고 부드럽게 보살펴야 한다.

'그 생각을 하니 눈물이 나는구나, 하지만 다르게 생각할 수도 있어! 얼마나 좋은 사람을 만나려고 이혼했을까.' 이렇게 생각해 보아야 한다.

연인과 헤어지면 더 좋은 사람을 만나게 된다. 이별의 상처를 극복하면 그만큼 성숙해지고 깊어진다. 그리고 성장한 만큼 수준에 맞는 사람을 만나니 헤어지면 어쩌나 불안해할 필요가 없다. 늘 더 좋은 사람을 만난다. 이혼한 사람은 다 불행한가? 병에 걸리면 다 불행한가? 이혼이나 병에서 많은 공부를 한다. 인생에 대해 겸손해지고 그동안 주어졌던 모든 것에 감사하게 된다. 그동안 얼마나 행복했는지 비로소 깨닫게 된다.

가능한 많이 행복한 생각을 하라. 나를 믿고 사랑하고 나 자신을 위한 선택을 하라. 부모가 어두운 선택을 했다고 당신도 그렇게 하란 법은 없다. 개천에서 용이 나지 않는다고? 그런 법은 없다. 해 보기나 했어? 정주영 현대 회장의 어록이다. 할 수 있다. 할 수 있다! 할 수 없다고 생각되면 내 꿈을 위해 현재 할 수 있는 아주 작은 일부터 하면 된다.

살기 어려운 세상이라며 지레 겁먹은 패배자들이 득실대는 세상에 꿈을 가지고 돌진하는 사람은 승리자가 될 수밖에 없다. 그들은 그렇게 살게 내버려 두라. 나는 나의 길을 가면 그뿐이다. 오천 년 가난을 벗어나 한국의 부를 이룬 우리 선대 어른들은 모두 도전한 사람들이다. 도전하기 싫고 변화하기 싫고 남에게 의지하고 싶은가? 그렇게 하라. 하지만 자신을 극복하고 감정을 녹여내어 주인공의 삶을 만들어가는 기쁨은 인생의 부활을 위해 뛰는 이들에게 주어지는 금메달이다.

수치심이 모든 폭력의 근본 원인이라고 한다. 부모로부터 건강한 자기애 경험이 형성되지 않았을 때 불안, 외로움, 열등감을 느끼게 된다. 부모에게 인정받지 못할 때 무의식적으로 수치심을 가지고, 칭찬을 받을 때 나는 괜찮은 사람이라는 자기애를 형성하게 된다. 무의식에 수치심이 있을 때는 이것을 숨기려 한다. 왜냐하면 불안하고 두려울 때 이걸 들키지 않으려고 화를 내는데, 그 이유는 화를 내는 행위의 포커스를 외부로 돌리는 것이다. 화는 표면적인 감정이고 그 뒤에는 불안과 두려움이 있고 그 기저에는 수치심이 도사리고 있다.

인간은 불완전하다. 불완전한 부모로부터 불완전한 자녀가 태어난다. 수치심은 이런 불완전함과 한계를 받아들일 때 해소된다. 나도 너도 우리 모두 불완전하다는 걸 받아들이면 불완전한 나를 들킬까 봐 불안해하지 않아도 된다.

'항상 부정적인 감정을 밀어내려고만 했던 걸 용서해 줘, 미안해.' 이런 마음이 되면 세상에 무서울 것이 없다.

가장 먼저 감정에게 다가가야 한다. 감정을 조절하고 감정에 휘둘리지 않는 방법이다. '오늘 기분은 어때?' 하거나 '지금 기분이 어때?' 하고 스스로에게 물어봐 주는 것이다. 상사에게 혼날 때도 자신에게 물어본다. '지금 기분이 어때?' 물론 기분이 00같다. 하지만 나에게 관심을 가지고 따뜻하게 물어봐 주는 누군가가 있다면 얼마나 위안이 될 것인가? 그걸 내가 나 자신에게 해 주는 것이다. 자신과 대화를 해 보면 어떤 감정 상태인지를 알게 된다.

"지금 기분이 어때?"

"정말 화나!"

"무엇 때문에?"

"사람들 많은 데서 대놓고 창피를 주다니!"

"동료들 앞에서 화를 낸 것이 힘들었구나!"

이렇게 자신의 기분을 알아주고 물어주고 다가가면 자신이 소중한 존재로 느껴진다. 감정은 알아주기만 해도 많이 풀어지는 존재이다. 감정이 나에게 유익한 존재임을 이해하면 행복해진다. 감정을 대하는 나의 태도가 행복의 열쇠인 것이다.

08
감정습관이 결국 답이다

한때 소원을 이루는 시크릿 공부를 열심히 할 때 알게 된 것이 먼저 좋은 기분을 가져야 한다는 것이다. 내가 먼저 감사하고 좋은 기분을 충분히 느끼면 그 일이 이루어지고, 내 감정이 기쁨에 가득 차면 기쁜 일이 온다는 말이다.

그런데 인위적으로 기쁘다, 감사하다, 외우고 노력한다고 해서 마음이 기뻐지고 원하는 소원이 다 이루어질까? 실제로는 잘 되지 않는다. 입으로 아무리 기쁘다 해 본들 내 속은 여전히 불안하고 나의 현실은 아무것도 변하지 않는다. 오히려 입으로는 기쁘다 할 때 속으로는 '아닌데, 하나도 안 기쁜데.' 하고 무의식에서 저항한다.

무의식까지 행복해야 한다. 감정의 습관 또한 무의식의 영역이다. 내 감정이 시작하는 뿌리인 무의식의 영역까지 깨끗이 청소되어야 한다. 별일 아닌 일로 화를 내는 습관도 마찬가지다. 무의식에 깊숙이 박혀 있어서 그냥 저절로 화가 난다. 행동이나 말버릇도 그렇다.

지금은 다이어트 중이라고 늘 말하는 친구가 있었다. "지금 다이어트 중이니까 조금 먹을 거야, 개미 눈물만큼 먹을 거야." 하면서 먹고 또 먹는다. 습관이 되어버린 것이다. 늘 적게 먹는다고 말하지만 어느새 맛없는 다이어트 음식까지 꾸역꾸역 먹고 있다.

"차라리 정말 맛난 것으로 먹여주면서 자기를 대접해 봐!"

"오! 심리적 만족감을 먼저 채우라는 거지?"

"그래, 비정상적으로 먹는 것에 탐닉하는 것이 문제인 것 같아. 무언가 채워지지 않는 마음을 먹는 것으로 채우려는 게 아니야?"

"몰라, 나도 모르게 손이 가는 걸 어떡해!"

친구의 무의식 속에는 어린 시절 학대했던 계모의 날씬한 몸이 이미지화되어 있어 아무리 해도 다이어트가 효과가 없다. 날씬한 사람은 학대하는 계모다. 라는 공식이 뼛속 깊이 박혀있기 때문이다. 우리의 무의식은 나도 모르게 하는 말들, 은연중에 심어진 생각들을 그대로 현실로 나타낸다. 습관이 된다.

교실에서 아이들을 보면 그 부모가 어떠한 분인지 짐작이 간다. 상담 기간에 부모를 만나 이야기를 해 보면 아이와 똑같다. 아이들은 부모나 친구로부터 배운다. 부모나 친구가 화내는 방법, 화날 때의 표정, 몸짓을 그대로 따라 한다.

행동이 이렇게 결정되듯이 감정도 가정에서 보고 배운 대로 느낀다. 아이를 잘 키우려면 먼저 부모가 행복한 감정으로 살아야 된다. 부모의 감정 습관을 따라 하다가 이것이 쌓이면 자신의 감정 습관으로 무의식에 저장이 된다. 욕을 잘하는 가정의 아이들은 욕을 잘한다. 한숨을 잘 쉬는 부모를 둔 아이들은 자주 한숨을 쉰다. 자주 걱정하는 부모를 따라 한다.

이제 겨우 마흔을 갓 넘은 건설회사 직원 민수 씨는 일을 하다가 넘어져 큰 상처를 입었고, 이를 이유로 회사는 그를 해고했다. 갑작스러운 사고도 그렇고 석연치 않은 해고 통보도 어이없었다. 이 일로 인해 그는 늘 화난 사람처럼 되었다. 원래도 화가 많던 그는 가족과 친구들까지도 자기를 무시한다고 생각되어 더욱 분통이 터졌다.

그러던 어느 날, 길을 나섰다가 우연히 예전 동료를 보자 혈압이 치솟았다. 갑자기 쓰러진 그에게 의사는 심장이 이상이 생겨 매우 위험하다고 했다. 한 번만 더 화를 크게 냈다가는 생명을 잃을 수도 있다고 경고했다. 그는 "죽었으면 죽었지 화를 안 내고 어떻게 사느냐."라고 악을 썼다. 얼마 후 그는 또 한 번 별일도 아닌 일에 화를 내다가 기어이 고혈압으로 쓰러졌고 몸도 마비가 왔다. 분노가 이미 습관이 되어 무의식까지 심어진 경우이다. 아주 좋지 않은 감정 습관이 그에게 들러붙어 한 몸처럼 된 경우이다. 감정 습관이란 이렇게 무섭다.

우울한 감정이나 슬픈 감정, 불안한 감정이 습관화되었을 때 어떻게 해야 할까? 먼저 그 감정을 디톡스 해야 한다. 감정도 우리 몸처럼 해로운 독이 많이 쌓여 있다. 그러다 보니 그러려고 한 건 아닌데, 그 사람이 그렇게 잘못한 것은 아닌데 나도 모르게 독이 뿜어져 나온다.

아예 펑펑 울든지, 베개를 때리면서 떠오른 인간에게 욕을 하든지, 생각나는 대로 휘갈기는 미친년 글쓰기를 해서 찢어 버리든지, 아무도 없는 곳에서 고함을 지르든지 해서 디톡스 해야 한다. 그렇게 하면 오래 묵은 감정 알갱이들이 날아가 비어진다. 디톡스가 되면 그 감정을 붙잡고 되씹는 시간이 확연히 줄어든다.

중국의 문학가 임어당은 "행운과 불행 사이에는 얇은 종이 한 장만 있을 뿐이다. 당신이 그 종이를 행복이라고 여기면 행복이고, 불행이라고 여기면 불행이다."라고 말했다. 우울도 한 장의 얇은 회색 종이다. 그 종이 위에 '얼마나 좋은 일이 오려고'라는 분홍빛 종이를 끼우면 된다. 그러면 갑자기 세상은 밝아지고 사랑스러워진다. 마음이 분홍빛으로 밝아지면 자연스럽게 검은 종이는 사라지고 내 시야는 분홍으로 가득 찬다. 일명 새 슬라이드 끼우기이다.

종이 위에 적어보는 것도 감정을 가라앉히고 사고력을 키우는 데 좋다. 즉 나를 화나게 한 그 인간에게 당장 따지고 싶다고 할 때 적어 본다. 문장의 맨 앞에 '깊은 생각 끝에'란 말을 넣어서 적어 본다.

'깊은 생각 끝에 나는 그 인간에게 따질 것이다.'

그리고 문장의 맨 뒤에 '나의 이성은 이렇게 말한다.'라고 적고 답을 써 본다.

나의 이성은 이렇게 말한다. 그 인간에게 따지면 인간관계가 힘들어질 것이다.

나의 이성은 이렇게 말한다. 그 인간에게 화를 내면 내 평판이 나빠질 것이다.

이렇게 하면 사고력이 커진다. 이를 '상위 인지'라고 한다. 인류는 인지능력이 있어서 사고할 수 있는데 자신의 사고 상태와 내용, 능력을 알고 그것을 규제하는 힘이 상위 인지다.

생각보다 훨씬 많은 사람들이 감각이나 감정에 따라서 살고 있다. 순간의 감정을 따라 행동하는 것은 자신을 무너뜨리는 것과 같다. 감정을 따라 살지 않으려면 인지능력을 꾸준히 연마해야 한다. (〈하버드 감정수업〉 중에서)

좋은 감정을 가지는 평범한 방법들은 많다. 다만 이를 습관이 되게 하는 게 관건이다. 의식적으로 나 자신의 운명을 밝게 하고 내 앞길을 열어주는 감정 습관을 만들어야 한다. 감정 습관을 바꾸는데 가장 좋은 것은 나를 기분 좋고 특별하게 대접하는 것이다. 먹는 것, 입는 것, 취미 등 모든 면에서 먼저 자기를 대접한다.

상황이 급하고 일이 바쁘다고 끓어오르는 감정을 무시하거나 화가 나는데도 내 감정을 돌보지 않고 방치하면 기분이 점점 나빠진다. 직장에서 화를 낼 수 없다면 조용히 다음에 풀겠다고 자신에게 약속을 한다. "지금은 바쁘니까 있다가 집에 가서 풀자, 화나는 마음아!"

그리고 집에 와서 노트에 적으면서 풀든 입으로 말로 풀던 풀어줘야 한다. 그렇지 않으면 그 부정적인 감정은 몸에 쌓인다. 한의학에서는 이 상태를 '기울증'이라 해서 풀어주지 못한 감정들이 가슴 쇄골 주변에 쌓여 있다고 한다. 쇄골 주위를 문지르면 아프다. 그때그때 감정을 풀어주기, 이것은 정서 안정에 필수적일 뿐만 아니라 하는 일도 잘 풀리게 한다. 풀지 못한 내 감정이 켜켜이 쌓여 있으면 오던 행운도 달아나 버린다. 행운도 마음이 깨끗한 것을 좋아하기 때문이다.

특히 무의식을 지키기 위해서 보고 듣는 것들을 주의하는 게 좋다. 무서운 영화나 잔인한 드라마, 어두운 내용이 담긴 책들은 던져버리자. 밝고 따뜻한 이야기들, 환한 이미지들을 마음에 품는 게 무의식을 평온하게 하는 방법이다. 오늘 하루를 행복하게 살자. 가능한 좋아하는 일을 하며 행복한 시간을 많이 만들자.

결국 좋은 감정 습관이 형성되는 기초는 자기 사랑이다. 자기 사랑으로 좋은 감정을 유지하는 습관이 답이다. 나쁜 감정이 몸 안에 쌓이기 전에 감정일기로 풀어주면 마음이 시원해지고, 그 맑고 깨끗한 마음 상태가 하는 일에도 자연히 반영되어 좋은 결실을 맺는다.